Peter de Zwaan

De Charlsville Jackpot

2008

DE BEZIGE BIJ

AMSTERDAM

Cargo is een imprint van uitgeverij De Bezige Bij, Amsterdam

Copyright © 2008 Peter de Zwaan
Omslagontwerp Studio Jan de Boer
Omslagillustratie John E. Marriott/Alamy Images
Foto auteur Bob Bronshoff
Vormgeving binnenwerk Peter Verwey, Heemstede
Druk Wöhrmann, Zutphen
ISBN 978 90 234 2914 2
NUR 305

www.uitgeverijcargo.nl
www.peterdezwaan.nl

DE CHARLSVILLE JACKPOT

1

Het leek de gewoonste zaak van de wereld. Er was nauwelijks lawaai. Iedereen in Charls' Bar keek zoals je thuis naar een scène op de televisie kijkt: geboeid als het spannend wordt, maar klaar om door te gaan met waar je mee bezig was als het inzakt: lezen, je nagels knippen, bier bijschenken, je krabben op plaatsen waar je je alleen mag krabben als je in je eentje bent.

Niks bijzonders, gewoon drie mannen die rond een grote man stonden. En duwden, tikken gaven, gromden.

De grote man liet het gebeuren. Hij zat op een bank met rode plastic bekleding, buik klem tegen de rand van de tafel die was gemaakt van een schijf cederhout, ellebogen tegen zijn lichaam om de ribben te beschermen. Zijn vingertoppen raakten zijn onderkaak, waardoor het leek of ze zijn kin ondersteunden. Hij beschermde zijn hoofd niet, dat was niet nodig, niemand mikte erop.

Ik keek ernaar en had de neiging in mijn ogen te wrijven: als de scène me was beschreven dan zou ik de verteller voor leugenaar hebben uitgemaakt.

Er waren acht mensen in Charls' Bar: de vier bij het tafeltje, een barkeeper die in gesprek was met een man en een vrouw, en ik. De man en de vrouw zaten met de rug naar de barkeeper toe en gaven antwoord over hun schouder terwijl ze naar het gestoei keken. Ik, Jeff Meeks, zat alleen aan een tafeltje voor acht personen, in een hoek en door iedereen genegeerd. Mijn pilsje had ik zelf moeten halen en toen de barkeeper het tapte en aanreikte had hij voornamelijk rug laten zien. Toen ik opstond en een stap deed in de richting van het groepje van vier keek de barkeeper me voor het eerst aan. Hij schudde van nee en legde een wijsvinger tegen zijn lippen. Met zijn linkerhand deed hij een greep onder de bar. Hij liet een honkbalknuppel zien, jongleerde ermee of het een baton was en legde hem weg, terwijl hij opnieuw zijn hoofd schudde.

Ik ging zitten en de barkeeper ging verder met het gesprek met de man en de vrouw.

Ik had het gevoel dat ik droomde. Dit was niet echt, dit was een illusie, een zinsbegoocheling, de barkeeper moest iets in het bier hebben gedaan, of in de donut die onder een stolp op tafel had gelegen en die ik voor de helft had opgegeten. Ik voelde de aanvechting om mezelf een tik tegen mijn wang te geven, maar volstond met hoofdschudden en ademloos toekijken.

De drie mannen hielden op precies hetzelfde moment op met grommen en stompen. Ze draaiden zich om, liepen naar de bar en gingen zitten. Niet een van hen keek naar de grote man aan het tafeltje. De barkeeper onderbrak zijn gesprek en tapte drie bier zonder dat iemand erom had gevraagd. De drie mannen hieven het glas, bewogen hun lippen alsof ze iets zeiden en namen een slok.

De grote man stond langzaam op. Hij bewoog zijn schouders en hoofd alsof hij spieren losschudde, legde munten op tafel en keek naar de deur.

'Dan ga ik maar,' zei hij.

De drie mannen keken zwijgend naar de spiegel achter de bar.

De barkeeper maakte een gebaar naar de man en de vrouw alsof hij zeggen wilde: 'Sorry dat ik word afgeleid' en zei: 'Goed idee.'

'Daar ligt geld. Tweeënhalve dollar genoeg?'

'Eén pils, en een harde worst, maak er maar drie van.'

De grote man legde nog een paar munten op tafel. 'Dan ga ik maar.' Dit keer keek hij naar de bierdrinkers.

'Ja,' zei de barkeeper. 'Je had buiten kunnen zijn.'

'Ik denk niet dat ik terugkom.'

'Zorg maar dat je het zeker weet.'

Toen de grote man in de deuropening stond zei de middelste bierdrinker: 'Erg zeker weet.' Hij moest om zichzelf lachen en de andere twee lachten mee.

'Zo gaat dat hier,' zei de barkeeper toen de deur dicht was.

Hij had het tegen mij en toen ik geen antwoord gaf zag ik de ruggen van de bierdrinkers verstrakken.

De barkeeper zuchtte. 'Ik zei: zo gaat dat hier. Groot of klein, het maakt niet uit.'

'Nee,' zei ik.

'Precies,' zei de barkeeper. 'Nee is goed.' Hij wees naar de bierdrinkers. 'Nee is precies wat ze willen horen. Drink rustig je biertje. Als ik eraan toe ben zal ik antwoord geven op de vraag die je wilt stellen.'

2

Het was zo'n dag waarop je niet weet of het nog zomer is of al herfst. Het regende niet, maar alles was vochtig en bij elke zucht wind voelde je dat je een dikker jack nodig had. Onder de bomen in het Cherokee Reservaat was het kil en op open plekken waren de eerste tekenen van mist zichtbaar.

Ik had een kamer gehuurd in het Days Inn-motel, dat er trots op was dat het was gesitueerd in het hart van het reservaat, maar toen ik een rondje maakte zag ik dat elk motel dat beweerde. Ze lagen allemaal op loopafstand van de paar winkels, de bingohal en het casino. Toen ik had bekeken wat het bekijken waard was vroeg ik me af wat ik hier deed. Ik had geen idee. Ik was op weg van Californië naar New England en van de hoofdweg afgeslagen toen ik een bord met CHEROKEE INDIAN RESERVATION zag. Ik had jaren op een berghelling in Washington State gewoond, vlak bij het Colville Indian Reservaat en ruim anderhalf jaar in het Navajo Reservaat in Arizona. Ik had iets met indianengebieden, er heerste een bijzondere sfeer. Eigen politie, eigen wetten, en overal casino's waarin miljoenen werden omgezet, met als gevolg dat je steeds minder overjarige pickups zag en steeds meer BMW's en Mercedessen; als het duur was en uit het buitenland kwam dan was het goed.

Het was stil in het reservaat. Een paar groepen toeristen wandelden met opgetrokken schouders en handen in de zakken van het bezoekerscentrum naar de namaaktipi's in het deel dat *indian village* werd genoemd en lieten zich als schapen een bus indrijven toen ze hadden vastgesteld dat er verder niets te zien viel. De enige indiaan die ik zag stond tegen een gloednieuwe brommer geleund en staarde naar het water van een riviertje. Nadat ik twee keer naar de naam van het riviertje had gevraagd, zei hij 'weet niet', waarna hij zijn bromfiets pakte en wegliep. Liep, niet reed. Hij duwde de brommer over de weg en keek twee keer om met een gezicht of het mijn schuld was dat hij moest duwen.

De deur van de bingohal, die er vanbuiten uitzag als een loods waarin in het slappe seizoen caravans werden gestald, was afgesloten. Het spel was begonnen en niemand werd meer toegelaten. In het casino stonden twee indiaanse bewakers net achter de entree. Binnen zaten vier oude vrouwen achter gokkasten waarvan de inzet een quarter was. Een meisje in een korte jurk liep het koud te hebben. Ze droeg een blad met glazen die rinkelden als ze rilde. Op haar armen en benen zag ik kippenvel. De gokmachines zagen er even kleurig uit als in Las Vegas, maar op de vloer lag een versleten tapijt en aan de ijzeren palen die het plafond steunden hingen vlaggetjes die leken te zijn overgebleven van een verjaardagspartijtje. Dit casino was er niet voor de gezelligheid, het was er om zo snel mogelijk geld te verdienen. Met een handvol bezoekers zou dat niet lukken, maar misschien was ik er op de verkeerde dag. Of misschien was de enige man die ik zag gokken degene die het casino aan een grote omzet hielp. Hij deed er zijn best voor. Hij speelde met munten die een waarde hadden van tien dollar en goot ze in de gokmachine alsof hij het mechaniek aan het oliën was.

Hij neuriede terwijl hij speelde en toen hij zag dat ik keek gaf hij me een knipoog. Daarna gaf hij met zijn rechterhand een ruk aan de hendel van de machine en wenkte hij met zijn linker het meisje. Ze liep naar hem toe, maar bleef op een meter afstand staan. Ze boog zich voorover toen ze een glas cola aan-

9

reikte en maakte een kleine stap achterwaarts toen de man een greep naar haar benen deed. Daarna bleef ze staan of ze was bevroren, glimlachend en met de uitgestoken hand kaarsrecht naar voren. De man keek uitgebreid in haar blouse, grinnikte en pakte de cola. Hij keek niet meer naar het meisje, maar trok een bruinpapieren zak uit de tas die tussen zijn benen stond en haalde er een fles uit zonder etiket. Hij nam een slok cola, schonk bij uit de fles en draaide het glas tot de bruine vloeistof over de rand liep. Na twee grote teugen liet hij een boertje, dat hij smoorde door zijn mond tegen een bovenarm te drukken. Daarna gaf hij een ruk aan de hendel.

Het meisje liep pas weg toen ze zag dat de man zijn volle aandacht aan de gokmachine wijdde. Ze draaide met haar ogen toen ze me zag fronsen en negeerde de vinger waarmee ik naar de fles in de papieren zak wees. In casino's worden klanten niet aangemoedigd sterkedrank te drinken die ze zelf meenemen.

'Ze kennen me,' zei de man, zonder dat hij zich naar me omdraaide. 'Ze weten wie ik ben.'

'O ja?'

'Uhuh.' Hij ging iets achteruit zitten toen munten in de metalen bak onder de machine kletterden. 'Zestien. Toch honderdzestig dollar gewonnen. Zestienhonderd verloren tot nu toe, maar je moet je winst tellen, het gaat om de winst. Nieuw hier?'

Dit keer zei ik 'uhuh' en dat vond hij voldoende. 'Ik niet, ik ben oud. Ga zitten en neem een slok.' Hij wees naar de zak. 'Zelfgestookt. Niet door mij, maar door... iemand. Tachtig procent ongeveer, ik zou kleine slokjes nemen.'

Hij draaide zich om en keek me recht aan met waterige ogen. Ik betwijfelde of hij me zag. Een schim misschien, mijn contouren. Ik wist zeker dat hij me de volgende dag niet zou herkennen, over tien minuten waarschijnlijk al niet meer. Hij zag eruit als een oude, dronken man die was weggelopen uit een foto van Shelby Lee Adams, de fotograaf die de bewoners van de Appalachian Mountains portretteerde: een tanige zestiger met een verweerd, doorgroefd gezicht, bruine armen onder een morsig shirt waarvan de mouwen waren opgestroopt, een spijkerbroek met vlekken en bruine laarzen waarvan er één een schede had waar een mes in paste. Rond het petje met het opschrift Budweiser zag ik geen haren, maar onder zijn mond hingen er heel wat, keurig bijeengebonden met een elastiekje, waardoor het leek of hij een paardenstaart aan zijn kin had. Toen hij sprak zag ik niet de bruine tanden die ik verwachtte, maar een gaaf, fonkelend gebit en om zijn lichaam hingen kleren die smoezelig waren, maar van een uitstekende kwaliteit. Hij was iemand die dure spullen kocht, maar er daarna niet op lette.

'Ik ben Charls,' zei hij. 'Zonder e, dus niet Char-les.' Hij stak zijn rechterhand niet uit, maar hield er de hendel van de gokmachine stevig mee vast.

'Jeff,' zei ik.

Hij wreef in zijn ogen. 'Dag, Jeff, wat zou je ervan denken om een kwartiertje naast me te zitten? Ik denk dat ik een steuntje kan gebruiken als ik straks naar mijn auto loop.'

Toen ik wilde antwoorden draaide hij zijn rug naar me toe, alsof hij wist dat ik zou blijven.

Hij mocht dronken zijn, maar met zijn timing was niets mis, na iets minder dan een kwartier was hij door zijn tiendollarmunten heen. Hij trok zich omhoog, deed een stap en wachtte tot ik zijn schouders greep.

'Die kant op,' zei hij. 'Auto bij de zijdeur.'

We waren nog niet halverwege toen een van de bewakers die bij de entree hadden gestaan naar ons toe liep. Achter hem zag ik het meisje, dit keer zonder blad, maar met meer kippenvel op haar armen en een blos op de wangen. Ik keek ernaar en vroeg me af hoe ze het voor elkaar had gekregen: blosjes en kippenvel.

'Ik neem hem wel over,' zei de bewaker. Hij gaf me een duw, maar trok zijn hand weg na een klap van de oude man. 'Sorry,' zei hij.

'Sorry, wie,' zei de man.

'Sorry, meneer Charls,' zei de bewaker. Zijn wangen waren donkerder geworden, zijn ogen bijna zwart. 'Ik dacht...'

'Ja,' zei de man. 'Dat doen we nu eenmaal. Dachten. Vertel hem waar mijn auto staat.'

De bewaker keek naar mij. 'Daarginds, maar ik denk niet dat meneer Charls moet rijden. Hij moet over bergwegen met ravijnen.'

De man haalde zijn neus op. 'Ik moet niks. Nooit. Niet meer.' Hij lachte schor. 'Meneer Charls moet niks meer. Hoewel, dit moet ik nog wel...' Hij draaide om de bewaker heen en zag kans een bil van het meisje te grijpen voor hij wankelde en viel.

'Nou zeg,' zei het meisje. 'Doe niet zo...' Ze maakte een beweging of ze wilde slaan, maar liet haar hand zakken na een waarschuwende blik van de bewaker. Ze deed geen poging om de oude man overeind te helpen, maar weerde hem ook niet af toen hij opnieuw een greep naar haar billen deed. Toen meneer Charls stond trok hij een rolletje biljetten uit zijn broekzak. Hij gaf het meisje er vijf, allemaal van twintig dollar, allemaal verfrommeld en ingescheurd. De bewaker kreeg twee biljetten, ik kreeg er een.

'Dan gaan we maar,' zei de man en met ons vieren schoven we naar een zijdeur. Toen we er bijna waren zei het meisje: 'U moet niet rijden, meneer Charls, echt niet.'

De man deed weer een greep en keek tevreden toen hij beethad. 'Alleen als jij...'

Het meisje rukte zich los en liep weg terwijl ze haar schouders ophaalde. De bewaker herhaalde wat zij had gezegd: 'Niet rijden, meneer Charls, echt niet.'

Hij keek naar mij en ik kon raden wat hij dacht.

'Hebben ze hier geen taxi?'

Het was geen vraag waar de bewaker een antwoord voor overhad.

'Kun je zelf niet zorgen dat hij thuiskomt?'

Weer geen antwoord. Alleen een opgetrokken bovenlip en twee donkere, starende ogen.

'Mijn Dodge staat bij het Days Inn.'

'Zijn Tucker staat daar.' De bewaker wees naar de deur. 'Er vlak achter. Als je eerst je rijbewijs laat zien...'

Ik wilde twee dingen tegelijk zeggen en daarom duurde het even voor ik woorden had gevormd. 'Zei je Tucker? Ik bedoel, Tucker?' De verontwaardiging over de vraag om het rijbewijs ebde weg. Een Tucker?

'Een Tucker Torpedo. Uit 1948, schijnt het. Er zijn er maar enkele tientallen van gemaakt.'

Voor het eerst keek ik naar de dronken man of ik hem van mijn leven niet wilde vergeten. Uiterlijk van een hillbilly, bundel dollars op zak, drank in een casino, een Tucker Torpedo klaar achter de zijdeur, wat was hier gaande?

De man eiste mijn aandacht op door met zijn armen te maaien en te roepen dat hij zijn tas wilde. Hij bedoelde de fles, zag ik toen het meisje was opgeroepen en zij de tas had aangereikt. Twee van de oude vrouwen keken afkeurend toen hij de fles uit de papieren zak trok en een paar slokken nam. Maar ze zeiden niets. Evenmin als de bewaker, die een andere kant uit keek.

'Rijbewijs, meneer,' zei hij toen ik de klink van de deur beethad. 'We kennen meneer Charls. We kunnen hem niet aan iedereen meegeven.'

Het klonk of ik de boodschappen moest afleveren.

Tucker Torpedo, dacht ik. Hij heeft er een en ik mag erin rijden.

De indiaanse bewaker zag mijn gezicht en grijnsde. 'Geen brokken maken,' zei hij toen hij de gegevens van mijn rijbewijs had overgeschreven. 'Geen brokken en geen omweg, oké?'

De man stond erop dat het meisje de autosleutel uit zijn broekzak haalde en het duurde een hele tijd voor ze die had gevonden. Toen het zover was begreep ik wel waarom ze blosjes had gehad. Het is moeilijk kiezen tussen je waardigheid en een paar honderd dollar, maar ze had besloten dat haar waardigheid de pot op kon, al huiverde ze toen meneer Charls haar probeerde te kussen.

Een paar minuten later zat ik in de Tucker. Meneer Charls zat naast me, zijn tas tegen de borst en zacht boerend. Toen hij moest overgeven draaide hij eerst het raampje open. Dronken of niet, hij wist in wat voor auto we zaten.

Het duurde even voor ik begreep dat de duimgebaren die de oude man maakte bedoeld waren om de route aan te geven. Duim naar links was linksaf, naar rechts rechtsaf. Het was duidelijk genoeg, maar snap het maar in opkomende mist op een smalle weg zonder verlichting. Toen ik de bedoeling doorhad waren we na ruim een kwartier uit de doolhof van half verharde bergweggetjes en zaten we op de binnenweg van Cherokee naar Bryson City.

Een eindje voorbij Bryson City, toen we over de grote weg door de Alarka Mountains reden en ik eindelijk ontspannen zat in een van de meest begeerde auto's van na de Tweede Wereldoorlog, werden we voorbijgereden door een auto van de politie van Graham County. De auto remde en ik zag een stopteken. Ik reed tot vlak bij de achterbumper en zag een portier opengaan en benen naar buiten komen. Het duurde bijna een kwart minuut voor een bovenlijf en een hoofd volgden. Daarna gingen het hoofd en het halve bovenlijf weer naar binnen.

'Hoed,' zei de man naast me. 'Hij vergeet vaak zijn hoed. Hij is niet zo slim.'

'Is dit Graham County?'

'Bijna. Ik woon in Graham County.'

De politieman was dik en hij pufte hoorbaar toen hij naast de Tucker stond. Ik draaide het raampje helemaal naar beneden en zag zijn buik naar binnen puilen.

Boven de buik klonk een norse stem. 'Laat.'

Ik zocht een gaatje naast de buik en probeerde er mijn woorden door te sturen. 'Laat voor wat?'

'Twintig minuten staan wachten. Dat laat.'

Ik probeerde te raden wat de man bedoelde. 'Hebt u op mij staan wachten, agent?'

'Deputy,' snauwde hij. 'We hebben een sheriff in Graham.'

'Hebt u op mij staan wachten?'

'Telefoontje uit het casino. Waar ben je geweest?'

Mencer Charls vertelde het hem en de deputy luisterde beleefd, maar hij wilde het ook uit mijn mond horen. Daarna wilde hij mijn rijbewijs zien en vroeg hij waarom ik in dit deel van het land was en waar de reis heen ging. Hij hield pas op met vragen toen de oude man een slok uit zijn fles had genomen en zich over me heen boog om in zijn buik te kunnen porren. 'Naar huis, Abe. Meteen.'

De deputy liet zijn hoofd zakken en keek naar binnen. 'Ja, meneer Charls. Alles goed?'

'Naar bed,' zei de man naast me en hij nam een slok.

De deputy staarde naar de hals van de fles die uit de papieren zak stak, mompelde iets en drukte zich omhoog. 'Ik zal vooruitrijden. We hebben slecht zicht.'

15

Ik liet het raampje naar beneden om de alcohollucht te verdrijven die zich had gemengd met de lucht van braaksel en volgde de achterlichten. Ik zag de weg smaller worden, ik zag flarden mist en ik zag de omtrekken van duizenden bomen. Net toen ik me afvroeg of in dit deel van North Carolina iemand woonde zag ik een huis. Het was een flink uit de kluiten gewassen blokhut met een grote veranda. Ze zag er nieuw en schoon uit in het licht van meer lampen dan ik gedurende de hele rit had gezien. Een eindje verder stond nog een blokhut, hij kon het broertje van de eerste zijn. In totaal zag ik er zes. De zesde was de grootste en daar moesten we zijn. De deputy stopte en maakte een armgebaar. Ik stapte uit, liep om de Tucker heen en pakte de hand van de oude man.

'Kallem aan,' zei hij. 'Langzaam.'

We schuifelden naar het huis en hij stapte op de veranda. Toen ik hem wilde volgen stak hij een hand op. 'Abe weet waar jij slaapt.'

'In het Days Inn in Cherokee.'

'Hoe wil je daar komen? In de Tucker?' Hij lachte een lachje waar veel vocht in zat, opende een deur die niet op slot zat en ging naar binnen.

Deputy Abe duwde me naar een blokhut die een beetje achteraf stond, zei dat het een onderkomen voor gasten was en vertelde me wat hij zou doen als ik me niet gedroeg. Terwijl hij praatte klopte hij met zijn wapenstok tegen zijn broek. Hij had erop geoefend en ik hoorde pok-pok-POK-pok-pok-POK. 'Snap je me?' vroeg hij toen hij klaar was.

Ik knikte, maar daar had hij niet genoeg aan. Hij pokte nog een serie en pakte mijn arm net boven de elleboog vast. Het was een pijnlijke greep en ik pikte het alleen omdat hij politieman was. Als ik lastig werd zou hij me meenemen naar het bureau of naar een open plek in het bos, hij was het type mens van wie je alles kon verwachten.

'Ja,' zei ik.

Hij drukte zijn dikke buik tegen me aan en ademde zwaar. Hij kwam lengte te kort om me bang te maken, maar toen hij op zijn tenen stond rook ik een maaglucht. 'Zeker weten?'

'Ja,' zei ik.

'Ja, deputy.'

Ik kon hem hebben en hij wist het, maar hij wist ook dat ik niets zou proberen. 'Deputy.'

Hij tikte nog een serie poks tegen zijn broek en wees met de wapenstok naar de deur. 'Slapen. Niet rondspoken.'

Hij bleef kloppen tot ik de deur achter me dichtdeed en reed pas weg toen ik al een poosje in bed lag. Het was een groot bed, in een kamer die eruitzag of ze een paar uur geleden was schoongemaakt.

3

'Oké,' zei de barkeeper, die ik niets anders had zien doen dan glazen wrijven en bier tappen. 'Ik heb even tijd. Stel je vraag maar.'

'Wat was dat daarnet, met die grote man?'

De barkeeper keek tevreden. 'Precies de goede vraag.' Hij wees naar de man en de vrouw. 'Hoogste tijd, John.'

De man knikte. Hij ging staan, hielp de vrouw van haar kruk en stak een hand op naar de bierdrinkers. 'Tot morgen, jongens.'

'Altijd,' zei de middelste. 'Dag Cindy.'

'Trusten,' zei de vrouw.

'Valt je niet op dat ze niet hebben betaald?' vroeg de barkeeper toen ze weg waren. 'Betalen doen we hier niet. Niet als je hier woont. Vrij drinken voor de inwoners.' Hij ging rechtop staan. 'Wat was dat daarnet, met die grote man? Goede vraag. Ik zal het je vertellen. De vent die besloot dat hij beter weg kon gaan was een zwerver.'

Ik haalde het beeld terug en zag een grote man voor me in nette kleren, goed geknipt, goed geschoren. 'Zo zag hij er niet uit.'

De barkeeper keek naar de bierdrinkers, die zaten te knikken. 'Hij was een zwerver omdat wij vonden dat hij een zwerver was.'

Ik verwachtte dat de bierdrinkers instemmend zouden mompelen, maar dat deden ze niet, ze knikten nog een paar keer,

wezen naar hun bier en wachtten tot de barkeeper had bijge-
schonken. Daarna dronken ze in stilte, schoven hun glas weg
en gingen naast me staan. Vlak naast me. Ze staken geen vinger
uit, maar omdat ze alle drie het hoofd in de nek hadden en
zwaar ademden voelde ik drie luchtstroompjes verschaald bier
langs mijn hoofd strijken.

'Omdat ik ook een zwerver ben?' vroeg ik, zonder iemand
aan te kijken. Het was de enige vraag waar ik op kon komen en
ik had geen idee wie hem het best zou kunnen beantwoorden.

De barkeeper glimlachte en maakte een gebaar. De bierdrinkers deden een stap achteruit, maar bleven naar me kijken.

'Links van je staat Luther,' zei de barkeeper. 'Luther Brad-
shaw. Hij woont in de derde blokhut als je linksaf gaat. Hij heeft
een vrouw en vijf kinderen. Naast hem staat Alvin Graham. Hij
is in de verte familie van de Graham naar wie deze county is
genoemd. Rechts zie je Silas Burrell, weduwnaar met drie kinderen. Hij woont in de tweede blokhut rechts, naast Alvin en
Liz Graham. Ik heet Snail. Dat is mijn echte naam, het is maar
dat je het weet. Ik ben de snelste niet en daarom zeiden ze op
school dat ik me aan mijn naam had aangepast. Traag als een
slak. Niemand gebruikte op school mijn voornaam, daar ben
ik aan gaan wennen. Hou het dus maar gewoon op Snail.' Hij
wees met een duim over zijn linkerschouder. 'Ik woon daar,
mooi dichtbij. Hoe heet jij ook weer?'

'Jeff,' zei ik. 'Jeff Meeks.'

'Dag, Jeff,' zei Snail. 'Jij bent geen zwerver, jij bent de gast van
Charls Crisp. Wij noemen hem cc. Zeg jij maar meneer Charls.
Jij mocht in zijn Tucker rijden en dat maakt dat we voorzichtig
met je zijn. Hoe lang dat duurt weet ik niet. Heel kort misschien als je niet kunt uitleggen waarom je een rijbewijs hebt
met de naam Aabelson.'

Het was omdat ik liever geen rijbewijs aanvroeg op naam

van Jeff Meeks. Voor autoriteiten in een paar staten en steden, vooral Denver en Colorado, was Jeff Meeks dood en moest hij dat blijven. Een vrouw die ik had ontmoet in de woestijn van Arizona en die ik als mijn tweede moeder was gaan beschouwen had me aan een nieuwe identiteit geholpen: Jeff Aabelson, geboren in Rolla, Missouri, nu zevenendertig jaar oud. Omdat ik geen zin had om over mijn verleden te praten zei ik: 'Mijn moeder heette Meeks. Meeks is korter dan Aabelson.'

Snail maakte een gebaar en de drie mannen gingen terug naar hun kruk. 'Hoe zou je het vinden als we de sheriff vroegen je na te trekken?'

'Geen bewijs van vertrouwen,' zei ik, terwijl ik me afvroeg waarom ik niet naar Cherokee was gegaan om mijn Dodge Ambulance op te halen.

Snail tapte een biertje en zette het voor me neer. Het was het eerste drankje dat ik had gekregen sinds ik bij de bar was komen staan. 'Dit is een bewijs van groot vertrouwen,' zei hij. 'We zijn de beroerdsten niet. We zijn alleen voorzichtig. Ben je er al achter in wat voor dorp je terechtgekomen bent?'

4

Het was geen echt dorp, het was niet eens een gehucht. Het was een verzameling blokhutten die er bijna allemaal hetzelfde uitzagen en die waren gebouwd op de flank van een berghelling die je beter heuvelrug kon noemen. Alle blokhutten, ik had er veertien geteld, zagen eruit of ze een paar jaar geleden waren gebouwd. Met gras eromheen en struiken, alles goed onderhouden. Overal stonden lantaarns. Bij elke blokhut stonden twee of meer auto's die niet ouder waren dan een jaar of drie. Ze waren eigendom van de meest zwijgzame mensen die ik ooit had ontmoet. Vijf was ik er tegengekomen op mijn rondje na het ontbijt en niet één had een woord gezegd. De Tucker die ik voor het huis van meneer Charls had geparkeerd was verdwenen. Toen ik de voordeur een paar centimeter openduwde en iets riep gaf niemand antwoord.

Ik ging terug naar de blokhut waarin ik de nacht had doorgebracht en las de voorpagina van de krant die op tafel was gelegd. *The Sylva Herald* berichtte dat de oude gevangenis van Jackson was gesloopt en dat inwoners van Tuckasegee tegen nieuwe plannen voor mijnbouw waren. In Cashiers was een man verdronken en een vader en een zoon waren gewond geraakt bij een auto-ongeluk ten zuiden van Dilssboro. Dat was de voorpagina. De rest was nog interessanter en het duurde niet lang of ik kleedde me uit om mijn oefeningen te doen. Het was niet warm in de blokhut maar vijftig sit-ups gevolgd door vijftig push-ups maakten veel goed. Ik had een vrouw gekend die haar push-ups met één hand deed. Af en toe probeerde ik het ook, maar vaker dan vijf keer lukte het zelden. Ik was bij drie toen de deur openging en een vrouw binnenkwam. Ze deed een stap de kamer in, zag me en verstarde langzaam. Ze bleef wel kijken, met grote ogen, en ze zag dat de push-up volkomen mislukte. Ik viel bijna plat op mijn gezicht en ze moet hebben gedacht dat ik haast had om de edele delen uit het zicht te houden, want er verscheen iets van een glimlach om haar mond. Verder kwam de glimlach niet en hij bleef niet lang hangen. Zij keek naar mij en ik keek, met een hand dubbelgevouwen onder me, naar haar. Zij zag een blote dertiger van bijna twee meter met iets te lang haar, een baard van twee dagen en een gebruinde huid waarop zweet lag. Ik zag een vrouw die in de veertig leek maar die waarschijnlijk jonger was, met bruin haar vol krullen van gietijzer, zorgrimpels langs de neus en gekleed in een ruimvallend shirt met korte mouwen, een katoenen lange broek en schoenen met veters die loshingen. Ze deed me aan meneer Charls denken, al wist ik niet precies waarom, misschien omdat haar kleren ook smoezelig waren, maar van een goede kwaliteit.

Toen ik was uitgekeken zei ik: 'Ik doe oefeningen.'

Ze knikte.

Ik wurmde mijn hand onder me vandaan en trok een knie naar voren. 'Wat doe je als ik opsta, schreeuwen?'

'Waarom?' Ze zag kans een flinke portie minachting in het woord te leggen.

Ik stond op en zag de lijnen langs haar neus dieper worden. Maar er was een schittering in haar ogen en haar bovenlichaam ging langzaam iets naar voren. Ik wist zeker dat ze het liefst naar me toe was gelopen.

Ik stond op, ging naar de badkamer en pakte een handdoek. Ze stond nog steeds net voor de deuropening toen ik de kamer in liep terwijl ik me afdroogde. 'Loopt iedereen overal zo maar in en uit?'

Ze negeerde de vraag. Met haar ogen volgde ze elke beweging die ik maakte en toen ik me omdraaide en mijn lies afdroogde hoorde ik een zuchtje. 'Ik dacht dat je weg was.'

Ik liet de handdoek vallen en pakte snel mijn onderbroek. 'Waar naartoe? Mijn auto staat in Cherokee.'

Ze gaf pas antwoord toen ik de onderbroek aanhad en ik zag iets van teleurstelling op haar gezicht. Ik wist niet hoeveel entertainment er was in dit gehucht vol blokhutten, maar voor de vrouw was ik een hoogtepunt.

'Ik kom schoonmaken.'

Ik keek rond. Nergens lag stof, alles blonk. 'Waarom?'

'Omdat ik dat nou eenmaal doe.'

'Omdat je de schoonmaakster bent?'

Ze knikte. 'Ik vind het leuk, schoonmaken. Ik ben Cory. De dochter van Charls, een van de dochters, maar de enige die hier woont.'

Ik was in het donker achter een politiewagen aan gereden en had geen idee waar ik was. 'Heeft "hier" een naam?'

Ze keek me onderzoekend aan. 'Charlsville, wist je dat niet?'

'Charlsville. Van Charls, meneer Charls?'

Ze bekeek me opnieuw. Met andere ogen dit keer, zachtere. 'Je wist het niet, hè?'

'Ik wist het niet.' Ik wist veel niet. Nieuwe blokhutten, allemaal goed onderhouden, kortgeknipt gras, veel lantaarns, wandelpaden langs de wegen, allemaal in Charlsville, genoemd naar meneer Charls die een Tucker bezat. 'Ik ben net buiten geweest, maar niemand zei een woord.' Ik pakte mijn shirt en keek naar de plekken onder de oksels. Ik had schone kleren in de Dodge, en sokken die geen harde plekken hadden op plaatsen waar zand zich had gemengd met vocht.

De vrouw wees. 'Naast de badkamer zijn kleren.'

Ik had de inloopkast gezien, twee lange rekken met kleding in verschillende maten, veel grote maten. 'Is de bewoner van dit huis met vakantie?'

'Dit huis is voor gasten. De kleren ook. Ga maar kijken. We hebben er veel in de grotere maten. Je moest eens weten hoeveel grote, stoere mannen ik hier al heb gezien.'

'Omdat je vader van groot houdt?'

Haar hoofd ging weer opzij. Elke keer als ze nadacht over een antwoord maakte het slagzij. 'Je weet echt niets, hè?' Ineens keek ze fel. 'Of doe je alsof?'

'Ik heb je vader vannacht naar huis gereden omdat hij dronken was. Een deputy wachtte ons halverwege op en reed voor ons uit. Als escorte. Ik denk dat je vader belangrijk is, op een of andere manier, maar ik heb geen idee waarom. Hij zag eruit als een oudere man die zijn hele leven heeft gewerkt en vertier zoekt in een casino, waar hij...'

'Uit zijn eigen fles sterkedrank mocht drinken?'

Ik knikte.

'En naar de vrouwen mocht kijken die daar waren?'

Ik huiverde. 'Niet naar de stokoude.'

'Wel naar de meisjes die drank rondbrengen.'

'Er was er maar eentje.'

'Arme pappa. Dus jij bracht hem thuis, maar je weet niks.'

'Ik weet dat er een gehucht naar hem is genoemd.'

'Dorp.' Opnieuw de felle klank. 'Wij noemen Charlsville een dorp. Het is klein, maar het wordt groter.'

'Omdat je vader dat wil?'

'Omdat wij het willen.' Ze strekte een arm. 'Daar is de kast. Zoek een shirt uit, dan zit je tenminste niet langer aan die okselplekken te frunniken.'

Er was een ruime keuze en ze stond erop dat ik een half dozijn shirts paste. De meeste reikte ze aan en daarbij liet ze een paar keer een hand over mijn billen glijden, heel vlug en licht, net of het per ongeluk was, maar ik had vaker een shirt aangereikt gekregen en wist dat je daarbij heel goed je handen boven de gordel kunt houden.

'Deze,' zei ze op een toon alsof ze een kind toesprak. 'Staat je goed. Dus je wist niets van Charlsville?'

'Ik weet nog steeds niet veel.'

'En het was toeval dat je pappa in het casino zag?'

Ik dacht na over de vraag. De deputy had ook zoiets gevraagd en er net zo sceptisch bij gekeken. 'Het was toeval dat ik in Cherokee belandde en ook toeval dat de bingohal net dicht was. Dat ik naar het casino ging was geen toeval, want het was de enige plaats waar iets te beleven viel, en dat ik je vader zag was al helemaal geen toeval, ik kon hem moeilijk over het hoofd zien, hij was de enige gast waar leven in zat.'

Ze hield haar hoofd weer scheef. 'Ben je van plan om lang te blijven?'

Ik knoopte het shirt dicht. Het was donkerrood en paste perfect bij de menievlekken in mijn spijkerbroek. 'Zeg maar hoe laat de bus gaat.'

Ze lachte spottend.

'Of hoe ik aan een taxi kan komen.'

'Taxi. Hier.'

'Of wie me weg kan brengen, je denkt toch niet dat ik ga lopen?'

'Nee,' zei ze. 'Dat dacht ik niet. Ik denk dat je blijft. Iedereen wil altijd blijven. Als je naar links gaat kom je bij het huis met de winkel. Iets verder is de bar. Als pappa terugkomt zal ik zeggen dat je weg wilt.'

'Omdat je vader toestemming moet geven?'

Ze likte haar bovenlip. 'Zoiets.'

'Omdat je vader de baas is?'

Ze knikte.

'Van alles?' Er schoot me iets te binnen. 'Ben ik in een sekte beland of zoiets?'

Dit keer lachte ze echt. Het was een kirrende lach en haar gezicht kreeg er iets meisjesachtigs door. Ze was niet in de veertig, zag ik nu, midden dertig, misschien iets ouder. 'Je komt er wel achter,' zei ze. 'Als je echt niets weet dan hoor je het wel en als je wel iets weet dan zul je merken dat je niet had moeten komen. Ga maar naar de winkel, of de bar, ik ga schoonmaken.'

5

'Als je wel iets weet dan zul je merken dat je niet had moeten komen,' citeerde Snail terwijl hij een glas water voor zichzelf inschonk. 'Barkeepers horen niet te drinken,' zei hij en de drie bierdrinkers knikten. 'Cory kan het mooi zeggen als ze wil. Viel je iets aan haar op?'

'Dat ze de dochter van de baas is?'

Snail keek naar me met samengeknepen ogen. 'De baas? De baas van wie?'

'Jullie? Het gehucht Charlsville dat ik dorp moet noemen? Cory zei dat Charls...'

'Meneer Charls voor jou.' Snail zei het scherp en hij keek of hij het meende.

'... dat menéér Charls niet de leider van een sekte is. Wat is hij dan wel? Grootgrondbezitter?' Hij had er niet naar uitgezien met zijn morsige kleren en die drankfles in de papieren zak, maar je wist nooit. 'De baas van Graham County?'

'Je weet het echt niet?'

Ik begon moe te worden van de vraag. 'Als ik weer "nee" zeg, geloof je me dan?'

'Wij geloven alles,' zei Snail, 'al zijn we niet van een sekte. Viel je iets op aan Cory, vroeg ik.'

Dat ze over mijn billen aaide. Dat ze onbeschaamd lang naar me had gekeken. Dat ze iets had uitgestraald wat wij vroeger op school zouden hebben geïnterpreteerd als 'pak me dan'.

'Niets.'

'Niets.' Snail keek de bierdrinkers aan en alle vier hadden ze een binnenpretje. 'Hij is hier al bijna vierentwintig uur en er is hem niets opgevallen. Niet aan Cory in elk geval. Het is me wat, en ze doet nog wel zo haar best. Wij allemaal, mag ik wel zeggen.' Hij pakte mijn glas en schonk in. 'Valt je aan ons wel iets op?'

Ik was het spelletje beu. 'Dat jullie mensen klappen en duwen geven en dat normaal vinden, dat valt me op. Zou je niet vertellen over de grote man die is vertrokken?'

'Die we dus een zwerver noemen,' zei Snail. 'Hij zei dat hij familie was van CC. Een achterachterneef van Marge Lequire, CC's vrouw. Ze is overleden en dat heeft CC geen goed gedaan, hou daar rekening mee als het aan de orde komt. De achterachterneef zei dat hij schuldbekentenissen had, ondertekend met Charls Crisp. Hij wilde de bekentenissen inruilen voor geld. Niet eens veel geld, een paar duizend dollar.'

'Maar meneer Charls wilde niet betalen.'

'CC heeft de vent niet eens gezien. Hij reed gisteravond in Charlsville rond, dat doen er meer, meestal uit pure nieuwsgierigheid, maar hij stapte ook uit en ging een huis binnen.' Hij wees naar de middelste bierdrinker. 'Hij stond zomaar in de woonkamer van Alvin. We hebben niet allemaal sloten op de deuren, maar dat betekent niet dat je zonder waarschuwing binnen mag lopen. Alvin zat te eten, samen met zijn vrouw en kinderen. Alvin waarschuwde ons en we hebben de achterachterneef naar de bar gebracht. We hebben hem hier gehouden tot we erachter waren wat hij kwam doen. Daarna hebben we de handtekeningen onder de schuldbekentenissen gecontroleerd. Ze waren vals.' Hij schoot in de lach. 'Een paar maanden geleden hadden we hier ook een familielid, ook met een schuldbekentenis. Er stond dezelfde handtekening onder. De achterachterneef had ons net verteld waar de man woont die de handtekeningen had gezet toen je binnenkwam. We hadden al gezegd dat hij beter weg kon gaan, maar hij wilde per se CC spreken. Luther, Silas en Alvin hebben hem ervan overtuigd dat het ons niet uitmaakt of je groot bent of klein: als we zeggen dat je weggaat dan ga je weg.' Hij boog zich naar me toe. 'Enig idee hoeveel grote mannen met brede schouders en grote waffels we in Charlsville hebben gezien?'

Ik zei dat ik het niet wist en nadat Snail 'zoiets dacht ik al' had gemompeld viel er een lange stilte. We dronken bier en we keken naar elkaar via de spiegel achter de bar.

'Hoogste tijd,' zei Snail nadat hij nadrukkelijk op zijn horloge had gekeken en op de klok boven de bar. 'Allemaal naar bed. Luther, Silas en Alvin wonen hier, dus ze hoeven niet te betalen. Jou zal ik matsen. Stop maar iets in de fooienpot en ga slapen, als je dat lukt.'

Ik vroeg waarom hij dacht dat het niet zou lukken, maar hij gaf geen antwoord. Hij legde een vinger tegen zijn lippen toen de bierdrinkers elkaar aankeken met gezichten van mensen die een geheim delen en wees naar een stenen wasbeertje dat een gleuf in zijn achterhoofd bleek te hebben. Ik pakte mijn portemonnee en vroeg: 'Als jullie geen sekte zijn, wat zijn jullie dan wel? Is er iemand die het me gaat vertellen of is dat het voorrecht van de grote baas?'

De ogen van Snail werden klein. 'Niemand moet iets in Charlsville, zeker CC niet. En had ik je niet gezegd dat hij voor jou meneer Charls heet?'

Ik pakte een quarter en liet hem in de wasbeer glijden. 'Een kwartje omdat ik niet kleiner heb.'

Niemand reageerde en daarom liep ik maar naar buiten. Het motregende en het was kil. Het weer weerspiegelde mijn stemming. Ik had meneer Charls in zijn Tucker moeten zetten en ervandoor moeten gaan. Ik had vanmorgen een auto moeten stelen en weg moeten rijden. Ik had met de achterachterneef mee moeten gaan. Ik had veel gemoeten. Maar ik ging naar de blokhut, draaide de verwarming op en kleedde me uit.

6

Ik had niet de buitendeur gehoord, maar wel de kleine struikeling en de gesmoorde zucht. Iemand schuifelde in de richting van de slaapkamer, iemand die de weg kende, wist waar de eikenhouten tafel stond en de eikenhouten stoelen, wist welke vloerplanken kraakten en welke niet, dat je de drempel van de slaapkamer niet moest raken, dat je uit moest kijken omdat het kleedje dat ertegenaan lag snel weggleed over de planken die glad waren van de boenwas, dat het drie grote, of vier kleine stappen was van de deur naar het bed.

Ik hield mijn adem in toen ik voelde dat een hand het laken vastgreep. Meteen erna rook ik de lucht van zeep, geen spoor van parfum of van zweet, maar huis-tuin-en-keukenzeep. Vroeger in Denver had mijn moeder me ermee gewassen, van die grote blokken waren het, witgeel van kleur. Als ze een nieuw blok gebruikte dan had je het gevoel dat de harde randen door je vel sneden.

De geur werd sterker toen een hand het laken optilde en iemand op de rand van het bed ging zitten. Ik wist vrij zeker wie het was. Geen overvaller en ook niet iemand die zou proberen me een pak slaag te geven. Als er inwoners van Charlsville waren die bezwaar hadden tegen mijn aanwezigheid dan hadden ze kansen genoeg gehad. In de bar hadden Snail en de bierdrinkers met me kunnen doen wat ze wilden. Ik ben groot, breed en sterk, maar van vier mannen kun je alleen winnen als je ze een voor een te pakken kunt nemen. Bovendien zouden de bierdrinkers naar bier ruiken en niet naar de zeep van mijn moeder.

Omdat er een poosje niets gebeurde stak ik langzaam een hand uit. Ik verwachtte een spijkerbroek te voelen of een ruimvallend shirt, maar ik voelde vel. Het zat over een heup en toen ik het streelde voelde ik iemand rillen. Beneden de heup zat vel, erboven ook. Ik liet mijn hand eerst over de bovenkant glijden. Ik deed er lang over, want er viel veel te onderzoeken, grote borsten en tepels die hard waren en zo groot dat ik de neiging had meteen het licht aan te doen. Boven de borsten hield ik op, als ik verderging zou ik zorgrimpels voelen en donker haar in stugge krullen die me aan ouderwetse krulijzers hadden doen denken. Beneden de borsten bolde de buik, daaronder was het helemaal glad. Als ik van iemand niet had verwacht dat ze haar schaamhaar zou scheren, dan was het...

Ik opende mijn mond om iets te zeggen, maar voelde een hand op mijn gezicht. 'Ssstt,' zei ze en daarna ging ze aan het werk. Ik was in mijn Dodge van de westkust gekomen, langzaam, en in korte rukken. Ik had er twee weken over gedaan en nauwelijks naar een vrouw gekeken, in elk geval niet zo dat ik er werk van had willen maken.

Twee weken is lang als je in de dertig bent en ze hoefde met haar handen en haar mond niet veel werk te verrichten om het beste uit me te halen. Ze zuchtte er harder bij dan ik en pakte mijn hoofd. 'Nou, jij.'

Oxydol, ineens wist ik de naam van de zeep. Oxydolzeep, mijn moeder kreeg het van een neef die honderden stukken in voorraad had, achterovergedrukt toen een opslagbedrijf failliet was gegaan. Als mijn moeder me had gewassen dan rook ik naar Oxydol, net als mijn zusje. Na het auto-ongeluk waarbij mijn ouders en mijn zusje waren omgekomen had ik de lucht nooit meer geroken. Niet zo als nu. Ik likte geen vagina, ik likte herinneringen en ik voelde me gelukkig.

Toen ik het licht had aangedaan lag Cory met haar handen in de lakens te klauwen, ogen gericht op het plafond, starend zonder iets te zien. 'Geen woord,' zei ze gesmoord. 'Geen woord over vrouwen die...' Ze slikte en ik zag dat haar wangen nat waren. 'Die zoals ik... Gewoon geen woord, oké?'

Ik had geen idee wat ze bedoelde. 'Oké.'

Haar stem was toonloos toen ze verderging. 'Toen ik hiernaartoe liep was ik bang. Ik ben altijd bang, al weet ik niet waarom. Bang tegen beter weten in. Alsof ik vanmorgen niet allang wist hoe je zou reageren.'

Ze gaf me de tijd om aan de scène in de inloopkast te denken.

'Ik wist precies wat je zou doen, maar ik was toch bang en als het dan voorbij is vraag ik me af wat ik heb gedaan. Dan heb ik een hekel aan mezelf. Haat. Zoals nu. Dan weet ik dat ik niets heb gedaan wat jij niet ook zou doen als je de kans kreeg, maar toch, dat gevoel. Ongelukkig, zo voel ik me dan, alleen. Dan ga ik praten, zoals nu, en dat slaat ook nergens op. Niks slaat ergens op. Dat jij hier bent niet en ook niet dat ik, hoe noemen mannen dat als ze onder elkaar zijn, de kans heb gepakt die jij me gaf.'

'Hebben de voordeuren daarom geen sloten?' vroeg ik toen ik noodzaak voelde om de spanning te breken. Het was geen beste vraag, maar ik had er al vier verworpen: 'Doe je dit elke nacht?', 'Had je misschien medelijden met me omdat ik me niet met één hand kan opdrukken?', 'Wat zou je vader hiervan vinden?', 'Waar haal je die zeep vandaan?' Dan was 'hebben de voordeuren daarom geen sloten?' toch de beste.

'Ik weet niet eens waarom ik het doe,' zei ze. 'Het komt over me. Net als bij mannen, maar dan is het gewoon. Als jij naar mij toe was gekomen dan had iedereen het begrepen.' Ze maakte het geluid van een gesmoorde lach. 'Niet hier, niet in Charlsville, hier hadden ze het niet begrepen, maar daarginds wel.' Ze maak-te een beweging die de rest van de wereld omvatte. 'Daar kun-nen mannen doen wat ze willen, maar als ik...' Haar ogen flitsten langs me heen. 'Soms wil ik gewoon, snap je, maar in Charlsville is er niemand, niet voor mij, want ik ben zijn dochter.'

'En met zijn dochter haal je geen geintjes uit?'

Ze draaide zich niet om, maar keek nu lang naar me, uit haar ooghoeken, een hand klaar om haar ogen te bedekken. 'Je mag me niet uitlachen.'

'Ik lach je niet uit,' zei ik, en ik meende het. 'Het was lekker, net.'

'Nu het voorbij is vind je me een slet, of een losgeslagen ouwe vrijster. Het is lief dat je het niet zegt, maar denken doe je het wel, dat doen ze allemaal.'

'Ik dacht aan vroeger, aan zeep.'

Haar hoofd kwam los van het kussen en ze keek nu met grote ogen, verontwaardigd. 'Zeep.'

'Oxydol, toen ze voor de radio reclame maakten ontstond de eerste soapserie. De zeep heeft de lekkerste lucht die ik ken.'

'O.'

'Echt waar.' Ik raakte met een vinger een tepel aan en wilde zeggen dat ze mooie borsten had, maar ze sloeg mijn hand weg. 'Niet doen.'

'Ik wilde zeggen dat je mooie...'

Ze deed een greep naar het laken en trok het op tot haar kin. 'Ik ben niet mooi. Ik ben klein, ik ben oud. Net zesendertig en oud, moet je mijn hoofd zien en dat haar.' Ze lachte schril. 'Je moest eens weten hoeveel huidverzorgsters, kappers die zich haarstilist noemen, pedicures en manicures aan me hebben zitten prutsen, het werd alleen maar erger. Zesendertig, onge-trouwd, dochter van meneer Charls Crisp en af en toe... nou ja, af en toe als daarnet.'

Ik richtte me op en dwong haar me aan te kijken. 'Het was goed net, geweldig, voor mij in elk geval, en wil je nou verdomme vertellen wat er aan de hand is met meneer Charls. Ik word een beetje gek van dat geheimzinnige gedoe.'

Ze slaakte een zucht en het was er een van pure opluchting. 'Ik zal het vertellen,' zei ze, 'zo meteen, maar eerst wil ik je iets duidelijk maken. Goed?'

'Goed,' zei ik en ik schoof een hand onder het laken. Beneden haar hoofd had ze geen rimpels en ik hou van glad.

Cory gaf me een tik op mijn vingers zonder er iets bij te zeggen, deed haar ogen dicht, haalde diep adem en vertelde. 'Drie jaar lang heb ik mannen ontmoet die naar me keken of ik het mooiste op aarde was. Als ik vroeg: "Is het omdat je me echt mooi vindt", dan zeiden ze: "Echt waar." Soms zeiden ze erbij: "Ik mag doodvallen als ik lieg," of: "Ik zweer het op het graf van mijn moeder." Maar als ze logen dan vielen ze nooit dood en van een paar wist ik zeker dat hun moeder nog leefde. Vanmorgen zei je dat je geen idee had waarom Charlsville is zoals het is en ik dacht: daar hebben we er weer een. Pappa heeft me verteld dat je hem gisteravond terug hebt gereden, maar ze hebben alle trucs uitgehaald die je kunt bedenken. Ik heb mensen gezien die zeiden dat ze lifters waren die waren gestrand, dat ze in een ravijn waren gevallen en hiernaartoe gestrompeld, dat ze uit het buitenland kwamen, nauwelijks Engels spraken en geen woord Engels konden lezen. Ik heb alles gezien. En eindeloos mannen die zeiden dat ik mooi was, alsof ik geen spiegel heb waar ik in kan kijken, alsof ik de rimpels niet kan zien. Daarom vraag ik steeds weer: "Weet je echt niks?" en dan hoop ik dat ik genoeg mensenkennis heb om te kunnen zien of ze liegen. Snail denkt dat je niet liegt en ik denk het ook.'

'Ben je daarom gekomen?'

Ze gaf opnieuw een tik op mijn vingers en ging zitten. 'Niet aan me zitten, als het voorbij is dan is het voorbij, bij mij tenminste, waarom is een tik op de vingers nooit genoeg, altijd moet ik het ook nog uitleggen. Ik ben gekomen omdat... ik weet het niet, omdat ik de genen van pappa heb, geloof ik. Sinds mamma dood is zit hij achter de vrouwen aan. Vroeger ook al, maar nu niet meer in het geniep. Vroeger begreep ik het niet, maar nu wel, dan zie ik een man en dan kan ik... dan denk ik... Als een man doet wat ik soms doe dan schept hij erover op in het café. Ik moet altijd alles verklaren. Uitleggen. Aan mezelf, omdat ik alleen ben en er niemand is die naar me luistert.' Ze trok met een ruk het laken weg en pakte me bij mijn haar. 'Kijk maar eens goed. Hier ligt de dochter van de rijkste man van Graham County, de ongetrouwde dochter, de ongetrouwde lelijke dochter tegen wie mannen zeggen dat ze de mooiste op de hele wereld is. Omdat haar vader drie jaar geleden de Powerball Jackpot van South Carolina heeft gewonnen. Hij kocht voor twintig dollar loten in de Clover Shop & Save in Clover en won meer dan honderdtien miljoen dollar. Hij kon al het geld krijgen in negenentwintig jaarlijkse termijnen, maar hij was al vierenzestig en hij zei: "Wat moet ik met een paar miljoen per jaar als ik in de negentig ben?" Hij koos voor een bedrag ineens: ruim zestig miljoen. Dat, en wat er daarna gebeurde heeft in alle kranten in dit land gestaan, misschien wel in alle kranten in de hele wereld. Toch kwamen er steeds mannen die zeiden dat ze nergens van wisten. Dat ze niks hadden gehoord. Dat ze met me wilden trouwen omdat ik zo verschrikkelijk mooi ben. Snap je nou waarom ik je vanmorgen niet geloofde?' Er kwam een scherp randje aan haar stem. 'Op welke planeet heb jij de laatste jaren geleefd, Jeff Meeks die ook Aabelson heet, het moet een planeet zijn waar ze geen kranten hebben.'

Dit keer deed ik mijn ogen dicht. Ze wilde een verhaal en ik had er zoveel dat ik eerst moest nadenken.

Cory gaf me een por. 'Heb je tijd nodig om iets te verzinnen?' Ze probeerde de zin luchtig te laten klinken, maar er zat venijn in haar stem.

'Planeet berg en planeet woestijn,' zei ik. 'Daar was ik. Het is geen verhaal waar ik trots op ben.'

'Alsof ik trots lig te wezen. Vertel nou maar, het gaat erom dat het zo klinkt dat ik je geloof.'

Ik dacht iets te horen van verlangen. Ze was bereid me te geloven, elk verhaal dat ergens op leek zou voldoende zijn.

'Missouri,' zei ik. 'Daar ben ik geboren. In een dorp dat Rolla heet, dik zevenendertig jaar geleden, maar kort na mijn geboorte verhuisden mijn ouders naar Seattle.'

Het was ver van de waarheid. Ik was geboren en getogen in Denver, had er mijn ouders en mijn zusje begraven na hun auto-ongeluk, was ontsnapt aan de aandacht van een oudoom die tot voogd was benoemd en was aan lagerwal geraakt. In mijn puberteit was ik een slungel van een meter tachtig, een paar jaar later was ik een slungel van bijna twee meter, een en al ledemaat en blij met elk karweitje dat ik mocht doen voor een van de belangrijke mannen in de stad, Baz Madden, baas van de criminelen in het centrum en een paar wijken erbuiten. Bij een overval op een casino was het fout gegaan. Mijn maten hadden me in de steek gelaten, ik had me wanhopig gevoeld en op mijn vlucht een man neergeslagen die een rechercheur in burger bleek te zijn. Ik was naar het buitenland gevlucht en bijna zeven jaar later teruggekomen. Ik had op een berg gewoond, samen met een man die 'de gek van Carly's Piek' werd genoemd en die elke avond voorlas uit het enige boek dat hij bezat: *Over de oorlog* van Carl von Clausewitz. Op de berg was ik een meter breed geworden, en sterk, iemand die vijftig push-ups en vijftig sit-ups kon doen zonder hard te hijgen, al moesten de push-ups met twee handen. Maanden na de dood van 'de gek' was ik genoodzaakt geweest om terug te gaan naar Denver, waar ik had ontdekt dat ik na de casino-overval in de steek was gelaten in opdracht van Madden omdat ik verliefd was geworden op het verkeerde meisje. Na Maddens dood was ik opnieuw gevlucht en in de woestijn van Arizona had ik kennisgemaakt met een vrouw die zich Kaya noemde. Ze was een tweede moeder geworden die boeken voor me had meegenomen die ik beslist moest lezen, die me alles had verteld wat ze wist over planten en dieren in de woestijn en die me de identiteit van Jeff Aabelson had bezorgd.

Omdat de deputy van Graham County de afgelopen nacht mijn rijbewijs had gezien, dat op naam van Aabelson stond, koos ik voor het Rolla-verhaal.

'Ik was nog maar net in de puberteit toen mijn ouders en mijn zusje overleden. Ze zaten in een auto die een eindje buiten Seattle tegen een vrachtauto reed die beladen was met boomstammen. Ze waren op slag dood, vermorzeld door de bomen, ik mocht ze niet eens zien. Een oudoom werd mijn voogd, maar ik ging mijn eigen weg. Ik ging loten verkopen voor een clandestiene loterij, ging mee met mannen die caféhouders afpersten, bracht pakjes naar adressen waar ze ijzeren deuren hadden en bewakers met pistolen. Toen er een keer iets fout ging ben ik gevlucht. Ik heb in Zuid-Amerika gewerkt en in Australië. Een jaar of wat geleden kwam ik terug. Ik heb in Washington State op een berg gewoond en in Arizona in de woestijn. Op een andere planeet ben je niet verder van radio en televisie dan op een berg in Washington State en in de Carrizo Mountains in Arizona. Twee weken geleden was ik in Californië, gisteren was ik in het Cherokee Reservaat. Als ik je vader niet had gezien was ik vandaag op weg geweest naar Maine, of naar Massachusetts.' Ik was niet op weg naar Maine, maar naar Connecticut, louter en alleen omdat een vrouw die me voor gek had gezet had beweerd dat ze daarvandaan kwam.

'Snap je dat ik niet trots op mezelf ben?' vroeg ik toen ik vond dat ik genoeg waarheid en leugens had gemengd.

'Dus als jij de auto terug hebt dan ga je naar Maine?'

'Of Massachusetts, het maakt mij niet uit.'

'Dan vergeet je Charlsville, en pappa, en mij?'

'Jou niet, denk ik.' Ik hoorde haar bewegen. 'Dat weet ik wel zeker. Jou vergeet ik niet, maar je vader wel en dit dorp ook.'

'Ondanks de miljoenen?'

'Het zijn de miljoenen van je vader.'

Ze zuchtte. 'Daar denken heel wat mensen anders over, geloof dat maar. Pappa heeft Charlsville gemaakt, gesticht noemt hij het liever, om veilig te zijn. Omringd door vrienden, zoals hij het noemt, maar het is niet zo mooi meer als het zou moeten zijn, en zoals het in het eerste jaar was.'

Ze gaf me de tijd om de vraag te stellen: 'Hoe was het dan?'

'Heerlijk,' zei ze. 'Rijk, afwisselend, je moest eens weten. Alles kon, drie jaar geleden. Alles. Pappa kocht die auto, een Tucker Torpedo. Ik kocht nieuwe borsten.' Toen ik keek tastte ze met haar handen naar het laken, dat ze optrok tot haar kin. 'Ik had van die kleintjes, slappe, met veel te grote tepels, het was geen gezicht. Nu past het bij elkaar. Ik was trots en dacht dat mannen me mooi vonden om die borsten. Dat ze dat krulhaar van me waar niets mee is te beginnen gewoon niet zagen omdat ze wat anders hadden om naar te kijken. Zelfs dat was niet zo. Ze zeiden dat ze me mooi vonden omdat pappa rijk is. Ik had er met honderd kunnen trouwen, toen, nu nog. Drie jaar geleden lachte ik het weg, maar nu is het niet leuk meer.'

'Heeft je vader Charlsville alleen maar laten bouwen om een plaats te hebben waar hij niet zou worden lastiggevallen?'

'Niet alleen daarom, maar veiligheid werd wel steeds belangrijker. In het begin kon belangstelling hem niets schelen. Al de bedelaars, al de mensen voor de deur, al de bedelbrieven, de afgunst, hij trok zich er niets van aan. Hij ging naar vrouwen en naar casino's, niet alleen in Cherokee, maar ook in Atlantic City, in Vegas, in het buitenland, Nassau, Mexico, ik weet niet waar. Op een dag kwam hij terug en riep hij zijn kinderen bij zich. Hij had iets bedacht.'

Ik ging op mijn zij liggen en keek naar haar gezicht, dat rood was, een grote rode vlek onder ijzeren krullen. 'Hoeveel kinderen?'

'Zes. Vijf eigenlijk, want Karen, die een jaar na mij werd geboren, stierf na een paar dagen. Wiegendood, zei de dokter. Ik ben de oudste. Na de dood van mamma, zesentwintig jaar geleden, deed ik het huishouden. Ik was tien jaar en verantwoordelijk voor het hele gezin. Voor Debbie, die nu vierendertig is, voor Charls junior, Dennis, Lendall. Lendall is de jongste. Hij is nu zesentwintig. Mamma overleed toen hij werd geboren. Ik heb hem grootgebracht.'

'Je vader is niet hertrouwd?'

Om die vraag moest ze lachen, maar het was een lach met een snik. 'Hij wilde niet. Hij was kapot van mamma's dood en het enige wat hij deed was werken. Dat dachten we tenminste. Later hoorden we dat er wel vrouwen waren, maar niet om mee te trouwen. Het waren verhalen van anderen, pappa zelf heeft nooit iets verteld. Hij was wel altijd weg. Loodgieter. Hij kon ook timmeren, maar van huis uit was hij loodgieter. Hij is geboren in Baltimore en trok door het land tot hij mamma ontmoette. Marge Lequire heette ze. Ze kwam uit Canada en woonde in Stecoah. Pappa zag haar en is in Stecoah gebleven. Hij werkte dag en nacht.' Ze rolde zich naar me toe en we keken elkaar aan. 'Weet je iets van dit deel van North Carolina? Graham County heeft nog geen tienduizend inwoners. Robbinsville is de hoofdstad en het heeft achthonderd inwoners, iets minder. In Stecoah wonen er honderdtwintig, maar het wordt wel stad genoemd. Het gemiddelde jaarinkomen was vorig jaar iets van 26.000 dollar. Landelijk was dat 42.000. De meeste inwoners zijn arm. Wij waren dat ook, vroeger, arm. Dus moest pappa werken en moest ik voor het gezin zorgen. Dat was normaal in dit gebied. Niemand keek ervan op.'

'Maar dat veranderde nadat je vader de loterij had gewonnen.'

'De South Carolina Education Lottery,' zei ze mijmerend. 'Afgekort SCEL. Je kunt loten kopen voor een of voor twee dollar. Pappa had er twintig dollar voor over, hij heeft wel honderd keer verteld dat het de eerste keer was dat hij zo veel geld ineens aan een loterij uitgaf en hij is ervan overtuigd dat het met de voorzienigheid te maken had. In North Carolina is de uitbetaling gebonden aan een maximum, in South Carolina niet. Zestig miljoen in een keer, voor iemand die zijn leven lang niet wist hoe hij rond moest komen. Vind je het gek dat we van idiotigheid niet wisten hoe we het geld uit moesten geven.'

'Tot je vader een plan had bedacht?'

Ze keerde terug naar het punt waar ze was gebleven. 'Hij riep de kinderen bij elkaar en zei dat hij een eigen dorp wilde, Charlsville, de naam stond vast. Hij wilde er mensen hebben die hij zelf uitkoos. Ze zouden een huis op naam krijgen, gratis, dus zonder hypotheek. In de bar en het winkeltje zou alles gratis zijn, maar verder zouden ze zichzelf moeten redden. Wie wilde blijven werken kon dat doen, wie wilde niksen ging zijn gang maar. De enige voorwaarde die pappa stelde was dat hij rustig wilde leven. Geen vreemden in het dorp die hem lastig zouden vallen, geen gebedel.'

'En geen sloten op de deuren.'

'Dat was het plan maar de meesten hebben nu toch een slot.

Pappa niet en dit gastenhuis ook niet, maar de meeste anderen hebben sloten aangebracht, het moest wel, af en toe stond er zomaar een vreemde in je huis.'

'Ik hoorde dat gisteren een man bij iemand naar binnen is gelopen.'

'Dat was bij Alvin. Die doet zijn deur bijna nooit op slot, maar sinds gisteren zal dat wel afgelopen zijn. Pappa had dus plannen voor Charlsville. Hij wilde dat zijn kinderen er kwamen wonen, maar Debbie werkt in Dollywood, het pretpark van Dolly Parton aan de andere kant van de Great Smoky Mountains, en ze vond het daar veel te leuk. Charls junior, die we Junior noemen, woont in Californië en zijn vrouw heeft een hekel aan dit gebied vol ravijnen en regen. Dennis wist nog niet wat hij wilde. In zijn eentje rondscharrelen, clandestien drank stoken, dat was wat hij leuk vond. In april reed hij op weg naar Fontana Village van de weg, midden in de nacht en dronken. Ze vonden hem de volgende dag, maar toen was hij al dood. Het was een koude maand en hij was doodgevroren. Ik was dus de enige die in Charlsville ging wonen omdat...'

Ze ging met een ruk rechtop zitten en zwaaide het laken weg. Met de handen voor het gezicht bleef ze zitten, hijgend als een karrenpaard.

'Opvliegers,' zei ze terwijl ze bleef hijgen. 'Niet vaak, af en toe. Vijftien jaar te vroeg.' Ze gaf me een duw. 'Niet aan me komen, niet kijken, er valt niets te zien. Ongetrouwd en opvliegers op mijn zesendertigste. Als het jong begint dan gebeurt er iets met je botten, ook nog. Ze slinken, daar komt het op neer.' Ze klonk bitter. 'De rijkste vader van Graham County, maar kijk eens waar het me heeft gebracht. In Charlsville, met weer een vent die straks weggaat en die niet terugkomt als hij weet dat er geen cent te halen is.'

'Is het geld op?'

Ze keek me met grote ogen aan. 'Op? O, bedoel je dat. Niet op, lang niet. Maar het is pappa's geld en niet het mijne. Het staat op een bank en pappa is de enige die eraan kan komen. Als hij dood is dan is de helft voor zijn kinderen en de andere helft voor de inwoners van Charlsville.'

Ik zoog lucht tussen mijn tanden. 'Dus als je vader per ongeluk een ravijn in rijdt...'

Ze maakte een afwerend gebaar. 'Hou maar op. Er zijn mensen genoeg die erop hopen. Ik pieker er elke dag over. Hij heeft gezegd dat als hij een raar ongeluk krijgt, niemand een cent zal zien, maar hoe hij het geregeld heeft weet ik niet, en ik maak me zorgen. Hij zegt er niets over, tegen niemand. Ik weet wel dat hem in Graham County weinig zal gebeuren en in Cherokee evenmin.'

'Omdat?'

Ze was weer gaan liggen, met het laken over zich heen. Haar rode kleur was verdwenen en het zweet dat als een filmpje op haar huid had gelegen leek zich te hebben opgelost. 'Omdat pappa daarvoor heeft gezorgd. Je hebt het misschien niet gemerkt maar de deputy die je vannacht heeft aangehouden reed in een gloednieuwe auto. Iedereen van het Sheriff's Department rijdt in nieuwe auto's. Op kosten van pappa. Elke school is opgeknapt, net als het gerechtsgebouw, het gebouw waarin de vertegenwoordigers van Graham County vergaderen, de bibliotheek in Robbinsville, een handjevol wegen, het bezoekerscentrum bij de Fontana Dam. Allemaal van pappa's geld. Het heeft hem een paar miljoen gekost, maar je hebt gezien waar het toe heeft geleid. Hij dronk sterkedrank in het casino in het Cherokee Reservaat, iedereen wist het, ook de politie, maar hij kwam thuis zonder problemen. In deze buurt gebeurt hem niets, maar...'

Het was een zwaar 'maar' en het woord bleef lang hangen.

'Maar?'

Ze keek me onderzoekend aan. 'Je bent in het café geweest, bij Snail. Je hebt rondgelopen en met mensen gesproken.' Ze stak een hand op toen ik wilde protesteren. 'Als ze weten dat je niet op pappa's geld uit bent dan worden ze wel toeschietelijker. Je hebt met inwoners van Charlsville gesproken. Is je niet iets opgevallen?'

Ik dacht na. Snail had hetzelfde gevraagd over Cory: 'Is je iets aan haar opgevallen?'

'Niet iets speciaals.'

Ze kneep haar ogen tot spleetjes. 'Echt niet?'

Duizend dingen. Dezelfde huizen, zwijgzame mensen, niet betalen in de bar, geen buitenstaanders, maar dat bedoelde ze niet.

'Zeg het maar.'

Ze schudde haar hoofd. 'Je komt er wel een keer achter. Het is de sleutel tot Charlsville. We hebben nu,' ze telde in stilte, 'ik geloof achtendertig inwoners. Het hadden er een paar duizend kunnen zijn, maar dat wilde pappa niet. Hij wil mensen die iets gemeen hebben. Dat maakt veel andere bewoners van dit berggebied boos. Je had allang door moeten hebben waar het om gaat. Iedereen doet elke dag erg zijn best, vooral als er een vreemde in het dorp is.'

'Snail zei het bijna net zo. Dat ze allemaal hun best deden.'

Ze trok het laken los van het bed, sloeg het om zich heen en ging op de rand zitten. 'Denk er maar over na. Je komt er wel op. Ik ga naar huis, het is mooi geweest.'

Ik pakte het laken vast. 'Wat we deden was voorspel, wat denk je van het echte werk?' Ik duwde mijn buik naar voren om te laten zien dat ik er klaar voor was.

Ze keek een seconde, niet langer, met een andere blik dan vanmorgen toen ik mijn oefeningen deed. 'Altijd hetzelfde. Nooit is het genoeg. Ik heb toch gezegd dat het na één keer voorbij is voor mij.' Ze aarzelde. 'Misschien, als je blijft, over een paar dagen...' Ze wees naar het kastje naast het bed. 'Kijk daar eens in.'

Ik trok de bovenste la open en zag een pakje condooms. Ik gooide het omhoog en ving het op. 'Dit lag er vanmorgen nog niet.'

Cory werd rood. 'Omdat ik niet wist hoe het zou lopen. De andere la.'

Er lag een stapeltje foto's in, allemaal dezelfde, allemaal van een jongen van een jaar of dertien, veertien met brutale ogen, een trek om de mond van 'kom maar op' en haar dat een decimeter te lang was.

'Wie is dat?'

'Lendall,' zei Cory. 'De jongste. Bij zijn geboorte overleed mamma, dat zei ik net. Ik heb hem opgevoed. Hij liep weg toen hij veertien was. Veertien. Pappa zei een paar maanden later dat hij dood was, maar dat is hij niet. Hij is nu zesentwintig en ik wil weten waar hij woont. Kijk naar de foto, Jeff Meeks, als je hem ooit tegenkomt dan...' Ze keerde de foto om en ik zag in een onbeholpen handschrift: *Lendall, 10.000.* 'Tienduizend dollar voor wie hem vindt. Ik heb het geld klaarliggen, in een envelop.' Ze stootte me aan. 'Twintigduizend voor jou, omdat je pappa hebt geholpen, en...' Ze maakte een machteloos gebaar. 'Ik wil hem terug, Jeff. Ik heb het tegen duizend mensen gezegd en ik zeg het opnieuw. Ik wil dat hij thuiskomt.'

Ik keek haar na toen ze, gewikkeld in het laken, naar het huis liep dat ze met haar vader deelde en vroeg me af wat ik moest. Wegwezen was het verstandigst. Desnoods naar Cherokee lopen, in de Dodge stappen en gas geven. Maar ik was moe en ik had dingen om over na te denken. Dus bleef ik. Ik ging in de kamer op de bank zitten en zette de televisie aan. Op drie zenders waren optredens van countryzangers, twee kanalen boden een hillbillyserie. Ik keek ernaar en luisterde naar het dialect. Ik kon het niet omschrijven, maar het had iets van Willy Nelson die verkouden was en voortdurend letters uit woorden wegliet. Hoe lang het duurde wist ik niet, maar toen ik met een schok rechtop ging zitten wist ik wat Snail en Cory hadden bedoeld met hun vraag of me iets was opgevallen. Iedereen had zuiver Amerikaans gesproken, zonder een spoor van dialect. Charls Crisp had voor zijn Charlsville mensen uitgezocht die niets van de hillbillytaal moesten hebben. Geen wonder dat duizenden bergbewoners het niet erg op het dorp hadden begrepen.

Ik wist dat ik uit de kennis die ik had opgedaan een conclusie moest trekken, maar het kwam er niet van. Ik dacht dat ik dacht, maar viel in slaap met de foto van Lendall in mijn handen en Roy Acuff op de achtergrond.

7

'Ik weet wat me gisteren had moeten opvallen,' zei ik. 'Je vader wil hier geen mensen die plat praten, geen...' Ik vroeg me af of er een noodzaak was om mijn woorden zorgvuldig te kiezen.

Cory stond tegenover me, hoofd in de nek, handen in de zij. Ze droeg weer een ruimvallend shirt en een katoenen broek die eruitzag of ze ermee had afgedroogd. Over een schouder hing een poetsdoek. Ze rook naar boenwas, geen spoor van Oxydol-zeep, ik moest het me verbeeld hebben vannacht, wie had er nog Oxydol.

'Heikneuters bedoel je?' Ze glunderde. 'Hillbilly's?'

'Bergvolk,' zei ik.

Ze hield haar hoofd scheef en knikte. 'Pappa is geboren in Baltimore, maar zijn ouders kwamen uit Engeland, dicht bij de Schotse grens, maar toch: Engeland. Ze spraken wat ze zuiver Engels noemden. Pappa zag meer in de Amerikaanse variant en dat mocht, maar als hij dialect sprak werd hij gestraft. Mamma kwam uit Quebec, Canada. Van huis uit sprak ze Frans, maar ze had zichzelf Engels geleerd. Mooi Engels. Pappa was er trots op, hij zei dat mamma ons voorbeeld was. Ik ben hier geboren, maar als ik een letter inslikte of een klinker lang aanhield dan kreeg ik straf. Het was bijna een obsessie, die taal. Pappa heeft heel wat karweitjes gemist omdat hij geen dialect wilde spreken. Hij wilde het zelfs niet verstaan. 'Ik weet niet wat je zegt,' zei hij als een opdrachtgever het southern-highlandtaaltje sprak. Vaak zeiden ze dan: "Donder maar op", en dan ging pappa weg. Hij heeft ze dat altijd kwalijk genomen en toen hij rijk werd...' Ze ging een stap opzij en wees. 'Kom binnen. Dus je bent erachter gekomen, dat is lang niet iedereen gelukt.'

De blokhut waarin ze samen met Charls woonde zag er aan de voorkant precies zo uit als alle andere, maar aan de achterkant was ze uitgebouwd. Alle wanden waren wit gestuukt en de houten meubels en kasten blonken van de was.

'Noem je het blokhut of huis?'

Ze haalde de schouders op. 'Wat je wilt. Voor mij is het mijn huis.'

'Zonder slot.'

Ze huiverde. 'Ik zou er wel drie willen, maar pappa zegt nee. In het begin voelde ik me veilig, nu niet meer, niet altijd. Ik heb soms het gevoel dat overal mensen zijn. Op de weg en daarginds, in het bos.' Ze maakte een wanhoopsgebaar. 'Ik ga niet graag 's avonds naar buiten, ik ben altijd bang dat er iemand uit de struiken tevoorschijn komt.'

Ik zei dat ik de indruk had dat Charlsville omringd was met hellingen begroeid met ondoordringbaar bos.

'Er lopen een paar paden, als die er niet waren geweest dan hadden pappa en Dennis deze plaats niet ontdekt. De paden beginnen aan de andere kant van het bos, bij Dry Creek Road en Cody Branch Road. Het is een heel eind lopen en je moet helling op, helling af, maar sommige mensen hebben dat er voor over om te zien dat hier niets te zien is.'

'Over wat voor mensen heb je het?'

'Over rare mensen, nieuwsgierige mensen. Uit de buurt waarschijnlijk, Stecoah, Cheoah Bald, Wesser, mensen die het gebied goed kennen.'

'Wat vindt je vader ervan?'

'Die lacht me uit. Hij vindt dat ik te veel pieker. Waarschijnlijk heeft hij gelijk, maar hij is vaak weg en dan ben ik alleen.'

'Wat zou je denken van een wapen?'

Ze knikte. 'Heb ik aan gedacht. Koffie?'

Over sloten en wapens spraken we niet meer. Wel over Lendall.

Ik zei 'ja' op Cory's vraag of ik de foto goed had bekeken en 'ja' toen ze vroeg of ik wel had begrepen dat ze het meende toen ze zei dat ik niet tienduizend maar twintigduizend dollar zou krijgen als ik hem vond. Daarna pakte ze een boek en bladerde erin. 'Deze.' Ze wees een foto aan. 'Zie je dat, pappa toen hij vijftien was. Sprekend Lendall.'

Ik zag de gelijkenis niet, maar humde instemmend. 'Waarom ging hij weg, Lendall?'

'Het zat niet goed tussen pappa en hem. Pappa gaf Lendall de schuld van het overlijden van mamma. Ze was er slecht aan toe na de geboorte en Lendall ook. De artsen schijnen meer aandacht te hebben besteed aan Lendall dan aan mamma en mamma stierf. Zonder Lendall zou mamma hebben geleefd, zo ziet pappa het. Het is raar dat hij zo denkt en als ik erover begin ontkent hij het, maar het is wel zo. Hij wilde niets met Lendall te maken hebben. Ik heb hem opgevoed, vrijwel in mijn eentje. En hij ging niet weg, zoals jij zei, hij liep weg. We woonden in Stecoah en hij ging met de schoolbus naar Robbinsville. Hij is uitgestapt en de school in gelopen aan de voorkant en uit gelopen aan de achterkant. Hij moet de bossen in zijn gegaan, want niemand heeft hem op straat gezien. Hij kwam gewoon niet terug.'

'Hoe lang is er gezocht?'

Ze legde het boek weg en bleef met haar rug naar me toe staan terwijl ze antwoord gaf. 'Hoe lang denk je? Veel kinderen gingen heel jong het huis uit, soms moesten ze wel, uit armoede. Junior was dertien toen hij naar Nashville ging. Hij was pappa's hulpje vanaf de dag dat hij van school ging, maar hij wilde geen loodgieterswerk doen, hij wilde timmeren. Pappa kende een timmerman in Nashville en daar ging Junior in de leer. In het begin kwam hij een paar keer naar huis, daarna belde hij of stuurde hij een kaartje. Hij ging uiteindelijk naar Sacramento in Californië, naar de warmte.' Ze keek of ze de zon op haar gezicht voelde. 'Debbie ging weg toen ze verkering kreeg, zestien was ze. Dennis heeft nooit echt iets gewild, dus bleef hij. Lendall liep weg, en, nee, de politie ondernam geen zoektocht. Lendall was de opstandige zoon van een arme loodgieter die het zo hoog in de bol had dat hij geen dialect wilde leren. Pappa was niet populair in Graham County, en wij dus ook niet. Alles wat pappa deed straalde af op ons, zo gaat dat hier.'

'Toen hij rijk werd heeft hij de countypolitie wel nieuwe auto's gegeven.'

Cory trok een gezicht. 'Heel wat meer dan dat. Om het verleden te vergeten, zei pappa, maar ik denk dat hij zeker wilde zijn van bescherming. Pappa is slim in die dingen. De politie doet nu wat hij wil. Vroeger niet. Lendalls foto werd op het politienet gezet, dat was alles. We hebben nooit meer iets gehoord. Ik niet, tenminste.'

Haar stem klonk verwrongen en ik zag haar rood worden.

'Opvlieger?'

'Kwaad.' Ze snauwde bijna. 'Woedend. Als ik hem ooit terugzie dan ga ik hem slaan. Om de pijn die hij me heeft aangedaan. Om alles.'

'Heeft je vader naar hem laten zoeken toen hij rijk was?'

'Ik.' Ze draaide zich om en priemde tussen haar borsten. 'Ik heb iemand gehuurd, zonder dat pappa het wist, iemand uit Knoxville, Tennessee. Een privédetective. Het enige waar ze mee kwam was rekeningen.'

'Ze?'

'Gail Rogers. Rogers P.I. stond op haar visitekaartje. Private

Investigator. Als je haar hoorde dacht je dat ze Jimmy Hoffa had kunnen vinden. Ze bereikte niets, maar ik kreeg een maand later wel een rekening van vijfduizend dollar. Pappa heeft betaald. Hij was boos op me omdat ik haar had benaderd. Hij zei dat het afgelopen moest zijn met dat gezoek. Ik vond eerst van niet, maar hij had gelijk, dat mens deed wat honderdduizend mensen probeerden, ze wilde profiteren van het geld dat pappa had.' Ze haalde diep adem. 'Sorry, ik sla door. Als ik aan Gail Rogers denk word ik weer kwaad. Lendall is weg en pappa wil hem vergeten. Hij wil mamma vergeten en Karen, en Dennis, iedereen die dood is of dood lijkt zoals Lendall. Toen Junior en Debbie zeiden dat ze niet in Charlsville wilden wonen leek het erop dat hij hen ook wilde vergeten. Hij kan stijfkoppig zijn, pappa, maar hij draaide bij. Hij betaalde hun hypotheken en zorgt ervoor dat ze geen uitgaven hebben als het om eten en drinken gaat. Hij behandelt ze alsof ze hier wonen. Gratis huis op naam, gratis voedsel. Wie eten nodig heeft gaat naar het winkeltje van Willy en Maggie Tarquit. Wat ze niet hebben, wordt besteld en dat wordt dezelfde dag nog gebracht.' Ze liep naar me toe en tikte tegen de foto van Lendall. 'Zul je naar hem uitkijken?' Ze keek smekend. 'Ik vraag niet of je hem wilt zoeken. Uitkijken is genoeg, oké?'

Ik had niet het lef om nee te zeggen en schaamde me ervoor. Ik kon twintigduizend dollar goed gebruiken, maar de problemen van de familie Crisp waren de mijne niet en ik had het gevoel dat dat beter zo kon blijven. Ik wilde naar mijn Dodge in Cherokee, maar dat bleek niet te kunnen zolang Charls me niet had gesproken en hij was weg met onbekende bestemming. Het bedierf mijn trek in koffie en ik stond op.

In de gang wees Cory naar een tekst die achter glas hing en zei: 'Lees maar.'

'William Bud Post won in 1988 16,2 miljoen dollar in de Penn-

sylvania-loterij, maar hij leeft nu van een uitkering van 450 dollar
per maand en voedselbonnen. "Ik wou dat het nooit was gebeurd,"
zei hij. "Het was een totale nachtmerrie." Een ex-vriendin sleepte
hem voor de rechter in een poging een deel van het geld te krijgen.
Het was niet zijn enige rechtszaak. Een broer werd gearresteerd
omdat hij een huurmoordenaar had betaald om William te ver-
moorden, in de hoop dat hij het geld zou erven. Andere familie-
leden treiterden William Post net zo lang tot hij geld investeerde
in hun autobedrijf en een restaurant in Sarasota, Florida. De be-
drijven brachten geen cent op en zorgden voor een verdere verwij-
dering tussen William en zijn familieleden. Post bracht enige tijd
in de cel door omdat hij een pistool afschoot over het hoofd van
een man die een schuld kwam innen. Binnen een jaar stond hij
een miljoen dollar rood. "Ik ben moe, ik ben vijfenzestig jaar, en
ik heb serieuze hartproblemen," aldus Post. "Loterijen betekenen
helemaal niks meer voor me".'

'Af en toe hang ik een nieuwe tekst op,' zei Cory. 'Speciaal
voor pappa. Ik heb er tientallen, allemaal van loterijwinnaars
met wie het fout is gegaan.'

'Wat vindt je vader ervan?'

'In het begin moest hij lachen, maar de laatste tijd zie ik zijn
gezicht betrekken als hij de stukjes leest.'

'Dus je bent erachter,' zei Snail. Hij was een gesprek aan het
voeren met John en Cindy, het stel dat de vorige avond ook in
Charls' Bar had gezeten. Blijkbaar vond Snail dat ze mochten
horen wat ik te zeggen had, want ditmaal zei hij niet dat het de
hoogste tijd was.

'Geen dialect,' zei ik. 'Niemand hier. Charls...'

'Menéér. Ik zeg het niet nog een keer.'

'Meneer Charls niet, zijn dochter niet, jij niet, niemand.'

'Dat is één,' zei Snail. 'Er is nog iets, ben je daar ook achter?'

Hij wees naar de tap. 'Biertje als je goed zit.'

'Allemaal dezelfde achtergrond?'

Cindy snoof hardop en John maakte een keelgeluid.

'Oude klanten van meneer Charls?'

Snail schonk twee bier in en schoof de glazen naar Cindy en John.

'Allemaal met voorouders die uit Engeland komen?'

Snail schudde van nee. 'Nog één kans, anders wordt het betalen. Met een fooi kom je niet meer weg.' Hij keek naar John en Cindy. 'Hij geeft fooien van een kwartje. Er zit nu een hele quarter in de wasbeer.'

'Leden van de kaartclub uit Stecoah? Pokerclub? Jachtvereniging? Organisatoren van de jaarlijkse picknick?'

Snail tapte een glas bier. 'Eerst een dollar, daarna zal ik het je vertellen.'

Ik streek een dollar glad op de bar en schoof hem naar Snail. 'Wat is het?'

'Niemand is langer dan een meter en vierenzeventig centimeter. Dat is de lengte van CC. Hij wilde niet meer tegen iemand opkijken, letterlijk. Niet lachen, als je lacht dan smijt ik je eruit, zo groot als je bent. CC heeft zijn eigen normen en wie daar moeite mee heeft gaat maar ergens anders naartoe.' Hij wachtte tot hij zeker wist dat ik niet zou lachen. 'Wie langer is dan 1,74 meter kan het vergeten. Ik ben 1,72 meter. John Odom is 1,69 meter, Cindy is drie centimeter korter. We weten hier van elkaar precies hoe lang we zijn. Bergvolk eet niet gezond, beweren ze in Washington en op andere plaatsen waar ze het voor het zeggen hebben. Armoede leidt tot ongezond voedsel, leidt tot geringe lengte. Vergeet maar dat jij ooit een huis in Charlsville krijgt.'

Ik zei dat ik er niet over piekerde en Snail knikte alsof hij het met me eens was. 'Ik denk dat jij eerder in Robbinsville thuishoort. Daar is het bureau van sheriff Steve Odom.' Hij grijnsde. 'Toevallig een achterneef van John, maar te lang, 1,81 meter. Steve is trots op zijn cellen.'

'Heeft dat iets met mij te maken?'

Snail sloot zijn ogen en bewoog zijn lippen alsof hij diep nadacht. 'Hoe zei je het ook weer, gisteravond. "Mijn moeder heette Meeks. Meeks is korter dan Aabelson." Ik vroeg nog wat er zou gebeuren als ik het zou laten natrekken. Je leek er niet erg voor. Dus heb ik Steve gebeld. Je moeder heet geen Meeks, Jeff Aabelson. Je komt uit Rolla, Missouri, maar je moeder heet geen Meeks. Steve Odom zei dat hij uit zou zoeken hoe het precies zit als CC erom vraagt.'

Ik bewoog het glas en keek naar het bier dat erin ronddraaide, af en toe steeg een luchtbel op die bleef hangen tegen het dunne randje schuim. 'Is dit Budweiser?'

Snail keek of hij de vraag toegelicht wilde zien.

'Meneer Charls droeg een Budweiserpetje.' Ik keek rond. 'Waarom draag jij er niet een?' Ik wees naar John. 'Waarom hij niet? Of Cindy? Blijkbaar doen jullie alles wat meneer Charls doet of wil. Hoe zit het met die petjes?'

De stilte die volgde was zwaar en duurde tot John een gesmoord geluid maakte. Cindy opende haar mond, maar klemde haar lippen op elkaar na een blik van Snail.

'Ik kan Luther, Silas en Alvin vragen of ze een handje komen helpen,' zei hij. 'Dan zeg ik dat we weer een grote man met kapsones hebben. Ze zijn hier voor je het weet.'

Ik schudde mijn hoofd. 'Doe je niet. Je laat ze waar ze zijn.'

'Waarom?'

'Ten eerste heeft meneer Charls niet gezegd dat ik weg moet, want als hij dat had gedaan waren Silas, Luther en Alvin hier al geweest, en ten tweede heb je aan die drie niet genoeg.'

'Omdat je je bijna met één hand kunt opdrukken?' Snail

glimlachte terwijl hij het zei. Cory had hem over me verteld en hij wilde me dat laten weten.

Ik liet mijn handen zien. 'Ik zorg voor eelt op de zijkanten en de knokkels. Ik zit niet klem achter een tafel van cederhout, ik zit aan een bar waar ik de ruimte heb. Aan drie heb je niet genoeg, geloof me maar.'

'Is dat zo?' zei Snail. Hij keek naar John op een manier die me niet beviel. 'Is dat echt zo?'

Terwijl ik 'ja' zei gooide John zijn glas over een schouder. Het kwam op een tafel terecht, stuiterde en brak.

'Ik heb dus niet genoeg aan Silas, Luther en Alvin,' zei Snail en hij probeerde erbij te kijken of hij diep nadacht. 'Wat denk je van Abe? Zou ik aan hem genoeg hebben?'

Hij moest op een alarmknop hebben gedrukt, want de deur ging open en deputy Abe kwam binnen, wapenstok in de ene hand, revolver in de andere. Hij vroeg niet wat er aan de hand was, maar liep meteen op me af.

'Omdraaien, benen uit elkaar, handen in je nek.'

John trok Cindy mee naar een hoek en ging zitten, Snail pakte een stoffer en blik en ging de scherven opvegen. Geen van drieën bemoeide zich met mij, ze leken zelfs niet naar me te kijken. Opnieuw kreeg ik beelden van een surrealistische wereld waarin dingen gebeurden die in het echt niet konden.

Abe drukte zijn wapenstok tegen mijn rug en porde tot hij de plaats van mijn nier had gevonden. 'Dus jij zoekt stennis.'

Ik gaf geen antwoord. Op zo'n vraag kun je niets zeggen wat goed valt.

'Jij denkt: ik ben een flinke jongen, ik kan de boel hier vernielen.' Hij ging op zijn tenen staan en hield zijn lippen bij mijn oor, waarbij hij ervoor zorgde dat ik zijn maaglucht goed kon ruiken. Zijn manier van fluisteren zou hijzelf als sinister hebben omschreven, dreigend, vol gevaar.

'Zeg eens wat, flinke jongen.'

Ik zei nog steeds niks en omdat Abe zich verder beperkte tot uitblazen waren we een hele tijd stil. Achter me hoorde ik Snail vegen en John en Cindy ademhalen.

'Nou?' vroeg Abe en hij drukte harder met zijn wapenstok. Nog een beetje meer en hij zou zijn zin krijgen. Dan zou ik me omdraaien, hem oppakken en over de bar gooien, ik wist zeker dat het me zou lukken.

Hij leek zoiets aan te voelen, want hij verminderde de druk. 'In Charlsville gedraag je je, hebben we dat begrepen?'

Ik knikte.

Hij gaf me een porretje als bonus. 'Hebben we dat begrepen?'

'Ja, deputy.' Ik kreeg het met moeite uit mijn mond en hij hoorde het. Hij haalde zijn wapenstok uit mijn rug en sloeg ermee tegen zijn broek: pok-pok-POK.

Snail was terug achter de bar en gooide de scherven in een afvalbak. 'Bedankt,' zei hij. Hij wachtte tot ik naar hem keek en gaf toen pas de knipoog die voor deputy Abe was bedoeld. 'Ik weet zeker dat hij doorheeft hoe het werkt in Charlsville.'

'Anders waarschuw je maar,' zei Abe. Hij draaide me om, pakte mijn shirt vast en gaf me een stoot maaglucht. 'Ik kom met plezier.' Hij knikte naar Snail, tikte tegen zijn hoed toen hij langs John en Cindy liep en verdween.

We bewogen ons niet, tot we een automotor hoorden.

'Gaat-ie,' zei Snail. Hij wenkte John en Cindy naar de bar en tapte pils. Daarna ging hij tegenover me staan en legde hij zijn handen plat op de bar. 'Aabelson en Meeks, hoe zit het daarmee? Vertel het omdat je weet dat ik nieuwsgierig ben.' Hij klonk of er niets was gebeurd. Een incidentje. Een waarschuwing. Niets te betekenen.

Toen ik niets zei tikte hij tegen het glas dat voor me stond.

'Drink nou maar. Het ging erom dat je moest beseffen waar je bent. Abe was hier al een hele tijd en hij had meer te doen. Aabelson en Meeks, daar hadden we het over.'

Ik nam een slok, stelde vast dat ik niets opschoot met verontwaardiging of gepikeerdheid en liet mijn gedachten teruggaan naar een ander incident. Het had plaats in een bar in Merrill, Oregon. De man die naast me zat vroeg hoe ik heette. Ik zei Meeks en hij schoot in de lach. 'Meekmeek,' zei hij. 'Meekmeek.' Hij zei het met het hoge stemmetje van Roadrunner uit de tekenfilmpjes die elke avond op de televisie waren. Hij zei het hard en net zo lang tot een paar andere gasten mee gingen doen. Ze vonden het erg leuk. Toen ik de man had opgepakt en op de bar had gelegd, heel voorzichtig om geen glazen te breken, vonden ze het behalve leuk ook spannend. Toen ik hem boven mijn hoofd tilde en rondzwaaide deden ze pasjes achteruit. Niemand stak een hand uit tot ik buiten was. Twee stenen maakten deuken in de zijkant van mijn auto, de derde ging door een zijraampje. 'Weet je wat ze allemaal aan je vragen als je Aabelson heet en in een dorp van niks in Missouri woont?'

Snail knikte bemoedigend. 'Zeg het maar.'

'Ze vragen of je besneden bent. Dat vroegen ze al voor ik wist wat besneden zijn was. De dorpelingen vroegen het, de familieleden van de dorpelingen en de passanten. En allemaal hadden ze het lachje op hun gezicht dat jij net had toen je die opmerking over het opdrukken maakte. Het lachje van wat ben ik toch grappig. Ik vond het niet grappig en ik wilde een andere naam. "Wat denk je van Meek," zei mijn moeder toen ze het gezeur zat was. Ik keek altijd naar die tekenfilms met die rennende vogel. Meekmeek, zei die vogel. In Meek had ik geen zin, maar toen mijn moeder zei dat er een Meeks in de familie zat zei ik dat ik het best vond. Ik was toen misschien acht jaar, of negen. Ik zei tegen iedereen dat ik Meeks wilde heten naar mijn moeders familie en na een tijdje lachte niemand meer. Meeks, oké?'

Snail staarde me nog steeds aan. 'Bén je besneden?'

Ik keek terug en toen hij knipperde zei ik: 'Vraag dat maar aan Cory, volgens mij zijn jullie dik met elkaar.'

Snail werd rood en Cindy schoot in een giechel die uitliep op een hoestbui. Ik wachtte niet tot ze was uitgehoest, maar dronk het glas leeg en liep naar buiten.

Het was droog, met een waterig zonnetje en een opstekende wind die bladeren liet ritselen die aan het verdorren waren. Het leek of ze tegelijk ritselden, precies in de maat. Waarschijnlijk deden ze dat in opdracht van meneer Charls, de baas naar wie iedereen luisterde. Ik kreeg steeds meer zin om een auto te stelen en weg te rijden. Het zou er wel een keer van komen, als het donker was en ik erop durfde te gokken dat niemand op tijd deputy Abe zou kunnen bellen om me tegen te houden en mee te nemen naar een van de door meneer Charls betaalde cellen waar sheriff Steve Odom zo trots op was. Ik was niet bang voor een nacht in een cel, maar ik moest niemand reden geven om te intensief navraag naar me te doen. Ik vertrouwde mijn nieuwe identiteit, maar niet voor de volle honderd procent.

Omdat er op straat geen mens te zien was liep ik een poosje doelloos heen en weer. Voor het huis van meneer Charls stond geen Tucker Torpedo, Cory was onvindbaar, de enige verandering in de blokhut waarin ik was ondergebracht was dat er een nieuwe krant lag. In Jackson County was een boom omgevallen, precies op een hondenhok, gelukkig had de hond naast het hok gelegen.

'We vroegen ons al af...' zei de vrouw die achter de kleine, glanzend gepoetste toonbank stond in het enige winkeltje van Charlsville. Ze was klein, iets minder dan 1,60 schatte ik, en gekleed in een jurk met een bloemmotief die haar vormloos maakte. Cindy had eenzelfde jurk gedragen, maar dan met bloemen die kleiner waren en van een afstandje leken op klaverblaadjes. 'Maggie,' zei ze terwijl ze een gebaar maakte dat leek op het uitsteken van een hand. Ik trok mijn hand terug toen ik zag dat ze alleen maar een zwaaibeweging maakte naar de man naast haar. 'Willy Tarquit.'

Hij leek lang, maar ik wist dat hij niet boven de 1,74 kon uitkomen. Misschien verkeek ik me op zijn hoed, waarvan de rand tot over zijn ogen hing, waardoor hij zijn hoofd in de nek moest leggen om me te kunnen zien. Zijn overall leek gloednieuw en kraakte toen hij zich bewoog. Hij zei iets wat waarschijnlijk was bedoeld als 'aangenaam' en pakte een pot waarin zuurtjes lagen.

'... wanneer je zou komen,' zei Maggie. Ze draaide haar hoofd tot ze de hele winkel had bekeken. 'Zoek maar uit.'

Ik streek over mijn wang. 'Ik wil me scheren. Mijn spullen liggen...'

'Wat we niet hebben bestellen we voor je.'

Achter haar zag ik een stel krabbertjes liggen en pakjes scheermesjes. 'Daar eentje van.'

'Alles wat je bestelt hebben we dezelfde dag.'

'Die daar is goed genoeg.'

'Als je niet te laat bent, natuurlijk. Als de winkels in Robbinsville dicht zijn kunnen we niks meer.'

Ik zweeg en Maggie keek geschrokken. 'Gut,' zei ze. 'Ik wilde gewoon uitpraten. Kijk niet zo boos.' Ze pakte alle krabbertjes en legde ze voor me neer. Ze zagen er allemaal hetzelfde uit, maar om haar een plezier te doen verschoof ik ze met een vinger en deed ik of ik een moeilijke keuze te maken had. 'Deze.'

'Zo veel mensen komen hier niet. Deze?'

'Deze.'

Ze wees naar een rood krabbertje nadat ze het blauwe dat ik had uitgezocht een paar centimeter had weggeschoven. 'Rood vind ik altijd mooier. Nieuwe mensen, bedoel ik. Die zien we niet vaak, nieuwe. Het rode maar?'

Ik knikte. 'Doe er maar een pakje mesjes bij.'

'Anders heb je er niks aan, hè, zonder mesjes.' Ze keek of ze er zelf aan had moeten denken. 'Soms is het zo stil.' Ze verpakte het krabbertje en de mesjes in een stuk bruin papier, heel langzaam en voorzichtig. Daarna deed ze het pakje in een plastic zak met het opschrift Charlsville Shop. 'Alsjeblieft.'

Ik pakte mijn portemonnee en zag dat ze geschrokken een stap achteruit deed. 'Geen geld,' zei ze met haar handen tegen de borst. 'Dat zei cc. Geen geld. Als je rond wilt kijken...'

Ik deed een paar stappen naar links en zag jurken van het soort dat Maggie droeg, overalls zoals Willy aanhad, werkschoenen, shirts en petjes. De petjes hadden allemaal hetzelfde opschrift: Budweiser. Rechts lagen pakken meel, pakken suiker, een brood, een doos met potjes jam, schoonmaakmiddelen, sixpacks bier. Ook Budweiser. Miller zou het moeilijk krijgen als het de biermarkt van Charlsville wilde veroveren.

'... ga je je gang maar,' zei Maggie.

Ik dacht eerst dat ze vermoedde dat ik een beweging naar een plank met koek had gemaakt, maar besefte op tijd dat ze een zin aan het afmaken was.

'Ik heb niets nodig.'

'We kunnen alles bestellen. Alles.'

Ik keek naar Willy, die zijn hoofd had laten zakken, waardoor ik zijn ogen niet kon zien. Het leek of hij rechtop stond te slapen. 'Ik denk dat ik niet lang meer blijf. In mijn motel heb ik alles wat ik nodig heb.'

'Days Inn,' zei Maggie. 'Heeft Cory je gevraagd om Lendall te zoeken?'

Ik gaf geen antwoord.

Maggie zuchtte. 'Ik denk dat hij dood is, de arme jongen. Ze hoopt dat je blijft. Ze doet alles om je te laten blijven.' Haar stem klonk neutraal, er was geen spoor van een veroordeling. Aan haar ogen zag ik dat ze precies wist op wat voor manier Cory mannen probeerde te laten blijven.

'Ik was op doorreis. Het was toeval dat ik in Cherokee terechtkwam. Ik wil verder.'

'Alles doet ze om je te laten blijven, maar het hangt natuurlijk van cc af.'

'Of ik weg mag?'

'Of ze de kans krijgt je iets te laten willen.' Het was de eerste zin van Willy. Het klonk als onweer dat langzaam wegsterft. Hij was een bas van het zuiverste water en ik wist zeker dat de potjes los zouden komen van de planken als hij zijn stem verhief.

'Ja,' zei Maggie snel. 'Het hangt van cc af.'

Ik pakte de plastic zak en zei: 'Bedankt.'

'Alles hangt van cc af,' zei Maggie. Het klonk nog steeds neutraal. Ze had een vaststaand feit vermeld. Zelf had ze geen mening.

Een man met een lange baard en een bril met een dun, ovaal montuur stond me op te wachten. Hij droeg een wit onderhemd en net zo'n overall als Willy. Hij bekeek me toen ik het winkeltje uit stapte en naar de asfaltweg liep en zei pas iets toen ik zo dichtbij was dat hij zijn stem niet hoefde te verheffen. 'Ik dacht al: die blijft niet lang binnen. Weet je dat Maggie trots was toen ze die plastic tasjes kreeg. Charlsville Shop, ze gloeide ervan.'

'Ze was spraakzaam, Maggie.'

Hij knikte. 'Willy zegt niet veel en Maggie kan niet tegen stilte. Zo heeft iedereen zijn problemen. Waarom loop je niet even mee?'

Ik schudde met de plastic tas. 'Ik wil me scheren.'

'Dat kan bij mij net zo goed als ergens anders,' zei hij terwijl hij een hand uitstak. 'Ira Stratton. Dat ben ik. Ik ben de enige die een eindje naar achteren woont. Dit pad af, als je goed kijkt kun je mijn huis door de bomen heen zien. Ik hou van stilte.'

'Hoe wist je dat ik bij Maggie was?'

Hij maakte een hoog geluid. 'Iedereen weet hier alles. Zal ik je vertellen wat je vandaag hebt gedaan? Loop maar voor me uit. Buk een beetje, de takken hangen laag voor mensen van jouw lengte.'

Zijn huis was een blokhut als al de andere. Nieuw, goed onderhouden en met een strook gras rondom. Aan de zijkant was een veranda waarop twee schommelstoelen stonden. Naast de stoel vlak bij een deur stond een tafeltje waarop een pakje shag lag. Onder het tafeltje stond een pot.

'Ik dacht: hij zal wel koffie lusten,' zei Stratton. 'Als jij je scheert pak ik kopjes.'

Hij had de kan in zijn hand toen ik terug was op de veranda en hij schonk iets in wat eruitzag als teer. 'Als je suiker wilt moet je het pakken. In de keuken, tweede plank, koekjes staan ernaast.'

Hij had zijn kopje leeg voor ik zat. 'Lekker,' zei hij. 'Dat kan ik: koffie maken. Ga zitten en vertel wat je van Charlsville vindt, Jeff MeekMeek Aabelson.'

Hij had het soort stem waar je rustig van wordt, bezwerend met iets van stort je hart maar uit, bij mij kan het geen kwaad. Op de achtergrond zat een accent, maar ik kon het niet thuisbrengen. Het leek op het taaltje dat Amerikaanse acteurs uitslaan als de regisseur zegt dat ze Iers moeten praten, maar dan zachter, slepender.

Ik nam een slok koffie, kuchte en deed twee scheppen suiker in het kopje. 'Maf. Volslagen idioot. Een compleet nieuw dorp dat is genoemd naar iemand die door mazzel rijk is geworden, het is te gek voor woorden.'

Ira Stratton drukte zijn hoed naar achteren, rolde een sigaret en stak er de brand in. Hij keek naar het vuurbolletje als een waarzegster naar koffiedik. 'Was het mazzel, dat Charls rijk werd?'

'Misschien noemen jullie het voorzienigheid, of de hand van God, maar ik hou het op mazzel.'

Ira grinnikte. 'Iedereen noemt het mazzel, maak je niet druk. Zelfs Charls noemt het meestal mazzel.'

Ik dronk het kopje leeg zonder te rillen en zag dat hij waardering had voor mijn prestatie. 'Sterk spul, die koffie van je. Ik moet van Snail meneer Charls zeggen, hij zegt cc, jij gebruikt alleen zijn voornaam, heeft dat een reden?'

'Nog een kopje?' vroeg Ira.

Hij probeerde zijn stem neutraal te houden, maar helemaal lukte het niet. Als ik 'nee' zei zou hij waarschijnlijk niet reageren, maar ik was benieuwd wat hij zou doen na een 'ja'.

'Waarom niet. Het schijnt te werken tegen slaperigheid.'

Rond zijn ogen kwam er een paar dozijn rimpeltjes bij. Hij maakte een beweging naar de pot, maar raakte hem niet aan. 'Straks, niet te snel achter elkaar, daar kan je maag niet tegen. Ik kan me niet herinneren wanneer iemand voor het laatst "ja" zei. Ze zeggen "dank u, het was lekker, maar ik heb genoeg" en maken dat ze wegkomen. Ik zeg Charls omdat hij Charls heet. Ik doe dat al meer dan dertig jaar.' Hij hield zijn hoofd scheef toen hij nadacht en ik moest aan Cory denken, precies hetzelfde gebaar, alsof ze in Charlsville elkaars gewoonten overnamen. 'Veertig jaar bijna. Ik zie eruit als vijfenzeventig, maar ik ben zevenenzestig, drie dagen ouder dan Charls. We zijn even lang, precies 1,74. Ik ben zijn vriend. Beste vriend, zeiden we vroeger.'

'Nu niet meer?'

Hij blies rook naar een vogel die op de leuning van de veranda was neergestreken. 'Kolibrie, mooi beest. Er zijn veel mooie beesten hier, veel soorten bomen en planten ook. Ik kan het weten, want ik leef ervan. Vroeger meer dan nu, maar toch... Ik zie hem niet vaak meer, Charls. Hij is vaak van huis, bezig met dingen...'

'Dingen als...'

'Ik zou het niet weten, hij praat minder dan vroeger. Altijd weg. Bezig met dingen die groot zijn, denken we. Ze. Ik niet meteen, maar...'

'Snail?'

'Hij niet alleen. Het valt niet mee als mensen je met andere ogen gaan bezien. Ik heb ze voor hem zien buigen, mensen die hem met de nek aankeken maakten een buiging. Daar moet je tegen kunnen.'

'Charls kan dat niet?'

'Ik hoop van wel. Soms denk ik: je bent met dingen bezig die groter zijn dan jij, maar wat weet ik ervan. Vroeger deden we alles samen. Charls was de beste vakman, maar ik was beter in rekenen. We bekeken een karwei, hij zei hoe lang we erover zouden doen, ik zei hoeveel het moest gaan kosten. Zo hadden we de zaak verdeeld. Tegenwoordig doet Charls alles zelf, ook het geld. Ik zit naar kolibries te kijken en naar takken die bewegen.'

Hij zweeg tot ik vroeg of hij alle dagen op die manier sleet. 'Soms maak ik een tochtje met toeristen. De laatste maanden zelfs elke week. Als ze het in Stecoah druk hebben dan halen ze mij. Dan ga ik met toeristen naar Cherokee, of naar het gebied dat we Stecoah Gap noemen, of naar de Fontana Dam bij het stuwmeer in het noorden. Dan loop ik wat en praat ik wat. Het gaat me meer om het praten dan om het lopen.' Hij maakte weer het hoge geluid dat in de verte op lachen leek. 'Aan het einde van de tocht krijg ik fooien.' Hij maakte een kom van zijn linkerhand. 'Soms krijg ik wel acht dollar. Van meer dan een dozijn mensen. Dat vinden ze voldoende, want ze weten het allemaal: bergvolk is arm, dat is met een paar centen tevreden.'

'In Charlsville woont geen bergvolk, begreep ik van Snail.'

Hij zei iets wat klonk als 'Snieieleeeet heeaaal nieaan bergoolk' en glunderde toen hij mijn gezicht zag. 'De toeristen willen dat ik af en toe iets in het dialect zeg. Bergvolktaal. Ik ben er geen expert in, maar ik heb het redelijk onder de knie. Iedereen die in de heuvels woont, of in de bergen, net wat je wilt, behoort in de ogen van buitenstaanders tot het bergvolk, de hillbilly's.'

'Wat zei je nou net?'

'Ik zei: Snail weet helemaal niets van bergvolk. Hij is de enige die uit de stad komt. Voor ons is Robbinsville een stad. Snail is een tweede-generatie-Ier en hij weet hoe je een bar moet runnen. Ik ben ook Ier, derde generatie. Charls' voorouders komen uit Engeland, grensgebied met Schotland. Hij moest van zijn ouders zo zuiver mogelijk Engels spreken, daar heeft hij een tik van meegekregen.'

Ik wees om me heen. 'Wees er maar blij om.'

Ira greep naar zijn shag. 'Dat zeiden we allemaal in het begin. Blij dat we Engels spreken, dat we niet langer zijn dan Charls, dat we hier mogen wonen, dat we geen zorgen meer hebben. Dat zeiden we.'

Het klonk nog steeds vriendelijk, maar de overtuiging werd minder.

'Valt het tegen, bij nader inzien?'

'Het valt niet mee om gelukkig te zijn als je er niks voor hoeft te doen. Misschien lukt het als je het van jongs af gewend bent.' Hij maakte een breed gebaar. 'Iedereen hier heeft altijd hard gewerkt. Sappelen voor weinig geld. Zeg dan maar eens nee tegen een huis zonder hypotheek en gratis voedsel. Maar ik denk dat iedereen weleens aan vroeger terugdenkt, aan de vrijheid die we hadden. In de heuvels moet je vrij zijn.'

'Dat ben je niet in Charlsville?'

'Als een vogel in een grote kooi.' Hij was een paar tellen stil en staarde voor zich uit of hij in de verte iets moois zag, zijn verleden misschien, of een nieuwe toekomst. 'Soms zit ik hier en dan voel ik me, hoe zal ik het zeggen, ongemakkelijk.'

Ik keek naar de bomen aan de andere kant van het grasveld. 'Opgesloten?'

Ira boog zich naar me toe en keek onderzoekend. 'Ik praat als een oude man. Ik had mijn mond moeten houden, maar volgens Snail en Cory deug je. Ze denken in elk geval dat je deugt. Voordeel van de twijfel, zei Snail. John en Cindy waren het met hem eens. Luther en Silas ook. Alvin wist het niet zeker, maar hij weet nooit iets zeker. Je hebt twee achternamen, je achtergrond is een beetje duister en je hebt het postuur van de zoveelste stoere jongen die zijn geluk zoekt, maar je hebt het er tot nu toe niet slecht afgebracht.'

Hij keek nog steeds naar me met ogen die probeerden gaatjes in mijn schedel te boren.

'Zit ik daarom hier?' Ik moest denken aan de verhalen over ondervragingen door twee rechercheurs, een goede en een slechte. De een zegt dat hij het beste met je voor heeft, de ander haalt naar je uit. Ira was goede en kwade rechercheur tegelijk. Een paar ontboezemingen, een beetje toffe jongens onder elkaar en daarna, als ik verkeerd reageerde, naar Charls lopen met de mededeling dat ik de heuvel afgegooid moest worden. 'Heb je me koffie met kletspraat gegeven om me te testen?'

Hij ging achteruit zitten en rolde een nieuwe sigaret. 'Voor de koffie ben je geslaagd. Cory zei: "Pas op, hij is niet stom." Snail houdt het voorlopig op handig. Hebben ze je al verteld over de honderden sukkels die geprobeerd hebben Charls op te lichten?'

Ik besloot het erop te wagen en schonk koffie in. Na twee slokken ging mijn haar rechtop staan, zo voelde het. 'Gisteren hebben ze een grote man weggejaagd. Beetje duwen, beetje stompen. Snail zei dat het mij ook zo kon vergaan. Ik heb gezegd dat hij dan meer dan drie mannen nodig zou hebben. Weet je dat het me geen barst kan schelen hoeveel mensen Charls willen oplichten?'

'Omdat je op doorreis bent?'

'Geef me mijn Dodge en ik ben weg.'

Hij stak eindelijk zijn sigaret aan. 'Zullen we het eens over Cory hebben, en over Lendall?'

Hij gaf me de kans om iets te zeggen, terwijl hij me schuin aankeek. Daarna pakte hij zijn hoed en wreef hij met twee vingers langs de rand terwijl hij hem draaide. Zijn lippen bewogen of hij prevelde.

'Charlsville is geen sekte. Dat vroeg je aan Cory. Of het een sekte was. Het is ook geen droom van Charls. Het is meer een inval, een idee dat misschien geweldiger leek dan het bleek te zijn, maar het was in elk geval een idee dat op veiligheid was gebaseerd. Zorg dat je bent omringd met mensen die je kunt vertrouwen.'

Ik keek naar het krulhaar rond het kruintje. Ira Stratton had er heel wat van, maar op zijn hoofd had hij het vet laten worden. Of misschien werd het vet door de rand van de hoed, waar hij eindeloos langs streek. 'Kun je mensen vertrouwen als ze van je afhankelijk zijn?'

'Rust. Dat is een element dat wij, inwoners van Charlsville, belangrijk vinden. Rust en zekerheid. We willen geen rimpels in de vijver. We willen geen lastige mannen en vrouwen.' Hij bewoog zijn schouders of hij iets van zich afschudde. 'Die waren er ook, vrouwen, kleine, grote, vooral mooie. Ze hebben het bij mij geprobeerd.' Hij ging rechtop zitten en keek of hij zijn eigen woorden niet geloofde. 'Bij mij, dik in de zestig, mijn leven lang alleen, ik heb wel vijf keer kunnen trouwen, een keer met een vrouw van eenendertig. Charls heeft honderden aanzoeken gehad. Hij krijgt ze nog steeds.' Hij pelde met de toppen van twee vingers het vuurbolletje van zijn sigaret en doofde het onder een schoen. 'Straks rook ik de rest. Rimpels, daar had ik het over. We willen ze niet en jij bent een rimpel.'

'Eentje die deugt.'

'Vermoeden we. We weten het niet zeker. We zijn er vaker ingelopen. In het begin heel vaak, later ging het beter. Je kijkt naar de ogen en je ziet de gretigheid. Alles doen ze voor geld. Jij hebt dat niet, maar wat zegt het nog. Lendall is Cory's obsessie. Zo veel geld en niet in staat haar broer op te sporen, ze kan het niet verwerken. Je hebt gemerkt wat ze ervoor overheeft om je zover te krijgen dat je gaat zoeken.'

Ik dacht na over Cory's bezoek. Ze was niet bij me in bed gekropen om me ergens toe over te halen, dat wist ik zeker, maar het had geen zin dat te zeggen, dus hield ik het op: 'Uhuh.'

'Precies, uhuh. Ze zal nog wel een keer komen als je blijft. Hetzelfde doen, hetzelfde vragen. Leuk voor jou, maar...' Hij liet zijn stem wegsterven en ging door met het draaien van zijn hoed.

'Maar een rimpel in de vijver als ik ja zeg?'

Hij knikte. 'Soms is ze te goed van vertrouwen, Cory.'

'Ze vertelde dat ze ook aanbiedingen heeft gehad om te trouwen. Ze heeft heel goed door dat het niet om haar schoonheid ging. Te goed van vertrouwen lijkt me een verkeerde taxatie.'

Hij wilde iets zeggen, maar ik stak een hand op omdat me iets te binnen schoot. 'Net vroeg ik of je mensen kunt vertrouwen als ze van je afhankelijk zijn. Daar gaf je geen antwoord op. Hoe zit het daarmee? Kan Charls de bewoners van Charlsville vertrouwen? Snail? John en Cindy? Willy en Maggie Tarquit? Jou?'

Ira zei niets.

'Heb jij sloten op de deuren?' vroeg ik.

Hij knikte. 'Persoonlijke keuze.'

'Charls niet en het gevolg is dat Cory soms 's nachts bang is. Een paar jaar geleden niet, maar nu wel.'

Ira bewoog zijn bovenlichaam alsof hij zat te wiegen. Omdat zijn hoofd op en neer ging leek het op knikken met zijn halve lijf.

'Sloten zijn geen kwestie van vertrouwen,' zei ik. 'Als Charls morgen doodgaat spat Charlsville uit elkaar.'

'Het halve bezit van Charls is dan voor ons. Dat staat op papier.'

'Als er nog bezit is, en als de kinderen van Charls het testament niet gaan aanvechten. Hoe kun jij weten wat er gaat gebeuren?'

Toen hij zich naar me toe draaide leek hij op een oude man wiens spieren vastzitten. In zijn gezicht zaten meer rimpels dan een halfuur tevoren, maar hij zei niets.

Ik stond op. 'Heb je een auto?'

Hij schudde van nee. 'Waarom vraag je dat?'

'Omdat ik hier weg wil. Ik vind het geweldig dat jullie denken dat ik deug, maar het kan me geen bliksem schelen. Dit hele dorp is volslagen maf, dat zei ik net al. Alles hangt af van de goedheid of de gekte van een man die samenwoont met een dochter die verpietert.' Ik maakte met een hak een kuiltje in het gras, goot het restant koffie erin en pakte Maggies plastic zak. 'Ik wens jullie succes met Charlsville. Dat jullie gelukkig mogen zijn en blijven. Maar ik ga naar New England.'

Ira zei niks tot ik op het pad naar de weg was. 'Doe Charls de groeten. Zeg maar dat ik denk dat het goed zit.'

8

'Wat zei Ira?' vroeg Charls Crisp. Hij zat in een stoel die te groot voor hem was en friemelde aan de paardenstaart onder zijn kin. Hij droeg zwarte sokken, een grijze boxershort en een wit onderhemd met donkere vlekken onder de oksels. Achter op zijn hoofd had hij het Budweiser-petje. Zijn benen waren mager en pezig, zijn nek was alleen mager, zijn armen waren gespierd.

De kamer waarin hij zat was aan de achterkant van zijn blokhut en hield het midden tussen een serre en een volière, alles was glas. Het raam achter hem stond open, precies op de wind. Warmer dan vijftien graden kon het niet zijn, maar ik zag geen kippenvel.

Hij wees naar een stoel net naast de deur. 'Ga daar maar zitten, als je niet tegen onderbroeken kunt dan kun je snel weg. Wat zei Ira?'

'Veel,' zei ik. 'Hij had zin om te praten.'

Charls trok een gezicht. 'Dat hebben ze allemaal. Misschien is het hier te eenzaam, ik heb daar niet bij stilgestaan toen ik opdracht gaf om te bouwen. Ik bedoel: wat zei Ira toen je wegging? Woordelijk, als het kan.'

'Doe de groeten aan Charls. Zeg maar dat ik denk dat het goed zit. Dat zei hij.'

Charls leek zich te ontspannen. 'Hij heeft mensenkennis, Ira. Cory denkt ook dat het goed zit met je, en Snail en...' Hij maakte een wegwuivend gebaar. 'Laat maar. Ik moet vanavond naar Knoxville. Dat ligt een eind buiten Graham County en misschien ga ik er eentje drinken. Wat zou je ervan denken om een stukje in die mooie Tucker te rijden?'

'Als jouw chauffeur?'

Hij keek peinzend. 'Ik moet ergens naartoe waar het geen kwaad kan als er een grote man naast me loopt.'

'Chauffeur en lijfwacht?'

'Waarschijnlijk krijg ik Steve Odom wel zover dat Abe achter me aan rijdt, maar dan moet ik zelf in de Tucker rijden en dat wil ik niet, niet vanavond.'

Ik streek over mijn rug toen hij de naam van de deputy noemde. Hij zag het en glimlachte. 'Geen slimme jongen, Abe, maar hij is nuttig. Hij was vanmiddag een beetje te bezorgd, heb ik begrepen.'

'Hoe is zo'n hufter politieman geworden?'

Zijn blik keerde zich naar binnen. Hij dacht aan de politiemensen met wie hij vroeger te maken had. 'Ik heb ze slechter gezien. Ik heb nog voor hem gewerkt, een afvoer waar hij geen raad mee wist. Ira zei een keer dat Abe me mag zoals een hond de man mag die hem heeft geholpen. Slimme jongen, Ira.'

'Rij dan met Abe mee.'

'Ik dacht dat je hem langzamerhand wel zou hebben geroken. Hij heeft een maaglucht. Achter me aan, oké, maar naast me.' Hij rilde.

'Stuurt Steve Odom zijn deputy mee omdat je hem nieuwe politiewagens hebt gegeven?'

'Omdat ik de grootste werkgever van Graham County ben en iedereen dat weet. Ik pomp meer geld in de economie van dit gebied dan alle inwoners bij elkaar. Dat weten de lui die Graham besturen en ze vertellen Odom dat hij naar mij moet luisteren. De vent is al dertig jaar sheriff. Hij stak geen vinger uit toen Lendall verdween en het liefst zou hij op me pissen, maar als ik hem bel zegt hij ja en amen. Omdat hij moet. Hij weet dat ik het weet en hij weet ook dat ik hem daarom vaak bel. Abe komt wel. De vraag is: wat doe jij?'

Ik keek hem aan terwijl ik nadacht. In het casino hadden zijn ogen vol vocht gestaan, maar nu waren ze helder. Pienter, misschien sluw, wat wist ik van ogen. 'Als ik naast je loop dan denken ze in Knoxville dat je me hebt ingehuurd om je te beschermen, maar als Ira en Cory en Snail en de anderen zich vergissen en ik toch niet deug, zoals jullie dat noemen, dan heb je Abe achter de hand om me te arresteren. Is dat wat je hebt uitgedacht?'

'Hou het maar op neerschieten,' zei Charls. 'Abe mag geen arrestaties verrichten buiten Graham County, maar hij komt er wel mee weg als hij een grote vent neerschiet die mij aanvalt.'

'Hoe vaak heeft hij dat al gedaan?'

Charls trok aan de staart onder zijn kin. 'Honderd dollar voor jou voor elke dag waarin je in mijn mooie Tucker mag rijden, ja of nee.'

Misschien had ik ja gezegd als hij niet had gegrijnsd, maar dat deed hij wel, en hij krabde er ook nog bij aan zijn kruis.

'Val dood,' zei ik.

Hij hield op met krabben en rook aan zijn vingers. 'Ik moet in bad, zei Cory. Ze vond dat ik stonk. Daarom zit ik in mijn onderbroek, daarom en omdat ik verdomme precies wil doen waar ik zin in heb.' Hij keek nijdig. 'Dat wil ik al drie jaar. Je moest eens weten hoe zelden het lukt.'

'Omdat er altijd meisjes zijn die geen zin hebben om zich in hun billen te laten knijpen?'

'Precies, al zijn dat er niet zoveel als je ze een paar honderd dollar geeft, je hebt het zelf gezien. Heb je weleens nagedacht over geld?'

'Elke keer als ik het nodig had.'

73

Hij krabde zich opnieuw en keek tevreden. 'Ik een paar miljoen keer. Vooral toen ik loodgieter was en erbij timmerde om niet om te komen van de honger. Toen ik de loterij won dacht ik: afgelopen met denken over geld. Dat dacht ik, maar denk niet dat het lukt. De een laat zich lijmen met een tientje, de ander met duizend dollar, daar moet je elke keer goed over nadenken. Maar lijmen laten ze zich.'

'Iedereen?'

'Jij zou de eerste zijn dit jaar die "val dood" blijft zeggen.'

Ik stond op. 'Val toch maar dood.'

Hij wachtte tot ik in de deuropening stond voor hij zijn mond opendeed. 'Wat ga je doen vanavond? Wachten op Cory?'

'Naar Cherokee lopen, mijn Dodge pakken en zorgen dat ik een eind van jou en je mesjokke dorp vandaan kom, dat ga ik doen.'

'Weet je hoe ver het lopen is?'

Ik bleef staan met mijn rug naar hem toe en het kostte moeite me te beheersen. Er had spot geklonken in zijn stem, geen ongeloof, geen boosheid, maar spot. Hij zat zich met me te vermaken en ik kreeg het gevoel dat het hem niet lang genoeg kon duren.

'Maak je over mij geen zorgen,' zei ik. 'Ik red me wel.'

'Ga je wel eerst bij Snail kijken?'

'Snail kan ook doodvallen.'

Hij zei iets, maar ik luisterde niet en liep door het gangetje dat naar de kamer leidde. Daarachter was de gang naar de voordeur en ik was daar nog maar een paar stappen vandaan toen ik hem op zijn vingers hoorde fluiten. Even later hoorde ik hem komen. Hij hijgde en toen ik over een schouder keek zag ik dat hij O-benen had, kleine, kromme benen met zwarte sokken die hem deden doorglijden over de gladgewreven planken.

'Jezus,' hijgde hij. 'Je zou het nog doen ook, naar Cherokee lopen. Waarschijnlijk door het bos omdat je denkt dat het de kortste weg is. Ik zei dat je bij Snail moest gaan kijken omdat je Dodge daar staat.'

Hij lachte toen hij mijn reactie zag en deed snel een stap achteruit toen ik me omdraaide en een greep naar hem deed. 'Heb jij aan mijn auto zitten klooien?'

Hij maakte een afwerend gebaar. 'Rustig nou maar. Het sleuteltje zat in je broek. Denk je dat Cory niks anders kan dan met je rotzooien. Ik heb je auto op laten halen. Lazer maar op als je weg wilt. Vergeet mij, vergeet Cory, vergeet Snail. Veel plezier in Maine, of Massachusetts, of waar je naartoe wilt.' Hij stak een hand in zijn onderbroek en liet een rolletje geld zien. Hij pelde er een biljet af en gooide het naar me toe. 'Voor jou. Ik moet nog in bad, maar geld stinkt niet.'

Ik had de plastic tas met scheerspullen naast de voordeur van mijn blokhut gezet toen ik naar Charls ging en moest terug om hem op te halen. Hij stond in de deuropening en zag me op het biljet stappen, het was er een van honderd dollar. 'Nog bedankt dat je me gisteren naar huis hebt gebracht,' zei hij. Ik was op de asfaltweg toen hij nog iets riep. 'Eergisteren, bedoel ik. Over een uur ga ik weg. In de Tucker. Het is dat je het weet.' Toen ik omkeek zag ik dat hij het biljet pakte.

Ik liep naar de Dodge, die ik in Kansas had gekocht van de man die haar had omgebouwd tot camper. Het zwaailicht zat nog op het dak en op de zijkanten kon je onder een dunne laag nieuwe verf het woord AMBULANCE zien. De vorige eigenaar had tranen in zijn ogen gehad toen ik wegreed. Hij had in de Dodge door het land willen trekken, samen met zijn vrouw en dochter. Zijn vrouw had de voorkeur gegeven aan een dierenarts en een langdurig bezoek met hem aan Hawaii. Naast de auto stond Cory, stijf als een lijk, met ogen vol hoop die vervloog toen ze mijn gezicht zag.

'Ga je met hem mee?' Ze vroeg het tegen beter weten in en met elk woord werd ze kleiner.

'Hij kan doodvallen,' snauwde ik. 'Iedereen in Charlsville. Allemaal. De pot op met jullie centen en jullie gezever over de vraag of ik wel of niet deug.'

Ik deed een greep naar het portier, maar Cory schoof tussen mij en de Dodge. 'Het was de laatste,' zei ze. 'De laatste test, echt waar. Je...' ze weerde me met een hand af en trok met de andere iets uit een zak van haar spijkerbroek, 'je weet niet wat het is als je van niemand op aan kunt. Hier, lees dit. Het hing vorige maand in de gang, je weet wel, op de plaats van die stukjes over miljonairs, pappa heeft het wel vijftig keer gelezen. Lees nou. Toe.'

Het ging niet om wat ze zei, maar om hoe ze keek. Alsof ik haar laatste hoop was. Alsof ze haar geld op me had gezet. Al haar geld. Het riep een beeld op waar ik om moest grinniken.

Cory sloeg met een vuist tegen mijn borst terwijl ze een stuk papier tegen mijn neus drukte. 'Wat sta je nou te lachen. Lees.'

Janite Lee uit Missouri won in 1993 achttien miljoen dollar. Lee was gul en gaf veel geld aan verschillende doelen, onder meer aan politieke partijen, aan de gemeente waarin ze woonde en aan scholen. Maar acht jaar later was Lee failliet. Tegenover een grote schuld stonden een saldo van in totaal zevenhonderd dollar op twee bankrekeningen en een volkomen lege portemonnee.

'Snap je?' zei Cory. 'Zie je? Dat is waar ik bang voor ben. Daarom heeft pappa iemand nodig die met hem meegaat. Gewoon iemand die hem naar de Tucker brengt als hij het te gek maakt.'

'Te gek met geld? Is er een casino in Knoxville? Daar moet hij naartoe, zei hij.'

'Vrouwen,' zei Cory. 'In Knoxville en in andere plaatsen. Eerst vrouwen en dan snel nog even naar Cherokee, ik weet precies hoe het gaat. De laatste tijd is het erger dan een halfjaar geleden. Er zit hem iets dwars. Hij zegt van niet, maar ik weet dat er iets is.' Ze haalde diep adem en legde beide handen tegen mijn borst. 'Drie maanden geleden, bijna drie, kwam er een man, een aardige man, klein, slank, goed gekleed, vriendelijk. Iedereen durfde te zweren dat hij nooit van pappa's geld en van Charlsville had gehoord. Snail geloofde hem.' Ze werd rood en keek naar de grond. 'Ik geloofde hem. Zelfs Ira. Toen kleedde pappa zich uit tot hij in zijn onderbroek stond. Ik was in huis, in een andere kamer, maar ik zag het omdat...' ze schudde met haar hoofd, 'ik zag het, oké? Pappa vroeg of de man hem naar Hickory wilde rijden, oostelijk van hier. De man zei dat hij er geen zin in had. Pappa zei dat hij er honderd dollar mee kon verdienen. Honderd dollar per dag en rijden in een Tucker. De man zei weer nee. Toen deed pappa zijn broek naar beneden. Om zijn piemel zat een elastiekje met tien biljetten van honderd dollar. "Nou nog niet?" vroeg pappa. "Ja," zei de man. "Je moet ze er wel met je mond afhalen," zei pappa. "Goed," zei de man. Hij deed het en pappa stuurde hem weg. Twee dagen later hoorden we dat de man familie was van een vrouw die beweerde dat ze een kind van pappa had.'

'Was dat zo?'

'Er is een DNA-test geweest. Het was niet zo. Het hele gedoe met die tien biljetten sloeg nergens op, maar pappa gelooft in dat soort dingen. Ik durf te wedden dat hij in zijn onderbroek zat toen je binnenkwam.'

'En in een onderhemd met zweetplekken.'

'Had hij...' ze aarzelde, 'deed hij iets met geld?'

'Het zat in een rolletje in zijn onderbroek. Hij wilde me een biljet geven. "Geld stinkt niet," zei hij.'

'Pakte je het?'

'Ik ben eroverheen gelopen.'

Cory liet haar handen van mijn borst naar een arm glijden en trok me tegen zich aan. Het knipsel had ze nog steeds vast, maar ze concentreerde zich op mij. 'Help hem,' fluisterde ze. 'Hij is eenzamer dan je denkt. Help mij. Je weet wel, met Lendall. Misschien heb je tijd om naar die detective te gaan. Gail Rogers. Ze woont in Knoxville, ik zal je haar adres geven.'

Ze bewoog haar borsten en maakte gebruik van haar grote tepels. De bedoeling was duidelijk, maar ze bewoog zo onbeholpen dat het vertederend was. 'Praat met haar, misschien krijg je een idee. Waar Lendall is, bedoel ik. Daar help je mij mee en als je in pappa's auto stapt waar hij zo trots op is dan help je hem ook. Toe nou, al is het maar voor één keer. Hij heeft je auto laten komen, dus je kunt weg wanneer je wilt. Wat maakt het uit of het vandaag of morgen is.'

'Hij zei dat deputy Abe achter ons aan zal rijden voor het geval dat ik toch plannen heb waar hij het niet mee eens is.'

Ze trok harder aan mijn arm. 'Je weet niet wat we allemaal hebben meegemaakt, pappa en ik. Daar zou iedereen, hoe noem je zoiets, paradinges van worden, ik kan zo gauw niet op het woord komen. Gek, noem het maar zo.' Ze liet me los en vouwde haar armen onder haar borsten. 'Ga terug, naar pappa. Leg die plastic tas waarmee je de hele tijd staat te hannesen in je auto en ga naar hem toe. Ik durf te wedden dat hij een ander mens is. Dat hij sorry zegt en zo. Een ander mens, iemand die je vertrou... Ga nou maar gewoon terug, dan zul je het zien.'

Charls stond voor de deur van zijn woning. Hij zag eruit als een schooljongen die klaar is voor een uitstapje: nette kleren, gepoetste schoenen, klein bruin koffertje tegen zijn buik. Er zat dit keer geen elastiek om zijn baard en daardoor zag hij er anders uit, gewoner, ouder. Kleiner ook, maar dat kon komen door het jasje dat om zijn schouders lubberde en de broek die centimeters te lang was. In dat pak moest hij zijn vrouw hebben begraven en zijn zoon Dennis.

Hij zag me kijken en leek te raden wat ik dacht. 'Heb ik gekocht toen we vijfentwintig jaar getrouwd waren. Marge was toen al jaren dood, maar dat maakte niet uit, het ging om de trouwdag. Dus je bent gekomen.' Hij zei het vriendelijk en een beetje deemoedig. 'Cory zei dat ik sorry tegen je moest zeggen, ze denkt dat ik dat soort dingen niet zelf kan bedenken. Sorry. Ik heb moeite om goed en kwaad uit elkaar te houden, vooral de laatste tijd.' Hij gooide een bos sleutels op en knikte goedkeurend toen ik ze, vlak boven de grond, opving. 'Goeie reflexen. Je bent later dan ik had gehoopt, ik dacht eigenlijk dat je er toch vandoor was. Vertel je me onderweg waarom je bent gebleven?'

Het was een beetje om wat Cory had gezegd, een beetje omdat ik nieuwsgierig was geworden naar het nieuwe leven van Charls en een beetje meer omdat alles in mijn Dodge op zijn plaats had gelegen. Niets had erop gewezen dat iemand had zitten rommelen. In het etenskastje lagen het oude brood en de kaas op dezelfde plaats. Mijn kleren lagen even ordeloos op een plank als altijd en de paar boeken die ik bij me had, waaronder *Over de oorlog* van Carl von Clausewitz, lagen precies zoals ik ze had neergelegd. *Over de oorlog* lag half onder een kussen en met een papiertje op pagina 96, net boven een van mijn favoriete regels: 'Kort gezegd: de meeste inlichtingen zijn vals.'

Charls leefde volgens die zin en als Clausewitz daar begrip voor had, waarom zou ik dan moeilijk doen. Ik had alleen geen zin om Charls dat te vertellen, dus mompelde ik iets onduidelijks en liep ik met grote stappen naar de Tucker. Ik deed niet het portier voor hem open, zo'n chauffeur was ik niet. Maar rijden wilde ik wel. Toen ik achter het stuur zat wist ik al niet meer waarom ik zo lang had getwijfeld.

'We zijn een kwartier te laat,' zei Charls zakelijk. 'We zullen een beetje harder moeten rijden dan is toegestaan.' Hij draaide zich een stukje om. 'Als het goed is zie je straks de auto van Abe. Hij wilde graag mee. In Graham County kun je zo hard rijden als je aandurft, daarna is het oppassen. Ga maar richting Bryson City. Vandaar met een bocht naar het noorden, dwars door de Great Smoky Mountains. Eromheen gaat sneller, maar Marge hield van de Smoky's en ik ben van plan erachter te komen wat ze zo mooi vond aan die blauwige damp die altijd in de dalen hangt.' Hij zei het met weemoed, en liefde voor zowel zijn overleden vrouw als voor het gebied waarin hij woonde.

Hij rook naar zeep en als ik dacht dat hij niet op me lette boog ik me opzij en snoof ik zonder er geluid bij te maken.

'Wat doe je,' vroeg hij opeens. 'Ik heb me verdomme gewassen, je lijkt Cory wel, die snuffelt aan me voor ik de deur uit ga.'

Ik ging met een ruk rechtop zitten en hakkelde iets over verkoudheid. Het leek nergens op, maar het was beter dan moeten uitleggen dat ik me afvroeg of hij Oxydol-zeep had gebruikt. 'Waar gaan we heen?' vroeg ik snel.

'Knoxville, dat heb ik toch verteld?'

Ik maakte een gebaar. 'Dat nette pak, die gepoetste schoenen, ik dacht: als we naar een officiële bijeenkomst gaan dan had ik beter iets anders aan kunnen trekken.' Ik had een schone onderbroek aan en een schoon T-shirt. In mijn spijkerbroek zaten verfvlekken en het jack dat ik had meegenomen miste op een na alle knopen.

Charls greep zijn Budweiser-pet en wreef over zijn voorhoofd. 'Je hoeft niet mee naar binnen.'

Een paar kilometer verder vond hij het tijd voor een toelichting. 'Ik ga naar de vrouwtjes.'

'Tjes? Meervoud?'

Hij lachte en opnieuw dacht ik aan een schooljongen op een dagje uit. Hij gedroeg zich anders dan een paar uur geleden en dat was weer heel anders geweest dan in het casino. 'Op mijn leeftijd? Het meervoud is voor de stoerigheid. Ze zullen je wel verteld hebben van mijn hobby's.'

'Vrouwen?'

'En casino's. Gokken. Vroeger gokte ik met kwartjes, daar hadden Marge en ik soms ruzie over. Kwartjes waren belangrijk, vooral toen het snel ging met de kinderen. Cory, Debbie, Junior, Dennis, vier in goed zes jaar. Het hadden er vijf kunnen zijn, als Karen... Later kwam Lendall nog. Een kwartje telde toen.'

'Nu niet meer.'

Hij lachte schor. 'Nu telt niets, daar heb ik aan moeten wennen.'

'Maar het is gelukt, wennen.'

Hij sloeg op zijn knieën alsof ik een goede grap had verteld. 'Reken maar dat het is gelukt. Gokken kost geld en vrouwen ook. Het is maar goed dat ik in de zestig ben. Twintig jaar geleden had ik me arm...'

Hij keek me aan met een gezicht of hij me uitnodigde om de zin af te maken.

'Je doelt niet op gokken,' zei ik.

Daar moest hij opnieuw om lachen. 'Nee,' zei hij, 'gokken kan daarna altijd nog.'

We reden zonder iets te zeggen tot bij Gatlinburg, aan de noordzijde van de Great Smoky Mountains. Charls zat onderuitgezakt met zijn koffertje op schoot en wees met een duim als we een afslag naderden, precies zoals hij op de avond van het casino had gedaan. Deputy Abe reed achter ons, niet dichtbij, maar ook niet zo ver dat hij ons uit het oog zou kunnen verliezen.

Even voorbij Gatlinburg zei Charls: 'Ze keken op me neer.'

Ik passeerde een vrachtauto beladen met schroot en zuchtte van opluchting toen ik er voorbij was. IJzeren staven staken zo ver achteruit dat ik bang was dat ze zouden vallen. Een Tucker met een ijzeren staaf door de kap of de voorruit, ik moest er niet aan denken.

'Welke ze?'

'Mensen met echte huizen. Wij hebben jaren in het soort hut gewoond dat je vaak ziet op foto's van fotografen die geld willen verdienen aan mensen die ze hillbilly's noemen, veel hout, golfplaten, ruiten met een barst erin en een veranda vol rotte planken. Ze keken op ons neer. Als ik er werkte kreeg ik geen koffie. Als ik naar de plee moest dan kon ik de bosjes in. Niet hun bosjes, maar bosjes een eindje verderop. Vrouwen waren het ergste.' Hij trommelde met vier vingers op het koffertje. 'Moet je nu zien. Ik kom in een pak dat te groot is geworden en met een koffertje van twee dollar, en ze buigen, ze glimlachen, je hebt er geen weet van hoe verdomd snel sommigen zich uitkleden. Niet allemaal natuurlijk, maar toch heel wat. Die in Knoxville woonde eerst in Wesser, niet ver van Stecoah. Ik heb daar gewerkt. Hij deed iets in Robbinsville, zij deed de tuin. Een grote tuin met bloemen en planten die meer kostten dan het huis waar Marge en ik in woonden. Ze hadden een achterdeur en daar moest ik me melden. Ze gingen naar Knoxville toen hij daar een baan kreeg, bij een bank. Het was een goede baan, maar toen er werd bezuinigd kwamen ze in geldnood. Te grote hypotheek, te hoge lening. Ik hoorde het twee jaar geleden. Sinds die tijd ga ik er af en toe langs. Dan is hij niet thuis en heeft zij zich opgekalefaterd. Ik kom binnen via de voordeur, leg vijf biljetten van honderd op een bijzettafeltje en ga rechtstreeks naar boven. Ze zeggen weleens van iemand die rijk is: hij lacht de hele weg naar de bank. Vanavond lach ik de hele weg naar de slaapkamer, en weer terug. Als het om lekker gaat kun je beter een callgirl huren, maar het gezicht van AnneLee bezorgt me meer plezier dan een lachfilm.'

'Wat heb je in dat koffertje? Je zweepjes?'

Hij lachte opnieuw, maar dit keer vreugdeloos. 'Zoiets. Je bent er dus achter gekomen dat de bewoners van Charlsville geen dialect spreken en dat ze niet lang zijn. Verder nog iets opgemerkt?'

Ik dacht na. 'Dat ze minder gelukkig zijn dan je misschien denkt. Cory wil een slot op de deur, Ira verveelt zich een ongeluk op zijn veranda, John en Cindy zaten elke keer in de bar bij Snail als ik er was maar ze keken er niet gelukkig bij, Maggie is als een kind zo blij wanneer er eindelijk iemand in haar winkeltje komt met wie ze een woord kan wisselen, bedoel je dat?'

Het was niet wat hij bedoelde, ik zag het aan zijn frons. 'Cory sloten? Ik dacht...' Hij ging verzitten. 'Iets anders, iets wat je moet opvallen als je in Charlsville goed om je heen kijkt.' Toen de stilte drie seconden had geduurd gaf hij zelf het antwoord. 'Geen kerk. Elk dorp heeft een kerk, soms twee. Een huis met een kruis op het dak is hier al een kerk. In Charlsville zie je ze niet, kruisen.'

'Omdat je een hekel aan kerken hebt?'

'Vroeger moest ik. Als kind. Ik kom uit Baltimore, daar hebben ze aan kerken geen gebrek. Marge kwam uit Canada. Presbyteriaans, mijn Marge. Ik moest elke zondag met haar mee. Toen ging Karen dood. Wiegendood, zei de dokter en de man die zichzelf tot dominee van het dorp had benoemd zei dat we veel moesten bidden, dan ging het met de volgende misschien goed. Debbie was gezond, en Junior, en Dennis, dus moest ik weer mee, elke zondag. Toen werd Lendall geboren en ging Marge dood.' Hij was in elkaar gezakt onder het vertellen en zijn stem was toonloos geworden. 'Ik dacht: verrek maar met je kerk. Nooit meer geweest. Geen kerk in Charlsville, de dominee uit Robbinsville die een keer op bezoek kwam heb ik mijn huis uit laten gooien.'

'Waarna je zijn kerk hebt laten restaureren om het goed te maken en te zorgen dat hij zou buigen als je in de buurt kwam?'

Hij keek naar me of hij niet zeker wist of ik de draak met hem stak.

'Geen kerk meer voor mij.'

'Dat vinden de andere inwoners ook?'

'Bob en Linda Farley gaan af en toe naar een katholieke kerk in Greenville. Dat ligt in South Carolina, ze denken dat dat ver genoeg weg is om me niet kwaad te maken. Ze hebben acht kinderen. Bob komt uit een gezin met elf kinderen, bij Linda hadden ze er tien. Niemand kijkt op van grote gezinnen. Zolang de pastoor niet in Charlsville komt vind ik het best, iedereen moet doen waar hij zin in heeft.'

Tot jij bezwaar maakt, vulde ik in gedachten aan. Ik zei het niet omdat me iets anders te binnen was geschoten. 'Heb jij broers of zussen?'

De vraag was hem blijkbaar vaker gesteld, want hij wist waar ik naartoe wilde. 'Twee broers en een zus vóór mij, twee broers en twee zussen vóór Marge. Ze hebben geen cent gekregen, nee, geen cent. Niemand heeft ooit iets voor ons gedaan. Toen Karen overleed kwam niemand op de begrafenis. Na de dood van Marge stuurde een van haar zussen een brief. Dat ik beter op haar had moeten letten, dat zes kinderen in tien jaar te veel voor haar was geweest. Na de dood van Dennis wilde iedereen langskomen. Ik heb ze laten weten dat ze thuis konden blijven.'

'Laten weten.'

'Ira heeft het voor me opgeknapt. Ik wilde niet met ze praten.'

Ik wilde meer weten over Dennis, maar hij hield een duim voor mijn ogen. 'Opletten nou, we zijn er bijna. Ze woont een stuk buiten het centrum.'

Zijn duim dirigeerde me naar een huis aan Fort Loudoun Lake. Het was groot, het was wit, en het zag er in het licht van de twee buitenlampen verwaarloosd uit.

'Hiero,' zei hij. 'Je ziet wat ik bedoel als ik zeg dat ze geld nodig heeft.' Hij keek op zijn horloge. 'Rij maar wat rond, een uurtje gaat het wel duren. Soms langer, dat komt omdat ik een enkele keer trek krijg in koffie.'

'Wat doe je als ik er met je Tucker vandoor ga?'

Hij wees naar de auto honderd meter achter ons. 'Kijk eens naar Abe?'

Hij stond naast zijn auto, wijdbeens, en hij tikte met zijn wapenstok tegen een broekspijp, ik kon het horen toen ik het portier had geopend: pok-pok-POK.

'Dat doet hij graag,' zei Charls, 'dat tikken. Als je ervandoor gaat dan zeg ik tegen Abe dat hij zich mag uitleven. Hoe lang denk je dat het duurt voor ze een Tucker opsporen? Dat kan zelfs Abe. Er zijn nog geen veertig Tucker Torpedo's gemaakt, heb ik je dat niet verteld?'

Toen hij was uitgestapt hief hij het koffertje. 'Je was er niet zo ver naast met je zweepjes,' zei hij. Hij lachte, terwijl hij naar de deur liep, maar het klonk geforceerd.

9

Knoxville bleek geen stad waar je na kantoortijd veel te zoeken hebt. In de omgeving van de universiteit waren cafés en restaurantjes open, maar aan de andere kant van het centrum zag ik niemand op straat. Omdat ik geen zin had om me te vervelen bekeek ik het stuk papier dat Cory me in de handen had gedrukt. Er stond in een kriebelig handschrift een adres op dat ik nauwelijks kon lezen. In het Convention Center zag ik dat Gail Rogers twee adressen had. In het telefoonboek stond alleen haar naam, in de gouden gids stond er Private Investigator bij. Op de plattegrond in de foyer zag ik dat haar woonhuis en kantoor vlak bij elkaar lagen, allebei aan zijstraten van Baxter Avenue. Het leek dichtbij en daarom liet ik de Tucker op de parkeerplaats achter het Convention Center staan. Het was aanzienlijk verder dan ik had verwacht en er stond een wind waardoor ik een paar keer dacht dat iemand toch eens nieuwe knopen aan mijn jack zou moeten zetten.

Het kantoor van Gail Rogers, Private Investigator lag boven een wasserette en naast een afhaalpizzeria, het woonhuis stond in het midden van een slecht onderhouden grasveld in een straat vol huizen met mottige grasvelden. Het pand was opgetrokken uit baksteen en planken, al stelde de hoeveelheid baksteen niet veel voor. Waarschijnlijk waren de planken grijs, maar het kon ook lichtblauw zijn, er was te weinig licht om het goed te kunnen zien. Boven de voordeur brandde een geel lampje dat net helder genoeg was om het naambordje te kunnen lezen: G. Rogers. In de kamer waren lichten aan waarbij je onmogelijk zou kunnen lezen. Gail Rogers was zuinig of ze had heel goede ogen. Misschien was ze niet thuis, dat zou veel verklaren.

Er was geen bel, maar net onder het naambordje, precies buiten het lichtschijnsel, zat een metalen klopper.

Ik klopte drie keer hard en daarna een keer zacht. Ik weet niet hoe het komt, op een bel druk ik één keer maar met een klopper blijf ik aan de gang. Ik wachtte tien tellen en klopte nog drie keer.

Binnen klonk een schreeuw. Ik kon hakken horen op iets wat hout leek. Het luikje in het midden van de deur ging open. 'Ja?'

'Mevrouw Rogers?'

Ze keek naar mij en ik keek naar haar. We zagen allebei weinig. Ik stond buiten het bereik van de lamp, zij stond met haar rug naar het ganglicht. Blond, leek me. Lang haar, want ze streek twee keer langs de zijkant van haar gezicht. Roze lippen.

Ik stond me af te vragen waarom ik dacht dat lippen die ik nauwelijks kon zien roze waren toen ze vroeg: 'Komt er nog wat van?'

'Mevrouw Rogers?' vroeg ik opnieuw.

Ze zuchtte. Onder haar kin schoof een vinger naar buiten die een knik naar links maakte. 'Bordje gezien?'

Ik knikte en zei 'ja' toen ze niet reageerde.

'Wie zou ik anders zijn, de huishoudster?'

'Zou ik u even mogen spreken?'

Het huis zag er niet uit of Gail Rogers veel geld had te spenderen. Een kantoor boven een wasserette is geen plaats die een privédetective uitzoekt als ze niet op een paar duizend dollar hoeft te kijken. Ze maakte een onbestemd geluid voor ze zei: 'Kan het niet onder kantoortijd?'

'Ik kon niet eerder langskomen,' zei ik. 'Het duurt niet lang.'

'Hoe heet je ook weer?'

Alsof ik het al had gezegd. 'Jeff Aabelson, mevrouw Rogers.'

'En je bent hier omdat je mijn naam in de gouden gids zag en dacht: die moet ik hebben?' Het klonk cynisch en haar hoofd ging een stukje achteruit, ze was er klaar voor om het luik dicht te smijten.

'Ik heb uw naam gehoord van...' Ik aarzelde en voelde me warm worden. Het was weer zover. Ik was weer eens ergens op afgestapt zonder een verhaal klaar te hebben, of een naam die net-echt klonk, die van een advocaat uit Knoxville bijvoorbeeld, of die van een politieman. 'Van iemand uit Charlsville,' zei ik toen de pauze gênant lang begon te duren.

'Wie?'

Wie. Cory, Snail, Charls, Ira. Ik had zweet op mijn voorhoofd. 'Cory Crisp. Ik sprak haar onlangs, in Robbinsville, maar ze vertelde dat ze in Charlsville woont en toen ik zei dat ik een probleem had...'

'Jaja,' zei ze en ze bedoelde: hou op met je gewauwel.

'Even maar,' zei ik.

Ze deed het luikje verder open en duwde haar gezicht naar voren tot haar wangen strak stonden tegen de zijkanten. 'Wat is je probleem?'

'Mag ik binnenkomen?'

Het luikje zat op een hoogte van 1,70 meter en ze wekte niet de indruk dat ze er gebogen achter stond. Ik ben bijna twee meter lang en breed genoeg om automatisch een schouder schuin naar voren te duwen als ik een deur door wil. Ik kon het haar niet kwalijk nemen dat ze niet meteen de voordeur opendeed. Ik zou het in haar plaats ook niet hebben gedaan, niet zonder een pistool of een man achter me van het formaat quarterback.

'Alstublieft,' zei ik om de stilte te breken.

Ze deed iets wat knikken was geworden als haar kin niet in botsing was gekomen met de vinger die nog over de rand hing. 'Over een halfuur. Ik ben niet helemaal op... Halfuur, minstens. Oké?'

'Goed,' zei ik. 'Halfuur.'

Het luikje ging met een klap dicht en ik liep achterwaarts naar de weg. Achter een raam op de verdieping verscheen een silhouet. Ik bleef een ogenblik stilstaan onder een straatlantaarn en keek schuin omhoog, glimlach om de kaken, armen een beetje gespreid. Jeff Meeks, de geboren onschuld.

In het huis aan Fort Loudoun Lake brandde alleen op de eerste verdieping een licht. Ik zag me niet aanbellen, vragen naar meneer Charls en hem uitleggen dat hij misschien even op me zou moeten wachten omdat ik een boodschap te doen had. Volgens mijn horloge zou hij over iets meer dan een kwartier zijn kleren aantrekken en zijn koffertje inpakken. Tenzij het iets later werd. Hij had de mogelijkheid open gelaten, maar ik had de indruk gekregen dat ik niet degene was die zijn leefritme moest bepalen.

Ik keek een poosje naar het verlichte raam en kreeg twee ideeen. Het eerste bestond in het inlichten van deputy Abe. Hij zou over Charls Crisp waken, dus hij moest in de buurt zijn. Dat was hij niet. Ik besteedde acht minuten aan ronddrentelen en kijken naar auto's, maar hield daarmee op toen een man mijn kant op kwam met twee honden aan de lijn. Ze waren zwart, ze waren groot en ze gromden. Meer hoefde ik niet te weten om me te verschansen in de Tucker. De man bleef op enige afstand staan. Hij riep iets, maar zijn woorden werden weggegromd door de honden. Ik gebaarde naar het huis waar Charls in was verdwenen en haalde verontschuldigend mijn schouders op. De man spuwde op het trottoir en draaide zich om. Ik vroeg me af wat ik had moeten doen als hij op de gepoetste Tucker had gespuugd.

Idee twee was een kort briefje te schrijven en onder een ruitenwisser te duwen. Ik wist de tekst al: 'Ben opgehouden. Kom snel terug. Sorry.' Probleem was dat ik dan naar het huis van Gail Rogers zou moeten lopen en dat was ik niet van plan. Het briefje in de brievenbus stoppen was een mogelijkheid, maar het leek me niet waarschijnlijk dat een sufgeneukte Charls na het verlaten van het huis in de brievenbus zou kijken. Bovendien had ik geen briefje, en geen pen. In de Tucker lagen een plastic tas met het opschrift Charlsville Shop en een stuk van een krant waarop drank was gemorst. Ik rook aan de krant en gokte op whisky. Achter de stoel van de bestuurder vond ik een mes. Het was meer dan drie decimeter lang en had een heft waar leer omheen was gevlochten. Het was scherp genoeg om de krant mee aan repen te snijden. Met zo'n mes zou je de meeste aanvallers wel kunnen afschrikken, als je het tenminste tevoorschijn wist te halen voor je er het leven bij had ingeschoten. Een plek achter de chauffeursstoel is ongeveer de slechtste die je kunt kiezen. Ik legde het mes terug en vroeg me af wat ik moest doen.

Niet blijven wachten tot meneer Charls met doffe ogen van moeheid en een hand tegen zijn kruis zou komen aanhijgen. Niet chauffeur spelen voor een mazzelpik die per ongeluk te veel geld heeft gekregen.

Toen ik naar het huis keek vond ik dat het woord mazzelpik erg op zijn plaats was, maar dat ik niet in de wieg was gelegd om stil te zitten op plaatsen waar buurtgenoten met gromhonden rondliepen. Precies vijfentwintig minuten nadat Gail Rogers het luikje van haar voordeur had dichtgeslagen startte ik de Tucker. Charls moest maar even wachten. Met een beetje geluk was ik over een minuut of twintig terug.

Voor het huis van Gail Rogers was geen parkeerplaats vrij, maar honderd meter verderop, bij de hoek met Baxter Avenue wel. Het was een straat om je auto op slot te zetten en ik trok aan de deurkrukken om zeker te zijn. Onder het lopen keek ik twee keer achterom, op de manier waarop je dat doet als je het onheilspellende gevoel hebt dat de lichten toch nog aan zijn.

Ik was minstens twintig passen van het huis van Gail Rogers toen ik ze zag. Groot, dat was mijn eerste indruk. Niet zo groot als ik was, maar toch ruim aan de maat. In alle opzichten. Groot van hoofd, groot van buik, groot van handen. Allebei staken ze er een omhoog, op de manier waarop agenten dat doen die willen dat je stilstaat. In de handen die ze half achter hun rug hielden hadden ze iets wat een wapenstok kon zijn, of een ijzeren staaf. Twee dikbuiken zou ik de baas kunnen, maar met stukken ijzer moet je uitkijken.

'Geef je geld maar,' zei de man aan de linkerkant. Hij had de stem van een politieman en door het contrast van zijn stem met zijn tekst was ik even van mijn stuk.

'Meteen,' zei de ander. 'We hebben geen uren de tijd.'

Ik schuifelde een stukje achteruit, maar ze hadden me door en liepen mee.

'Toe nou maar,' zei de eerste, 'we willen je niet te veel pijn doen.'

Hij bewoog de hand die hij achter zich had en wees naar me met het voorwerp dat hij vasthad. Het was geen wapenstok, het was geen ijzer, het was een stroomstok.

'Komt er nog wat van?' vroeg de ander.

Voor overvallers hadden ze veel tekst en als ze een stap voorwaarts deden schraapten ze met hun schoenen over het betonnen trottoir. Ze waren misschien uit op snelheid, maar niet op stilte.

Toen tot me doordrong hoe het zat was ik te laat. Een derde

man kwam van achteren en sloeg hard tegen de zijkant van mijn hoofd. Ik raakte hierdoor niet bewusteloos, maar schoot wel vooruit. Daarna voelde ik op twee plaatsen een hevige pijn, ter hoogte van mijn maag en schuin boven mijn kruis. Ik zei iets en zij zeiden iets, daarna viel ik voorover.

Twee keer was ik me ervan bewust dat ik in een rijdende auto lag, plat op mijn buik, een gewicht op mijn schouders, een gewicht op mijn billen. Plekken bij mijn maag en mijn kruis brandden als de hel en toen ik mijn hoofd bewoog ontplofte er iets bij een oor. Beide keren werd mijn hoofd door stevige handen zo hard naar beneden geduwd dat ik geen adem kreeg en wegzeilde in iets wat vol droomflarden zat, beelden van een casino, van een woestijn, van Denver.

De derde keer dat ik bijkwam lag ik buiten, nog steeds plat op mijn buik, maar zonder de gewichten. Ik rilde en vroeg me af waarom het zo koud was. Seconden later drong tot me door dat ik naakt was, zelfs mijn sokken waren uitgetrokken.

'Hij is bij de wereld,' zei iemand.

'Zorg dan maar dat-ie zich niet omdraait. Als hij ons ziet hebben we een probleem en ik wil geen dooien.'

Beide stemmen klonken vervormd. Eerst dacht ik dat het kwam omdat er iets met mijn rechteroor was, maar na een poosje, toen ik niet elke seconde vijf pijnscheuten voelde, dacht ik dat het kwam doordat ze iets in hun mond hadden gestoken, een pen, een prop papier, iets waardoor ze anders gingen klinken.

Iemand legde een doek over mijn hoofd en gaf me een tikje tegen een schouder. 'Je mag je hoofd zo draaien dat je oor vrij is. Als je geen antwoord geeft dan leggen we je op je andere zij en krijgt je linkeroor ook een opdonder. Duidelijk?'

Ook deze stem klonk vervormd, maar toch had ik weer het gevoel dat ik te maken had met mensen die gewend waren opdrachten te geven, politieagenten, militairen, beveiligingsmensen.

Ik draaide mijn hoofd en probeerde zo te gaan liggen dat mijn buik een stukje van de grond kwam. Ik lag niet op gras of op asfalt, maar op een onregelmatige ondergrond vol met steentjes.

Weer een tik tegen een schouder. 'Zo lig je prima. Geef antwoord en je komt er beter af dan we zouden willen. Naam.'

'Aabelson, Jeff.'

'Geboren.'

Het was geen tijd voor grappen, het was ook geen tijd voor smoesjes of voor stoerdoenerij. Jaren geleden had een man met wie ik op een berg in Washington State had gewoond me geleerd dat je antwoord moest geven als je geen kant op kon. Op vragen antwoorden geven die controleerbaar waren, beleefd zijn, doen wat ze zeggen en ondertussen plannen maken voor wat je zou gaan doen als ze even niet opletten.

'Missouri. Rolla. Een dorp.'

'Hoe oud.'

'Bijna achtendertig.'

'Waar kom je vandaan.'

Dat was het soort vraag waar ik tijd voor nodig had. Waar kwam ik vandaan. Oorspronkelijk uit Denver. Maar ik kwam ook uit Zuid-Amerika en Australië, uit Washington State, uit Arizona, uit Savannah Georgia, uit Californië en Oregon. Uit Kansas. Ik kwam zo'n beetje overal vandaan. Na een por in mijn zij koos ik voor Kansas omdat ik daar de Dodge had gekocht. 'Kansas, St. Peter.'

'Waarom duurde het zo lang voor je dat wist.'

'Ik trek rond. Na Kansas ben ik in Oklahoma geweest, Arkansas, Tennessee, overal.' Het was niet de route die ik had gevolgd, maar het zou veel moeite kosten daarachter te komen. 'Ik ben op weg naar New England.'

'Welke staat.'

'Maakt niet uit. Ik trek rond, dat zei ik al. New England moet mooi zijn in het najaar. Indian summer en zo.'

Daar moesten ze alle drie om lachen.

'Geef mij de Smoky's maar,' zei de man die bij mijn voeten stond.

'Geef mij alles maar, zolang het maar niet in de buurt van die hufters is die doen of ze half in Engeland wonen,' zei de man die zo ver weg stond dat ik hem nauwelijks verstond.

Mijn ondervrager nam de draad op. 'Wat moest je in Knoxville?' Hij vroeg het op de toon van iemand die vragen stelt om de tijd te doden, niet van iemand die informatie nodig heeft. Ik had het gevoel dat ze alles wat ze wilden weten al wisten. Misschien verveelden ze zich, of wilden ze zich een poosje met me vermaken. Ze hadden de Tucker gezien en wisten waarschijnlijk wie de eigenaar was. 'Ik moest niks in Knoxville. Charls Crisp wilde ernaartoe. Ik heb hem gebracht.'

'Je bent dus chauffeur.'

'Voor deze keer.' Daar wilde ik geen misverstand over laten bestaan. 'Alleen vanavond.'

De man vlak naast me lachte. 'De avond is voorbij en we zullen ervoor zorgen dat het een lange nacht...'

Hij werd onderbroken door gesis van de man die het verst bij me vandaan was. 'Koplampen. Er komt iemand.'

De man naast me bewoog zich op de manier van iemand die stram is geworden van het zitten en te snel wil opstaan. 'Shit, nou al. Weg met hem.'

'Daarheen?' De stem klonk nog steeds vervormd, maar verbazing en ongeloof waren hoorbaar.

'Waarom niet. Hij is een stuk vullis en waar hoort vullis anders thuis?'

Handen grepen mijn enkels en ik werd op mijn buik over

steenslag gesleept, een stukje gras, iets wat was bezaaid met plastic en hout, drab die stonk naar rotte vis, zacht zand, een plas, opnieuw hout maar nu glad, metaal vol gaatjes en randen. Toen was het voorbij.

'Haal jij zijn kleren?' vroeg de man die me had ondervraagd en die zich gedroeg als de baas van het stel.

Iemand protesteerde zacht. 'Waarom?'

'Wou je die laten liggen? We mieteren alles achter hem aan, als-ie wil kan-ie ze zoeken.'

Een man grinnikte en liep weg.

'Oppakken en gooien, of gewoon kieperen?' Dat was de derde man.

Bij mijn hoofd klonk een soort geslis, alsof iemand nadacht en er zijn onderlip bij naar binnen zoog. 'Slingeren. Ik wil niet dat hij naar boven klautert.'

Handen grepen mijn enkels en polsen. De doek hing nog steeds over mijn hoofd, maar ik voelde hem wegglijden toen ze me heen en weer bewogen.

'Een,' zei de man die mijn polsen vasthad. 'Twee. En drie.'

Ze lieten los en ik viel. Niet in een ravijn, zoals ik had gevreesd, niet in een put, niet in een rivier. Ik viel ook niet echt, ik stuiterde, van harde voorwerpen naar zachte die met me meerolden. Een paar keer kreeg ik greep op iets, maar ik verloor er geen snelheid door. De voorwerpen gingen gewoon met me mee, waardoor ik me voelde als het middelpunt van een lawine. Het was alleen geen sneeuw waar ik doorheen buitelde. Sneeuw ruikt niet naar verrotting, sneeuw bestaat niet uit metaal en stenen.

Toen ik stillag en overgaf van angst, schrik en pijn wist ik waar ik was. Ik lag naakt tussen afval en was het cadeau van de maand voor de ratten.

10

Angst is een gevoel waar ik in de loop van de jaren veel aandacht aan had besteed. Toen ik klein was was ik bang, vooral 's avonds als mijn ouders weg waren en ik op mijn zusje moest passen. Dan hoorde ik geluiden, zag ik schaduwen, lag ik te rillen in bed, terwijl mijn zusje sliep. Ik paste op haar, haar kon niets gebeuren. Na het auto-ongeluk waarbij mijn ouders en mijn zusje omkwamen was ik nog vaak bang geweest, maar minder hevig. Voor de oudoom die mijn pleegvader werd was ik niet bang. Wel voor Baz Madden, die mijn baas werd, en voor zijn rechterhand, de kleine Chuck Brannon. Na de mislukte overval op het casino en mijn vlucht naar het buitenland had ik een angst gevoeld die me lang was bijgebleven. Hij had me achtervolgd op mijn lange tocht van Denver naar Mexico naar Zuid-Amerika. Daar, en in Australië, was ik een paar keer bang geweest, maar nooit zo wurgend dat ik geen adem kon krijgen. De laatste keer dat angst me had overspoeld was toen ik, via Canada, terug was gekeerd in de USA en aan de rand van de Rocky Mountains in een ravijn was gevallen. De oude Tom McClaren vond me toen ik op sterven na dood was. Hij sleepte me mee naar zijn hut op Carly's Piek en lapte me op. Hij leerde me hoe ik op een berg in leven moest blijven, hoe ik nieuwsgierige toeristen weg moest jagen, hoe ik sterker kon worden, harder, onverschilliger voor warmte en kou. Soms, als hij een spraakzame dag had, legde hij uit hoe het volgens hem zat met verlangen, met verwachting, met angst.

'Negeer angst,' zei hij dan. 'Denk aan wat anders. Doe iets, maakt niet uit wat. Angst verlamt en in situaties waarin je angst voelt kun je alles gebruiken behalve verlamming.' In het begin begreep ik hem niet, maar op de dag waarop hij me naar een plek bracht waar ik een boom moest kappen werd me veel duidelijk. Hij verdween en de beer dook op. McClaren wist dat de beer er was. Ik wist het toen hij op me afkwam, hij had grote klauwen, ik had een bijl. Na de beer was ik er hard aan toe om ook McClaren aan stukken te hakken, maar toen ik op hem afkwam bleef hij gewoon staan, armen gespreid, grijns op zijn gezicht. 'Als je slaat hebben we vanavond niks te vieren,' zei hij. Die avond dronken we iets wat hij Carlybrandy noemde en zei hij dat als ik nog niet begreep wat hij bedoelde toen hij zei dat angst je niet moet verlammen, ik op moest donderen, van zijn berg af, wegwezen.

We werden erg dronken en ik bleef. Daarna was ik hooguit angstig. Als ik in de problemen kwam dan zocht ik naar oplossingen, in plaats van te hopen op hulp van een opperwezen, van onbekenden die toevallig net op tijd ter plaatse zouden zijn, of van bliksemflitsen die tegenstanders zouden doen verschrompelen tot hoopjes as.

Aan dat soort dingen dacht ik terwijl ik geradbraakt op een helling van een vuilstortplaats lag. Of aan de voet van een helling. Ik had geen idee, want het was een maanloze, sterreloze nacht en nergens was een lichtschijnsel. Ik lag, ik dacht aan alle plaatsen waar ik was geweest en ik bewoog een voor een mijn spieren. Mijn armen en benen waren heel, mijn vingers ook. Bij mijn rechteroor zat iets wat kleverig aanvoelde en als ik langs mijn maag en mijn kruis streek voelde ik pijn opvlammen. Strijk dan niet, dacht ik. Op tientallen plekken voelde ik de pijn van schrammen en sneetjes, maar ik had niets gebroken. Dus concentreerde ik me op de ratten. Er waren er veel, maar ik zag er niet een. Dat van die rode ogen die door de duisternis priemen bleek flauwekul. Ik hoorde ze, en voelde ze als ze over me heen liepen. Mijn armen en benen bewegen hielp niet, dus probeerde ik te staan. Hoe minder contact met het afval, hoe minder last ik van de ratten zou hebben. Het was koud, maar ik had het vaker koud gehad. Ik moest ook plassen en daar ging ik voor staan. Blijkbaar raakte ik een rat, want iets schoot weg terwijl het hevig piepte. Het luchtte me op, op twee manieren, en ik dacht dat ik wel iets van een glimlach zou kunnen forceren als het nodig was. Ik leefde, ergens boven me moesten mijn kleren zijn – ik had twee plofjes gehoord en aan mijn schoenen gedacht – en als ik ervoor zorgde dat ik niet werd aangeknaagd zou ik in redelijk intacte staat de ochtend halen.

Na het plassen maakte ik de beweging die mannen maken als ze hun geslacht achter hun gulp wippen. Ik moest er bijna om grinniken. De pijn die ik voelde toen ik een voet verplaatste vaagde elke vorm van optimisme weg. Overal kon ik scherpe stukken ijzer verwachten, gebroken glas, hout met scherpe randen en punten. Toch kon ik niet blijven waar ik was. Ik zag mezelf niet urenlang mijn benen optillen en op dezelfde plaats neerzetten om beesten van mijn lijf te houden. Ik wilde bewegen, me verplaatsen, liefst naar boven, waar mijn kleren moesten zijn. Kleren zijn licht, je kunt ze van je af gooien, maar ver weg krijg je ze niet, tenzij ze door de wind worden meegenomen. Waar ik stond was geen wind, niet veel in elk geval, af en toe een zucht. Ik snoof toen ik aan wind dacht en rook iets anders dan alleen verrotting en bederf. Rook, na drie keer snuiven wist ik het zeker. Van rechts kwam rook. Ik zag geen schijnsel van vuur, maar rook was er beslist. Ik probeerde me te herinneren wat ik van stortplaatsen wist. Weinig, het was geen onderwerp waar ik me in had verdiept. In films waren stortplaatsen kuilen die vol lagen met oude koelkasten, matrassen en rotzooi waar het vriendje van de zoon van de hoofdfiguur iets tussen vond waarmee hij het verhaal aan de gang hield. Op de achtergrond was altijd, maar dan ook altijd, de rook te zien van smeulend vuur. Ratten houden niet van vuur. Dat wist ik van andere films. Als ik op de plaats wist te komen van het vuur, dan...

Op die manier dacht ik en zolang ik het deed voelde ik geen pijn. Toen ik liep weer wel. Het was meer strompelen en half vallen. Het ging iets beter toen ik een plank voelde die smal was en meer dan een meter lang. Ik gebruikte haar om op te steunen en vastigheid te zoeken voor de volgende stap. Heel langzaam baande ik me een weg in de richting van de rook. Zolang ik in beweging bleef voelde ik geen beesten en had ik het gevoel dat ik iets nuttigs deed.

Ik schatte dat ik ruim een halfuur aan het ploeteren was toen ik een verkeerde beweging maakte. De plank schoot uit mijn handen en ik viel zijwaarts. Ik wist zeker dat ik iets riep, maar wist niet precies wat. De kreet werd gevolgd door een zucht, want ik belandde op iets wat zacht aanvoelde, iets van plastic dat meegaf. Een zak met kleren, dacht ik, laat het kleren zijn. Het waren kussentjes die nat waren geworden en erger stonken dan witte kool. Ik gooide ze weg en toen ik daar spijt van had en om me heen tastte voelde ik opnieuw een zak. Iemand had een ruime hoeveelheid kussentjes gedumpt die allemaal nat waren en door dieren uit elkaar getrokken. Eronder lagen rollen zeil en daar weer onder iets wat aanvoelde als een kleed. Het was een stuk van enkele meters lang en een paar meter breed. Er waren hele happen uit geknipt of gescheurd, maar de ene kant voelde lekker glad aan en de andere harig en warm. Ik spreidde het kleed uit, ging erop liggen en rolde me om terwijl ik met beide handen de rand vasthield. Bij de vierde poging gleed ik niet weg en rolde ik naar een vlak stuk. Ik wurmde me in de rol naar boven en zag kans de onderkant zo dubbel te vouwen dat er geen beest bij mijn voeten kon komen. De bovenkant klemde ik zo goed als ik kon tegen me aan, daarna schoof ik heen en weer tot ik half lag en half zat, de onderkant tegen een voorwerp dat hard was, de bovenkant vrij van elk obstakel. Elke rat die aan me wilde snuffelen zou langs het kleed omhoog moeten lopen. Met een beetje geluk kwam hij in de buurt van mijn mond, ik zou er graag een de kop afbijten.

Terwijl ik langzaam warm werd voelde ik een bijna overweldigende honger en dorst. Ik voelde ook moeheid, maar ik was van plan om wakker te blijven. Dat zei ik tegen mezelf: wakker blijven. Ik zei het eindeloos, toonloos en ik durfde te zweren dat het lukte, al had ik geen idee waarom ik wakker was en toch beelden zag die in de regel alleen in dromen voorkomen.

11

Het waren geen ratten, het waren zwerfkatten. Ik zag ze toen ik knipperend tegen het licht dat langs de flank van een heuvel streek om me heen tuurde. Beneden me was het donker, maar boven me zag ik de bonte kleuren van verval, honderd tinten bruin en grijs, een vaalwitte kast, een gescheurd rood dekkleed, een groen hekwerk, een blauwe bal. Bedenk een kleur en hij was er. Erop en ertussen zaten katten, het waren er tientallen en ze bewogen of het afval van hen was. Dus daarom had ik geen rode ogen gezien, of hadden de katten de ratten afgelost en vormden ze de dagploeg?

Ik bewoog me binnen de cocon van het kleed en voelde duizend spieren. Toen ik me uit het kleed rolde voelde ik er duizend meer. Bij mijn maag jeukte het, schuin boven mijn kruis zat een rode vlek die brandde. Op de vlek zaten groene pluisjes. Ze zaten ook op alle andere delen van mijn lichaam. Een deel van het kleed had zich aan me gehecht en ik zag eruit als een pluizige Hulk. Er was geen vegen aan en ik zag er ook weinig reden toe. Mijn honger was teruggekeerd zo gauw ik mijn ogen had geopend en mijn dorst was zo intens dat ik naar een gele fles greep waar de dop nog op zat. De lucht van chloor nam de behoefte om te drinken voor een deel weg. Ze deed me bovendien de stank van de belt vergeten en daarom hield ik de fles net zo lang onder mijn neus tot mijn ogen traanden en mijn hoofd licht werd. Kon je high worden van chloor? Misschien wel als je je maag had leeggespuugd en je uren de odeur van afval had ingeademd.

Ik zette de fles op een plaats waar ze niet kon omvallen en bewoog, een voor een, mijn armen en benen. Echte oefeningen waren het niet en het deed meer pijn dan ik had verwacht, maar ik moest mijn spieren op dreef zien te krijgen voor er vrachtwagens zouden komen die tonnen nieuw afval over de rand kieperden. De kans dat iemand me zou zien was klein, want ik was een dwerg in een gigantische kuil die voor meer dan de helft was gevuld met duizenden, misschien miljoenen kubieke meters afval en horen zou niemand me, want er verschenen meeuwen die een ongelooflijk lawaai maakten.

Ik zag dat ik minder ver was gevallen dan ik had verwacht, ergens tussen de tien en de vijftien meter, het was moeilijk te zien vanaf het punt waar ik stond. Naar beneden lopen was geen optie, want onder me lag een helling van tientallen meters vol afval. Rechts van me steeg rook op, het moest het deel van de stortplaats zijn waar de brand in was gestoken. Het afval dat er lag zag eruit of het er weken, misschien maanden geleden was neergegooid. Waar ik stond was het afval van recentere datum, en daar waren nieuwe ladingen te verwachten.

Toen ik het gevoel had dat ik in staat was te klimmen keek ik uit naar een plaats waar de helling niet te steil was. Ik was de afgelopen nacht in de richting van de rook gelopen, dus als ik een kans wilde maken een van mijn kledingstukken terug te vinden zou ik naar links moeten, ik had geen idee hoe ver. Een meter of tien links van me lagen veel obstakels waar ik houvast aan zou kunnen hebben, een deel van een ledikant, een betonnen paal, het chassis van een auto, een stel banden. Ik strompelde ernaartoe en trok me op aan het ledikant. Het was minder inspannend dan ik had gevreesd en zolang ik bezig was voelde ik de naalden niet die in mijn buik en rug prikten. Na het ledikant kreeg ik greep op de betonnen paal en daarna op het chassis. De banden leken te instabiel en bovendien lag er glas tussen. Links ervan zag ik een metalen kapstok en toen ik die beethad kon ik me een halve meter optrekken. De kapstok had grote haken die ik om palen, balken en delen van kasten kon slaan en daardoor kon ik me beter bewegen.

Ik vorderde goed en verwachtte dat ik over enkele minuten uit de kuil zou zijn. Ik concentreerde me daar zo op dat de voorwerpen die naar beneden zeilden me volkomen verrasten. Een plastic fles kwam een stukje links van me terecht op een roestig fornuis en sprong weg, een borstel kwam vlak boven mijn hoofd tot stilstand, een steen schampte de rug van mijn hand.

Ik gaf een brul van woede en frustratie en drukte me plat tegen het afval terwijl ik een arm boven mijn hoofd hield. Onder de arm door gluurde ik naar boven. Twee personen stonden op de rand. Ze wezen naar me, riepen woorden die ik niet verstond en gooiden nieuwe voorwerpen: een glas, kiezels, plastic bekers, flessen. Ze zagen eruit als vogelverschrikkers en tussen het gooien door riepen ze naar me, steeds dezelfde woorden, maar onverstaanbaar. Ik bleef liggen tot een fles mijn bil raakte, wegsprong en aan stukken sloeg tegen een stuk beton waar meterslange bewapeningsdraden aan hingen. Toen had ik er genoeg van. Er lagen stenen onder handbereik en ik was kwaad genoeg om stukken van een paar kilo meters de lucht in te kunnen slingeren. Na drie worpen verdwenen de twee. Ik hoorde ze nog steeds roepen, maar ze gooiden niets meer. Ik pakte de kapstok en klauwde me naar voren met een snelheid die me verbaasde. Toen ik uit de kuil krabbelde zag ik de vogelverschrikkers bij een winkelwagentje staan. Het waren een man en een vrouw. Ze waren oud en vuil, zwervers die in alle vroegte op de belt zochten naar bruikbare voorwerpen. Misschien waren ze van me geschrokken, misschien dachten ze dat ik de groenpluizige Geest van het Vuil was, maar waarschijnlijk zagen ze me als een concurrent.

Ze deinsden achteruit toen ik een stap in hun richting deed en verschansten zich achter het wagentje. Ik had niet de fut om een gesprek te beginnen en draaide me om. Ik moest naar de plaats waar ik over de rand was gejonast, misschien zou ik daar een kledingstuk vinden.

Binnen vijf minuten had ik een sok, twee minuten later zag ik, drie meter onder de rand, iets wittigs dat mijn T-shirt zou kunnen zijn, iets verderop dacht ik een schoen te zien.

Met mijn sok in de hand stond ik voorovergebogen de kuil in te turen toen ik een schreeuw hoorde. Terwijl ik me omdraaide zag ik dat de man en de vrouw wegholden, hun wagentje achterlatend. Ze waren op de vlucht voor twee mannen in gele overalls en met gele helmen op die met gebalde vuisten op me af renden.

'Dus je bent overvallen en naar deze plek gesleept.' De man die het vroeg was een magere latino die in zijn overmaatse overall kleiner leek dan hij was. Hij zat achter een bureau waarop een bordje stond met de naam Emilio Silva. Schuin achter me zat een zwarte man van tegen de zestig die een maat groter was en een te krappe overall droeg. Ik wilde zeggen dat ze beter konden ruilen, maar besloot te wachten tot een geschikter ogenblik.

'Drie mannen,' zei ik. 'In Knoxville, in een zijstraat van Baxter Street. Ze hadden stroomstokken.'

'Daarna sleepten ze je hiernaartoe?'

'Ik kwam hier bij bewustzijn.'

'Waarom?'

Het werd tijd voor ongeduld. 'Dat zal ik vragen als ik ze zie. Hoe moet ik dat verdomme weten? Drie kerels, twee met een dikke buik. De derde kwam van achteren. Ik heb geen idee waarom. Ze overvielen me, namen me mee en legden een doek over mijn hoofd.'

'Omdat je geld hebt?'

'Ik heb niks. Schaafwonden en blauwe plekken, dat heb ik.'

Emilio keek naar de plekken die ik aanwees. 'Zat het hek vanmorgen op slot, Trey?'

De zwarte man zuchtte. 'Dat vroeg je net ook. Was op slot. Niks niets te zien.'

'Geen krassen op het slot, geen gat in het gaas?'

Trey maakte het geluid van een wind en mompelde: 'Jezusmina, niet zes keer, toch?'

'Overvallen, hiernaartoe gesleept en in de kuil gegooid.' Emilio mompelde het alsof hij zichzelf zat te overtuigen. 'We moesten de politie maar eens bellen.'

'Nee,' zei ik.

'Nee?'

'Nee.'

'O.' Emilio dacht na en hij wekte de indruk dat het een proces was waar hij tijd voor nodig had. Ik bleef er stil bij zitten. Ik was naar een klein kantoortje gesleept dat aan een loods was gebouwd waarin bulldozers stonden en onderdelen van een kleine hijskraan. Ze hadden me op een stoel gedrukt en me daarna bekeken of ik een geheel nieuwe soort was, een wezen met menselijke trekken, een groene huid en vol schrammen en beurse plekken op bijna elk onderdeel waar pluis ontbrak. Ik had om koffie gevraagd, maar ze wilden eerst weten 'wat of ik hier uitvoerde'.

'Waarom niet?' vroeg Emilio toen hij was uitgedacht.

'Omdat ik eerst met mijn baas wil overleggen. Misschien hebben ze zijn auto gestolen. Het was nogal een dure.'

Emilio pakte een tandenstoker en pulkte tussen kiezen. 'Wie is je baas?'

'Charls Crisp,' zei ik. 'Meneer Charls. CC. De bouwer van Charlsville. Ik ben zijn chauffeur.'

Ze kenden Charls, of in elk geval zijn naam, en gingen zich ineens anders gedragen. Emilio gaf de man achter me een wenk en ik hoorde hem opstaan. Hij kwam terug met een kan en een bekertje en schonk in.

Na twee bekertjes koffie vroeg ik om eten en Emilio haalde een plastic doos uit zijn la waar brood in zat. 'Niet meer dan twee, anders heb ik niet genoeg voor mezelf.'

Daarna mocht ik me wassen aan een kraan die warm water leverde en gaven ze me een kleine handdoek om me af te drogen. Het verwijderen van het groene pluis was een langdurig en pijnlijk werk, maar het leverde een goed beeld van mijn verwondingen op. Bij mijn maag zat een roze vlek, boven mijn kruis een rode, blijkbaar had het jack meer van de stroom tegengehouden dan de spijkerbroek. Bij mijn rechteroor zat geronnen bloed dat ik liet zitten. Mijn buik en borst zaten vol schrammen, waarvan de meeste veroorzaakt leken door de sleeppartij naar de kuil. Op alle andere lichaamsdelen zaten schrammen, sneetjes, blauwe plekken en korstjes bloed. Op mijn rug had ik een snee van een paar decimeter lengte en in een schouder zaten kleine stukjes glas die ik er zo uit kon trekken. Het was een pijnlijk gedoe, maar het leek me niet dat ik naar een ziekenhuis moest. Een beetje jodium en pleisters was alles wat ik nodig had.

Toen ik me had opgekalefaterd bekeken Emilio en Trey me met andere ogen. Emilio mompelde: 'Jezus', en Trey schudde eindeloos zijn hoofd. Allebei knikten ze toen ik zei dat ik wilde kijken of ik mijn kleren kon terugvinden.

Emilio keek op zijn horloge. 'Over een dik kwartier komen de eerste wagens.' Hij aarzelde. 'Je weet zeker dat ze via het hek zijn binnengekomen?'

Ik sloeg de handdoek waarmee ik me had afgedroogd om mijn schouders. 'Ik weet niets zeker. Ze hebben me hiernaartoe gebracht. Iemand zei dat hij een auto zag komen en ze gooiden me over de rand.'

'Beveiliging,' zei Trey.

Emilio liep naar zijn bureau en zocht een papier. 'Ze hebben niks gezien. Alles normaal. Dat staat hier: normaal.'

'Die lui vinden hun eigen kont nooit niet,' zei Trey. 'Nog niet as het licht is.' Hij liep naar buiten en riep iets naar de zwervers, die dichterbij waren gekomen.

'Zijn die soms over het hek geklommen?' vroeg ik.

Trey keek over zijn schouder naar het metershoge hek met prikkeldraad. 'Daar komt niemand over. Ik laat ze binnen as ik het hek los heb. Ze doen niks niet, nooit.'

We vonden mijn T-shirt, mijn jack en een schoen. In het jack, waarvan nu ook de laatste knoop was verdwenen, zat mijn portemonnee. Het geld was eruit, maar mijn rijbewijs was er. De sleutels van de Tucker waren weg, gestolen of eruit gevallen.

Ik trok de sok aan die ik op de rand had gevonden en pakte de schoen. Emilio stak een hand op. 'Wacht even.' Hij verdween in de loods en kwam terug met een dozijn schoenen en een korte broek.

'We vinden nog weleens wat,' zei hij. 'Deze broek is de grootste. Als je buiten het hek met je piemel gaat lopen zwaaien gebeuren er ongelukken.' Over de politie sprak hij niet meer, hij had iets anders bedacht.

'Denk je aan ons?' vroeg hij toen ik de broek aanhad en een schoen had uitgezocht die kleurde bij mijn eigen schoen. Hij was een maat te groot, maar dat was niet erg, hij schuurde in elk geval niet te hard over de schaafplek op de wreef.

'Denken?'

'Je baas. Meneer Charls. We hebben je geholpen.' Hij fluisterde. 'We nemen risico. Indringers moeten we aangeven bij de politie. Overvallen moeten we melden. We kunnen ontslagen worden als we het niet doen. Denk je dat meneer Charls...'

'Ik zal het vragen,' zei ik. 'Ze hebben mijn geld gestolen, maar als Charls niks doet dan krijg je wat van mij.'

Hij trok een gezicht. Hij zag tien dollar beloning komen en dat bedoelde hij niet.

Ik kreeg een idee. 'Breng me naar Knoxville, hoek Baxter Avenue. Als de Tucker er nog staat zorg ik dat Charls een gulle bui gaat krijgen.'

Hij kreeg een uitdrukking die tussen hoop en vrees in hing. Hij wilde nadenken en me ondervragen, maar Trey stootte hem aan. 'De wagens kommen zo,' zei hij. 'As ze laat moeten zijn dan zijn ze dat nooit niet.'

Een minuut later zat ik naast Trey in een Geo Metro die problemen had met zijn vering. Elke kuil gaf me het gevoel dat ik achter mijn rechteroor werd geslagen.

De Tucker stond nog op de plaats waar ik hem geparkeerd. Ik keek ernaar alsof hij elk ogenblik in de ochtendlucht kon oplossen en Trey keek met me mee. 'Das een mooie. Jij ben de chauffeur? In dat?' Hij kwam adem te kort. 'Kolere.'

Ik moest me met twee handen opduwen om uit de Metro te komen en mijn eerste passen waren die van een aangeschoten gans, maar toen ik naast de Tucker stond leek het of de zon doorbrak en de wereld goed werd. Het portier was niet afgesloten, de sleutels lagen op de achterbank onder de krant met de drankvlekken.

'Weet je zeker daje in dat ding mag rije?' Trey was naast me komen staan en keek begerig naar het interieur. 'Magk mee? Een rondje?'

Ik keek naar het huis van Gail Rogers en vroeg me af of ik moest aanbellen. Als ze thuis was zou ze het luikje opendoen. En dan? Zeggen dat het iets later was geworden omdat ik tussen afval had gelegen?

Trey loste het probleem op door een hand op mijn schouder te leggen, losjes, om geen pijn te doen. 'As we instappen wordt-ie kwaad op je.'

Ik had geen idee wat hij bedoelde.

Trey haalde zijn neus op. 'Je stinkt een uur in de wind. Ik ruik 't nooit niet meer, maar je baas wel.'

Dat gaf de doorslag. 'Instappen,' zei ik. 'We gaan toeren.'

Ik reed door Knoxville en zag dat Trey genoot. Hij keek of hij zijn beloning al binnen had.

Ik zette hem af nadat ik bijna een halfuur had rondgereden en zag op een torenklok dat het negen uur was geweest. Voor tienen kon ik in Charlsville zijn en pleisters halen in het winkeltje van Willy en Maggie Tarquit. Ik kon ook iets anders gaan doen, en daar zag ik meer in.

Terwijl ik Trey rondreed had ik me twee dingen af zitten vragen. Het eerste was: waarom was deputy Abe niet bij het huis geweest waar ik Charls Crisp had afgezet, het tweede: had Charls alarm geslagen toen hij merkte dat de Tucker en ik niet voor hem klaarstonden?

Van het alarm geloofde ik weinig na mijn rondje door de stad. Ik was twee politieauto's tegengekomen. De agenten hadden lang naar de Tucker gekeken en kort naar Trey en mij, maar ze hadden me niet aangehouden. Als Charls had geklaagd dan was het niet bij de politie van Knoxville geweest. Misschien wel bij Abe, als hij die had kunnen vinden.

Terwijl ik nadacht over Abe en de opdracht die de deputy volgens Charls had gekregen reed ik naar Fort Loudon Lake. Het huis waar ik Charls had afgezet was nog steeds groot, nog steeds wit en heel erg leeg. In het licht van de buitenlampen had ik alleen een beeld van de kleur en de grootte gekregen. Of ik licht in een kamer beneden had gezien kon ik me niet herinneren, maar toen ik terugkwam van mijn bezoek aan Gail Rogers had boven een lamp gebrand. Het moest in de kamer zijn geweest waar gordijnen hingen. Links en rechts ervan zag ik ramen waarachter zich niets leek te bevinden. Beneden hing vitrage voor de ramen, maar toen ik mijn neus tegen een ruit drukte zag ik een lege kamer.

Ik probeerde terug te halen wat er was gebeurd nadat Charls was uitgestapt. Hij was naar het huis gelopen terwijl hij wrang lachte om zijn grapje over de koffer met zweepjes. Misschien had hij aangebeld, maar ik had hem niet naar binnen zien gaan. Ik had evenmin stemmen gehoord.

Ik liep naar een ander raam en zag een lege kamer. Naar de zijkant. Lege kamer. Naar achteren.

'Hé, jij daar,' riep iemand. Een man hing uit een raam van het buurhuis. Hij balde een vuist. 'Weg, jij.'

Ik draaide me om. Een vuist was beter dan een paar zwarte honden, maar het zat erin dat straks een politiewagen een rondje door de wijk zou maken. Ik liep naar de Tucker en reed weg. Abe was niet op de plek geweest waar hij had moeten zijn. Charls was niet iemand die een leeg huis nodig had om een nummertje te maken. Het koffertje dat hij klemvast had gehouden had niet één keer gerammeld. Of zijn zweepjes hadden er klem in gezeten of hij had iets anders bij zich gehad.

12

Mijn entree in Charlsville was de moeite waard. Ik had de Tucker nog maar net voorbij het café van Snail gereden of een flink deel van de inwoners kwam de straat op. Het waren er meer dan twintig en voor het eerst zag ik een groepje kinderen. Hun leeftijd varieerde van peuter tot gevorderde puber en ze bleven allemaal op een flinke afstand. De volwassenen kwamen dichterbij, maar niet zover dat ik de indruk kreeg dat ze een erehaag wilden vormen. Ze keken voornamelijk verbaasd, blijkbaar hadden ze niet verwacht dat ze me terug zouden zien, en zeker niet in de Tucker.

Cory was een van de laatkomers, maar zij was degene die initiatief toonde. Ze liep naar de auto en rukte het portier open.

'Waar kom je vandaan,' snauwde ze. 'Weet je dat pappa... Wat is er gebeurd met je gezicht?' Ze deed een stap achteruit en sloeg haar handen tegen haar borst. 'Stap eens uit. Wat heb je gedaan, wat...'

Ze bleef ademloos toekijken terwijl ik me uit de Tucker wurmde. Ik voelde me stijf als een plank en als ik alleen was geweest dan zou ik hebben gekreund, of geschreeuwd. Elke spier deed pijn en voor het eerst voelde ik mijn ribben. Mijn kruis was twee keer zo groot geworden, of de korte broek was gekrompen.

'Ooo,' zei Cory. Ze kreeg bijval van een paar volwassenen die achteruit stapten en van kinderen die langzaam dichterbij kwamen. 'Wat is er toch gebeurd?'

'Ik ben overvallen,' zei ik, terwijl ik me probeerde uit te rekken. Ik hoorde een vrouw giechelen. Een jongetje van een jaar of tien zei: 'Hij hep een korte broek aan', en kreeg prompt een klap tegen zijn wang van een vrouw die zei: 'Heeft. Hij heeft een korte broek aan.'

'Wat erg,' zei Cory. 'Ben je naar de dokter geweest?'

Ik schudde van nee en zag haar gezicht vertrekken. 'Kom mee dan. Ik heb pleisters. Je kunt zo niet blijven rondlopen. Wat heb je bij je oor? En je benen? Is de rest,' ze hapte naar adem, 'ook zo?'

Terwijl ze het zei pakte ze me bij een arm, maar meteen erna liet ze los. 'Wat is dat voor lucht, waar ben je geweest?'

'Vuilstortplaats,' zei ik. 'Je zou kunnen zeggen dat ze me hebben gedumpt.'

Cory haalde op een afstandje diep adem en pakte opnieuw mijn arm vast. 'Kom mee naar het gastenhuis, je moet je wassen.'

'Ik wil koffie, en voedsel, zo snel als maar kan.'

'Ik zal Snail vragen of hij wat brengt. Je kunt eten terwijl je op bed ligt, je ziet eruit alsof je elk ogenblik om kunt vallen.'

'Ik dacht dat je verdwenen was,' zei Cory. Ik lag op mijn zij op bed en Cory was in de weer met jodium, verbandgaas, pleister en spul dat ze wondpoeder noemde. Ze rook naar Oxydol-zeep en ze was heel lang bezig geweest met de plek boven mijn kruis. Het eerste kwartier nadat Snail voedsel en koffie had afgeleverd, had ze besteed aan een wasbeurt waarbij ze nauwelijks iets had gezegd. Daarna had ze het werk met een vochtig doekje dunnetjes overgedaan, waarbij ze alleen maar stevig had geademd. Ook toen ze mijn buik behandelde was ze stil geweest, maar mijn zij was blijkbaar niet interessant genoeg om haar de adem te benemen. Ik verwachtte dat dat weer zou komen als ze aan mijn achterkant begon. Ze bleek een boeiende kijk te hebben op de gezondheidszorg. Terwijl ze de wonden op mijn buik bekeek hield ze mijn piemel vast en toen ze de plekken bestudeerde die waren ontstaan door de stroomstokken speelde ze met mijn ballen, ongeveer op de manier waarop een moslim zijn gebedskralen door zijn vingers laat glijden. Ik betwijfelde ook of het echt noodzakelijk was dat ze haar shirt en broek uittrok voor ze de dop van het flesje jodium schroefde, al geloofde ik wel dat van de manier waarop ze haar tepels over mijn gezicht liet glijden een helende werking uitging.

'Dat ik de Tucker had gestolen?'

Ze zette een vinger op een plek net boven het heupbeen en keek voldaan toen ik los van het bed kwam. 'Rustig blijven liggen, ik moet weten waar het pijn doet.'

'Daar.'

'Pappa zei dat hij je had gewaarschuwd. Een Tucker kun je niet stelen.'

'Ik heb verschillende agenten gezien. Niemand stak een vinger naar me uit.'

'Pappa kwam vannacht thuis in een taxi. Hij zei dat je zoek was. Hij gaf je vierentwintig uur de kans je te melden.'

'Melden?'

'Terug te komen. Als je er vanavond niet was zou hij de sheriff bellen. Als er iets met de Tucker was gebeurd dan zou hij meer mensen achter je aan sturen dan je aan zou kunnen. Dat zei hij en daarna ging hij slapen.'

Een groot deel van de rit naar Charlsville had ik me afgevraagd waarom mijn overvallers de auto hadden laten staan. Ze hadden zelfs de moeite genomen de sleutels onder een krant te leggen. Misschien hadden ze beseft dat het geen zin had een Tucker Torpedo te stelen, je valt er ongeveer evenveel mee op als met een tank. Ik had meer redenen bedacht waarom de drie mannen de wagen hadden laten staan, maar dit was een logische, al had ik niet het gevoel dat het de juiste reden was. 'En jij? Ging jij ook slapen?'

Ze strooide poeder op een schaafwond en streek het voorzichtig uit. Haar vingertoppen voelden koel aan, als ze haar aandacht een poosje niet op mijn kruis richtte was ze een goede verpleegster. 'Ik dacht aan jou, en aan Lendall. Ik dacht dat je iets had ontdekt, ik hoopte het zo dat ik ervan droomde. Ik gaf jou twintigduizend dollar en jij duwde Lendall naar me toe, het was zo mooi, hij stond achter je en ineens was hij voor je, hij was even lang als jij, met het gezicht van pappa en hij strekte zijn handen naar me uit. Toen was de droom weg. Vanmorgen was pappa chagrijnig en wist ik zeker dat ik je nooit terug zou zien.'

'Waar is je vader nu? Hij was niet bij het ontvangstcomité.'

'Hij is weggegaan, ik weet niet waar naartoe. Hij heeft een auto uit Robbinsville laten komen. Hij zei dat we je niet mochten laten gaan.'

'Was de halve bevolking daarom op de been?'

'Je hebt ervoor gezorgd dat er tenminste iets te doen was, vandaag.'

'Zelfs de kinderen mochten meedoen, zag ik.'

'Kinderen?' Ze hield voor het eerst allebei haar handen stil. 'O. Dat. Ze hebben vrij vandaag. Op schooldagen zijn ze in Robbinsville, waar de scholen zijn. Behalve de kleinsten natuurlijk, maar die zijn meestal binnen.'

Ik had geen idee wat voor dag het was. 'Is het weekend?'

Ze rolde me op mijn buik. 'Is dat glas? Hoe komt dat daar nou?' Ze spreidde mijn billen en boog zich zo ver voorover dat ik dacht dat ze ging likken. 'Glas, precies tussen je... Als je stilligt dan probeer ik met een pincet...'

'Au,' zei ik. 'Dat is verdomme geen glas wat je beethebt.'

Ze drukte me terug. 'Niet aanstellen nou, ik heb het bijna.

Het is vandaag woensdag. Pappa heeft het zo geregeld dat de kinderen vier lange dagen school hebben en drie dagen vrij. Iedereen is daar blij om. Het scheelt ze een dag in de bus. Vooral 's winters is dat prettig. Als je niet stilligt doe ik je pijn.'

Ze pulkte aan me met haar linkerhand en liet haar rechter op ontdekkingsreis gaan. Haar borsten liet ze over mijn rug slieren. Ik vroeg me af of ik me goed genoeg voelde om te doen wat ze hoopte dat ik zou doen. Toen ze een vinger over mijn anus liet glijden deed ik een lukrake greep. Ze had zich weer geschoren en daar kreeg ik energie van. Oxydol en een ladyshave waren goed voor een wonder, een kwartier lang voelde ik nergens pijn.

'Blijf je hier tot je beter bent?' Cory had het laken tot haar kin opgetrokken, net als de eerste keer. Ze keek opnieuw of ze spijt had. Ik mocht haar niet aanraken en eigenlijk ook niet aankijken.

Ik wilde iets zeggen wat haar zou opvrolijken, maar verder dan 'Je bent...' kwam ik niet.

Ze draaide zich met een ruk om en schoof zo ver mogelijk van me weg. 'Als je mooi zegt, dan...'

'Ik wilde warm zeggen, over je hele gezicht ligt een waas.'

'Opvliegers, dat heb ik al een keer gezegd. Ga je maar aankleden, er ligt genoeg en je hoeft niet zo te kreunen want dat deed je net ook niet.'

Ik had wel degelijk gekreund, maar kreunen van pijn klinkt anders en daar doelde ze op.

Toen ik was opgestaan zei ze snel: 'Ga maar weer liggen. Ik ga toch weg. Door die opvliegers ben ik snauwerig.' Het klonk verontschuldigend, maar toen ik een hand uitstak trok ze het laken helemaal om zich heen. 'Niet dóén. Genoeg is genoeg, dat weet je toch zeker.'

Het klonk of we dertig jaar getrouwd waren en ik wist weer waarom ik zo lang mogelijk alleen moest blijven. Ik negeerde haar 'kom terug'-gebaren en sleepte me naar de inloopkast met de rekken vol kleren. Ik zocht een spijkerbroek uit die iets te wijd was en een ruimvallend T-shirt. Het enige shirt dat ik ruim genoeg vond was roodgroen geblokt en ik zag eruit of ik me gereedmaakte voor een bijeenkomst van houthakkers. Sokken waren er in overvloed en ook twee korte leren laarzen met dikke zolen. Het duurde lang voor ik ze aanhad, maar ik gaf geen kik.

Cory was opgestaan en stond van een afstandje naar me te kijken. 'Je gaat weg,' zei ze. Het klonk als een constatering.

Ik knikte.

'Pappa heeft gezegd dat je moet blijven.'

'Ik moet niets. Als ik weg wil dan ga ik. Niemand houdt me tegen. Snail niet, niemand.'

'Helemaal weg?' De treurnis was terug in haar stem.

'In elk geval voorlopig.' Er schoot me iets te binnen. 'Heb je geld?'

Haar gezicht werd wit. 'Geld. Je wilt weg, maar eerst moet ik je betalen.' Ze was niet goed in cynisme, maar ik begreep wat ze dacht.

'Dat is het niet. Jij moet niks. Ik moet niks en jij ook niet.' Ik wees naar het bed. 'Helemaal niet voor dat, doe niet zo gek. Twee mannen hebben me geholpen toen ik uit de kuil was geklommen. Ze zeiden dat ze de politie moesten bellen, maar ze gaven me kleren en eten en ze lieten me gaan nadat ik had verteld dat ik de chauffeur van je vader was.'

'Ze wilden dus geld.'

'Ze hoopten erop. Ik heb gezegd dat je vader vast wel iets voor ze zou willen doen.'

'Hoeveel.' Het klonk ijzig, ze had te veel verzoeken om geld gehad.

'Een paar honderd, zou ik zeggen. Samen vijfhonderd. Als je me het nummer van je vaders mobiel geeft dan bel ik hem zelf wel.'

'Pappa heeft geen mobiel. We hebben in Charlsville geen steunzender. Pappa heeft alle huizen laten aansluiten op het vaste net. Je wilt niet weten wat dat heeft gekost, maar pappa zei dat hij de gewone telefoon gewend was. Als hij weg is wil hij niet gebeld worden.' Ze glimlachte dun. 'Hij is vaak op plaatsen waar bellen niet goed uitkomt. Geef de namen maar, dan zal ik het er vanavond met hem over hebben.'

'Emilio Silva, dat is de voorman, en...' Ik zag haar gezicht betrekken. 'Is er iets?'

'Silva? Is hij een, hoe noem je dat, een...'

'Latino. De andere heet Trey, ik ken alleen zijn voornaam. Hij is zwart.'

'Latino.' Ze mompelde. 'Zwart. Pappa is... Hij houdt niet zo... We hebben bijna geen zwarten en latino's in Graham County, is je dat niet opgevallen?'

'Ik heb je vader ontmoet in het casino in Cherokee. Hij leek geen enkele moeite te hebben met de mensen die daar werkten, zeker niet met het meisje dat cola rondbracht.'

'Die hebben hier altijd gewoond,' zei ze snel. 'Cherokees waren hier al, nou ja, altijd. Ik weet niet of hij geld wil geven aan mensen als Emilio en Trey.'

'Een bruine en een zwarte bedoel je.'

Ze keek ongelukkig, maar zei niets.

Ik bewoog mijn schouders tot het shirt goed zat en liep naar de stoel waarop mijn jack lag. 'De overvallers hebben het geld gepakt dat ik bij me had, anders had ik ze meteen vijfhonderd dollar gegeven. Ik had in een politiebureau kunnen zitten, of bij een dokter, in plaats van met jou...' Ik stak een duim tussen middel- en ringvinger en wees naar het bed. 'Ik heb het eerder gezegd, maar ik zeg het opnieuw. Val dood met je Charlsville.'

Cory zei 'nee' en 'alsjeblieft' en 'kom terug'. Ik geloof zelfs dat ze 'ik heb je nodig' riep, maar toen zat ik al in mijn Dodge. Ik trok zo snel op als ik kon en hoopte dat de banden strepen op het smetteloze asfalt van het smetteloze dorpje Charlsville zouden achterlaten.

13

De eerste uren had ik weinig gelegenheid om na te denken. De Dodge Ambulance had zijn beste tijd gehad en stuurde zwaar. Tijdens de rit van Kansas naar North Carolina had ik daar geen last van gehad, maar nu had ik te maken met protesterende spieren. Door de wond op mijn rug kon ik niet goed achteruit leunen en als ik te veel kracht zette in bochten voelde ik scheuten door de rechterkant van mijn hoofd. Omdat ik er rekening mee hield dat ik werd gevolgd keek ik voortdurend in de spiegels en dat gaf me het gevoel dat ik ook nog eens onbehoorlijk hard zat te werken.

Ik reed via Asheville naar het zuiden over de 26 en ontspande me pas toen ik de grens met South Carolina was gepasseerd. In Graham County was Charls de baas, in het westelijk deel van North Carolina was hij een man naar wie zou worden geluisterd, maar ik verwachtte niet dat ze in een andere staat erg onder de indruk van hem zouden zijn. Misschien moest ik een uitzondering maken voor het gebied rond Knoxville in Tennessee, maar daarom was ik dan ook naar het zuiden gegaan.

Ik was van plan door te rijden tot Columbia, maar die stad haalde ik bij lange na niet. Net onder Spartanburg was het gedaan met me. Ik stortte niet in, maar het zat ertegenaan. Mijn armspieren begonnen te trillen als ik kracht op het stuur zette, in mijn hoofd klopte het op drie plaatsen en het voedsel dat ik in Charlsville had gegeten scheen via mijn mond naar buiten te willen.

Ik redde het tot Pauline, iets ten oosten van de interstate, en vond aan de noordkant van het dorp een stuk bos dat er verlaten uitzag. Water had ik voldoende, koffie ook en er was kaas voor twee dagen. Op de randen van het brood zat blauwe schimmel, maar als ik dat eraf sneed was de rest eetbaar.

Ik at, dronk zoveel koffie dat ik onder normale omstandigheden vierentwintig uur wakker had kunnen blijven en viel als een blok in slaap op mijn eigen matras, in mijn eigen auto, ver van miljonair Charls die kans zag kinderen op woensdag vrij te laten krijgen en die niet hield van latino's en zwarten.

In de nacht werd ik wakker. Ik knipte een lampje aan, gromde toen ik de bleke streep zag op de plaats waar mijn horloge behoorde te zitten en deed het licht weer uit. Als ik schuin op mijn linkerzij lag voelde ik de minste schaaf- en snijplekken en kon ik bovendien naar buiten kijken, waar sterren en wolken elkaar afwisselden. De wolken hadden haast, een teken dat er wind stond. Een enkele maal voelde ik de Dodge trillen, maar blijkbaar stond hij zo beschut dat hij niet wiegde op de veren die jaren geleden al hadden moeten worden vervangen.

Ik dacht aan wat ik moest gaan doen, en vooral aan wanneer ik het zou doen. Ik moest natuurlijk terug naar Knoxville. Ik had een afspraak met Gail Rogers, P.I. en die wilde ik nakomen. Ik had tegen haar de naam Jeff Aabelson genoemd en die van Cory Crisp. Cory was haar opdrachtgeefster geweest, maar waarom was dat een reden om me te laten opwachten door drie mannen van wie er in elk geval twee een stroomstok hadden? Ik wist zeker dat Gail me niet eerder had gezien en ik was niet lang genoeg in Charlsville geweest om in Tennessee bekend te staan als een gast van Charls. Ik kon geen enkele reden bedenken waarom Gail Rogers drie mannen nodig had om onder een afspraak met mij uit te komen. Ze moest iemand hebben gebeld om te zeggen dat ik aan de deur was geweest. Of omdat ze iedere bezoeker moest melden, of omdat ze mijn naam eerder had gehoord.

Ik wilde weten hoe het zat. De mannen die me hadden overvallen hadden de indruk gewekt dat ze politiemensen waren, of beveiligingsmedewerkers. Misschien militairen, maar daar zou ik niet op durven te gokken. Abe was niet op zijn post geweest bij het huis aan Fort Loudoun Lake en ik wilde weten waarom. Om collega's op te halen die mij een lesje moesten leren? Bij de vuilstortplaats had het hek keurig op slot gezeten toen Trey als eerste naar binnen wilde en dat wees op beveiligingsmensen, in elk geval op mensen die binnen konden komen zonder iets te vernielen. Gail Rogers had de antwoorden op mijn vragen en ze zou haar kennis met me delen. Ik was niet te beroerd om vrouwen te slaan als het nodig was. Wat dat betreft was ik volkomen geëmancipeerd. Ik was in Denver opgegroeid volgens het oog-om-oogprincipe en ik zou doen wat nodig was om informatie uit Gail Rogers te krijgen. Daarna zou ik drie mannen vastbinden aan een stroomstok en tot hun nek begraven in voedsel dat een maand had liggen rotten. Dat beloofde ik mezelf terwijl ik op mijn zij naar wolken lag te kijken. Gail had te maken met deputy Abe, met jackpotwinnaar Charls en met diens dochter Cory die haar broer Lendall zocht. Ze zouden allemaal aan de beurt komen... als ik me beter voelde. Zolang ik me nauwelijks kon bewegen zou ik geen partij zijn voor wie dan ook. Ik moest me rustig houden, zeker een dag of vier, vijf, misschien een week. Maar dat betekende niet dat ik Charls en alle anderen zolang moest vergeten. Ik kon iets doen waar ik goed in was en waarvoor ik niemand nodig had.

Ik had mijn lichaam overschat, dat wist ik toen ik me de volgende ochtend probeerde te bewegen. Het ging alleen op pure wilskracht, met kleine stukjes tegelijk en veel pauzes. Ik redde het tot en met de koffie, daarna ging ik weer liggen en keek ik naar de spetjes op de ruiten. Het regende niet en het was niet droog. Het weer wist niet wat het wilde en ik evenmin. Meer dan een uur lag ik me af te vragen of het plan dat ik de afgelopen nacht had gemaakt nog steeds de moeite waard was. Ja, dacht ik, het plan deugt, maar jij niet.

Ik scharrelde rond tot ik *Over de oorlog* van Clausewitz had en probeerde te vinden wat hij had geschreven over plannen en de omstandigheden waarin ze wel of niet uitgevoerd kunnen worden. Ik kon de passage niet vinden en gooide het boek nijdig in een hoek. Op Carly's Piek had Tom McClaren stukken tekst verklaard en toegelicht. Ik had ze allemaal begrepen, vooral omdat hij de alinea's waar ik moeite mee had er op lange avonden in had gehamerd. Ik had veel aan het boek gehad op de berg in Washington State, in Denver en ook in de woestijn in Arizona. Daarna was mijn belangstelling voor Clausewitz verflauwd. In de woestijn had ik een vrouw ontmoet die me had verteld dat er meer boeken bestonden waar ik mijn voordeel mee zou kunnen doen. Ze had boekjes meegenomen die zo simpel in elkaar zaten dat er niets toegelicht behoefde te worden. Toen ze vond dat ik aan degelijker kost toe was had ze andere boeken meegenomen. Ze had me niet leren lezen, maar wel liefde voor lezen bijgebracht. Ik was afgehaakt toen ze Proust voor me neer had gelegd, lezen moest wel leuk blijven. Voor de betere misdaadromans had ik een zwak gekregen. Ik had Clausewitz niet meer nodig om de avonden door te komen, ik had nu Elmore Leonard en Carl Hiaasen, Lee Child en Don Winslow.

Van Hiaasen had ik meestal wel iets onder handbereik. *Skin Tight* maakte me aan het lachen. Misdaadromans waarbij je kon grinniken, dat was het wel. Behalve natuurlijk als je ribben rust wilden. Ik las een poosje over de belevenissen van Mick Stranahan die een moordenaar aan een vissenkop spietste en ging daarna liggen dromen over Florida, waar het volgens Hiaasen in de herfst warm water regende.

Zo bracht ik de dag door tot diep in de middag. Toen was ik moe van het nietsdoen en besloot ik te verkassen. Het duurde een uur voor ik achter het stuur zat, zo voelde het in elk geval, en daarna nog een uur voor ik niet langer op mezelf schold. Ik had het stuk bos bereikt via een lange weg met kuilen. Gistermiddag was het geen pretje geweest, maar nu was het een kwelling. Goede wegen in het vervolg, nam ik mezelf voor, glad asfalt, geen kuilen, geen hobbels.

Ik volgde de kortste route naar de interstate, reed over de 26 naar het zuiden en daarna over de 385 naar het noordoosten. Bij een pompstation kocht ik voedsel voor een week, bij een 7-Eleven een waterdichte slaapzak, een eenpersoonstent en de kleinste gasfles die ze hadden. Een eind verderop was een Wal-Mart waar ik alles in één keer had kunnen kopen. Ik schafte er een rugzak aan, een aluminium pannetje en een aansteker. Ik stond buiten toen me te binnen schoot dat ik een mes nodig had, minstens een van het formaat dat ik in de Tucker had zien liggen, ruim dertig centimeter en scherp geslepen. Ik was van plan het bos in te gaan en ik had geen idee wat ik daar zou tegenkomen. Misschien mensen, daar kon je meer last van hebben dan van dieren.

Op een parkeerterrein aan de rand van Owings overdacht ik mijn plannen, liggend op mijn matras. Op mijn rug dit keer, met een kussentje naast de plaats waar de grootste wond zat. Mijn plannen waren eenvoudig: een verblijf in het bos, dicht bij Charlsville. Cory had gezegd dat ze soms stemmen hoorde. In het begin, toen Charlsville werd gebouwd, waren er veel nieuwsgierigen geweest die vanuit het bos hadden toegekeken. Daarna was het rustig geworden, maar de laatste tijd waren de stemmen terug. Cory voelde zich niet meer veilig zonder slot op de deur. Vreemdelingen kwamen via de asfaltweg, maar ook via het bos, toen ze erover vertelde had ze gekeken of ze in gedachten gedaanten achter bomen zag staan. Er waren stemmen en er waren mensen. Vanaf morgen zou ik er ook zijn. Het vinden van het pad vanaf Cody Branch Road of Dry Creek Road zou niet eenvoudig zijn, maar ik zou het vinden. En als ik in de buurt van Charlsville was en mijn tentje had opgezet kon ik uitrusten tot de beurse plekken waren verdwenen. Ik kon Charlsville in de gaten houden en als er mensen door het bos liepen zou ik ze zien. Zo luidde het plan en hoe ik het ook bekeek, het deugde. Het was in alle rust genezen en meteen actief zijn. Een manager zou het win-win noemen.

14

'Daar is weinig vraag naar,' zei de man in de dumpzaak in Greenville. Hij tikte tegen de kaart, die gedetailleerd was en vol stond met hoogtelijnen. 'Dit is een stafkaart, zoals ze die in het leger gebruike. Ken je tenminste zien waar het ravijn is voor je erin valt. Meestal kope ze een geweer en stevige schoene en dan hope ze er het beste van.' Hij zag me aan voor een jager die van plan was de Appalachen in te trekken en dat kwam goed uit. Ik had in de kapperszaak op de hoek mijn hoofd kaal laten scheren, op een pluk achter mijn rechteroor na, en ik droeg mijn korte laarzen, een spijkerbroek en het jack zonder knopen. Omdat ik elk pijntje verbeet en kaarsrecht liep zag ik er in zijn ogen blijkbaar stoer uit. Hij bekeek me uit zijn ooghoeken en hij likte vaak langs zijn lippen. Of hij droomde dat hij mij was of hij was van plan het met me aan te leggen. Ik hoopte op het eerste, want ik had mijn spieren net voldoende op dreef om het gevecht met mezelf aan te kunnen.

Ik had beter geslapen dan de eerste nacht, maar de pijn in mijn hoofd was nog niet geweken en de plek boven mijn kruis klopte zeurderig in een ritme dat net niet synchroon liep met de pijnscheuten in mijn ribben. De schaafplekken en de schrammen deden al een stuk minder pijn, maar twee ribben leken zich extra te weren. Gekneusde ribben kunnen weinig kwaad, wist ik uit ervaring, je hebt er alleen lang last van.

'Ik hou niet van verdwalen,' zei ik. 'Hoeveel kaarten heb je?'

Hij had een heel pak, al jaren. De hele Smoky Mountains en

alles ten zuiden ervan tot over de grens met Georgia en South Carolina. Ik had alleen belangstelling voor het gebied rond Charlsville, maar voor alle zekerheid kocht ik alles. Hij kwijlde bijna toen hij de kaarten apart legde. 'Waar gaat je belangstelling naar uit,' vroeg hij terwijl hij me taxeerde. 'Ik denk bere en wilde zwijne, zit ik goed?'

Ik knikte en hij knikte terug. 'Je weet dat je aan de vroege kant ben?'

Ik had geen idee en daarom reageerde ik niet.

'Over een maand mag je er pas op jage.' Hij wees naar een wand waaraan een dozijn metalen bogen hing. 'Met pijl en boog mag je nog drie weke op herte jage. Schiete mag pas in november.' Hij likte opnieuw zijn lippen en veegde vocht uit zijn ogen. Misschien was hij helemaal niet van plan het met me aan te leggen, misschien was hij gewoon verkouden. 'Dat weet je natuurlijk, maar ik zeg het maar eve.' Hij wachtte op mijn knikje. 'Als ik jou was nam ik een boog en een stel pijle mee voor de zekerheid. Heb je iets om te late zien als je een ranger tegekomt.'

Ik zei dat me dat een goed idee leek en dat hij er een mes bij moest doen, eentje dat flink lang was.

'Zo eentje als Sly altijd heeft?'

Ik zei niet 'hè?', en daar was ik trots op.

'Stallone. Toen die films net uit ware kon ik de messe niet aanslepe. Daarna raakte ik ze niet meer kwijt.' Hij pakte er een uit een la. 'Als ik een beer was en dat mes zag ging ik ervandoor, snap je?'

Ik ging naar buiten met stafkaarten, een mes, een stalen boog met een half dozijn pijlen, een verrekijker, een nachtkijker, een camouflagepak met zwarte en groene strepen, een bijpassende kepie en een regenjas die eruitzag als de cape van Zorro. Ik ging op weg naar het kleine vliegveld aan de westkant van Greenville en halverwege begreep ik waarom hij zijn lippen had gelikt. Niet omdat hij in mij zijn grote liefde zag. Hij had me ingeschat als een sukkel aan wie hij zijn restanten kwijt kon.

Op het vliegveld had ik een gelukje. Ik wilde de kleinste auto huren die ze hadden en dat was een Chevrolet Aveo. Ik had de papieren al getekend toen bleek dat er geen Aveo beschikbaar was en daarom kreeg ik voor dezelfde prijs een Chevrolet Cavalier. Door het prijsverschil had ik de kaarten en het mes gratis.

Ik reed de Cavalier naar de plaats waar ik de Dodge had neergezet en laadde de spullen over die ik mee wilde nemen op de kampeertocht. De boog en de speren liet ik in de camper, ik kon er niet mee schieten en ik wilde het niet leren ook.

Ik reed naar het oosten over de I-123 en ging daarna over smallere wegen via een stukje Georgia terug naar North Carolina. Ten zuiden van Franklin nam ik wegen die zo smal waren dat ik af moest remmen als ik een tegenligger zag. Het waren er niet veel en ik wist zeker dat ze zich een donkerblauwe Cavalier niet zouden herinneren. Niemand herinnert zich een Cavalier, ze zijn even boeiend als een pijnboom in een dennenbos.

Ik vond Dry Creek Road zonder lang te hoeven zoeken en bekeek het bos. De weg slingerde en er waren flinke hoogteverschillen, maar het aantal plaatsen waar een pad kon zijn was beperkt. Op de kaart zag ik drie mogelijke routes met een gering hoogteverschil en zonder riviertjes en steile stukken. De eerste route bleek onbegaanbaar door braamstruiken die metersdik waren en tientallen omgevallen bomen. Blijkbaar was in een storm een deel van het bos gesneuveld en had niemand een poging gedaan de stammen af te voeren. De tweede plek die geschikt leek lag bijna een halve mijl verderop. Ik sprong over een greppel, voelde een scheut door mijn ribben en ging voetje voor voetje verder. Er waren doornstruiken, maar ze vertoonden gaten en het bos erachter, dat hoofdzakelijk uit naaldbomen bestond, zag er begaanbaar uit. Ik liep een stukje parallel aan de weg en gromde van genoegen toen ik de afdrukken zag van hakken. Tien meter het bos in zag ik een veeg bruine verf op een stam, verderop zat nog een veeg.

Ik ging terug naar de Cavalier en reed naar de plaats waar het pad begon. Ik gooide de rugzak met erin en eraan alles wat ik nodig had over de greppel en bracht de auto terug naar zijn schuilplaats.

Een eindje buiten Greenville had ik geprobeerd de rugzak op mijn rug te dragen, maar dat was te veel gebleken voor de wond onder mijn schouderblad. Ik klemde de zak daarom tegen mijn buik en begon aan de tocht over het pad. Na iets meer dan een mijl zocht ik een kampeerplek die vanaf het pad onzichtbaar was. Ik zette het tentje op en rolde de slaapzak uit. Het was nog licht en ik durfde het aan koffie te zetten. Ik hoorde de bomen, ik hoorde ritseldieren, ik hoorde vogels. Ik dacht dat ik een hert zag en keek een poosje naar twee eekhoorns die het druk hadden met elkaar achternazitten. Het werkte ontspannend en voor het eerst in dagen sliep ik als een blok.

Het duurde meer dan twee uur om een plek te vinden vanwaar ik iets van Charlsville kon zien. Het was een kleine verhoging halverwege een glooiend stuk dat naar de laatste ondiepte voor het dorp leidde. Ik dacht na over het woord ondiepte. Het was niet goed, maar ravijn dekte de lading evenmin. Inzinking in het landschap, dat leek er een beetje op, een inzinking van een meter of zeven, acht met dicht kreupelhout waar een paar smalle paadjes doorheen liepen. Een ervan kwam uit achter een blokhut die, vanaf de asfaltweg gezien, naar achteren was gebouwd, het huis van Ira Stratton. Ik had mijn camouflagepak aangetrokken en de kepie tot op mijn oren geduwd. Ik zou alleen zichtbaar zijn voor iemand die aan de overkant van de inzinking met een verrekijker die beter was dan de mijne in mijn richting lag te loeren.

Ik maakte kuiltjes voor mijn heupen en de paar plekken op buik en benen die nog steeds gevoelig waren en ging erbij liggen. Ik had een ligplaats, ik had eten en ik had een boek. Zonder de weeïge napijn aan de rechterkant van mijn hoofd zou ik me geweldig hebben gevoeld.

Na elke pagina van Carl Hiaasens *Skin Tight* keek ik een ogenblik naar de woning van Stratton. Niemand ging ernaartoe, niemand kwam ervandaan. Tot halverwege de middag. Toen liep een man de veranda op. Hij was te veraf om hem goed te kunnen zien, maar hij was klein van stuk. Hij bleef bij de deur staan en deed een stapje achteruit toen Stratton verscheen. Toen ik met hem sprak was Ira een en al beminnelijkheid geweest, rustige stem, rustige gebaren. Nu zwaaide hij met een arm en herhaaldelijk wees hij in de richting van de weg. De kleine man tegenover Ira maakte zich ook druk. Een paar keer hoorde ik hem op schreeuwerige toon iets zeggen, maar ik kon de woorden niet verstaan. Na een sussend gebaar van Ira hoorde ik niets meer. Een paar minuten later draaide de bezoeker zich om en liep hij weg. Kort erna kwam hij terug, bijna op een holletje. Ira zag hem komen en stapte achteruit zijn huis in. Hij liet de deur open en de bezoeker bleef aarzelend in de opening staan. Na enkele seconden zag ik hem terugdeinzen, de handen afwerend voor de borst. Ik zag de loop van een geweer uit de deuropening komen, twee armen, het hoofd van Ira. De loop was onbeweeglijk gericht op de borst van de bezoeker, die langzaam zijn handen hief, achteruitliep en verdween.

Ira bleef een poosje in de tuin staan met zijn geweer onder een arm. Terwijl hij zich omdraaide spuugde hij op de grond en pakte hij iets uit zijn broekzak.

Sjekkie, dacht ik, en dat klopte. Hij nam een paar trekken, haalde het vuurbolletje langs de hak van een schoen en ging naar binnen.

Het was en bleef de gebeurtenis van de dag en het leerde me dat niet iedereen in Charlsville gelukkig was.

Toen het schemerig werd ging ik terug. Ik passeerde het zij-pad dat volgens de kaart naar Cody Branch Road voerde en zag dat het met een dubbele bruine streep was aangegeven. Bij de splitsing bleef ik liggen tot het zo donker was dat het moeite kostte mijn tent terug te vinden.

Ik werd wakker van de regen en het was geen te verwaarlozen buitje. De grond was doorweekt en de tocht naar Charlsville werd een ploeterpartij. Ik liep naar dezelfde plek als de dag ervoor, gekleed in het camouflagepak en de Zorro-regencape. Ik had ook schoenen moeten kopen in de dumpzaak, of rub-berlaarzen, merkte ik. De laarzen die ik bij Cory had meege-nomen hadden stevig en waterdicht geleken, maar ze bleken design, mooi voor het oog, maar waardeloos als het erop aan-kwam. Ik had terug moeten gaan, zei ik dozijnen malen tegen mezelf. Terug naar de tent, in de slaapzak en nergens aan den-ken. Maar ik bleef. Omdat ik vroeger ergere dagen had gekend, omdat ik een taaie vent was, omdat ik me niet graag van een plan liet afbrengen, omdat... Er waren veel omdats, maar als het aankomt op jezelf overtuigen dan is er geen betere dan Jeff Meeks. Ik was het algauw eens met mezelf en bleef zitten op de platte steen die ik had gevonden en veegde druppels van de glazen van de verrekijker met een drijfnat doekje. Lezen kon ik niet, en eten evenmin. Het brood dat ik had meegenomen was pap geworden omdat de plastic zak waarin ik het had verpakt lek bleek. Het was de zak uit de winkel van Maggie en Wil-ly Tarquit. Alles wat ik tot nu toe van Charlsville had gezien bleek lekken te vertonen, besefte ik toen ik er een uurtje over nadacht. John en Cindy brachten hun dagen door in het café van Snail. Maggie Tarquit leefde op als er eindelijk iemand in haar winkeltje kwam die een paar woorden zei. Ira Stratton verveelde zich en betreurde het gebrek aan contact met zijn oude vriend Charls. Cory was bang in haar huis zonder slot op de deur. Charls was voortdurend afwezig zonder dat zijn dorpsgenoten wisten wat hij uitvoerde. Achter de vrouwen aan, vermoedden ze. Maar ik had hem gezien met het bruine koffertje op schoot, op weg naar een leeg huis. Het zat niet goed met Charlsville, waarschijnlijk kon je er beter naar kijken dan er wonen.

Tegen de tijd dat ik had vastgesteld dat doornat regenen een zwak onderdeel is van een genezingsproces zag ik een lichtje. Het verplaatste zich, maar niet in een rechte lijn. Een lichtstraal zwaaide heen en weer, verdween en kwam terug als een zwak schijnsel, alsof iemand die zich door de struiken in de inzinking worstelde een zaklamp afdekte met zijn vingers.

Ik liet me vallen en kroop tot ik een paar meter van het pad was. De man die het bos in liep zuchtte en pufte en als hij weggleed in de modder hoorde ik hem grommen. Hij was een flink eind verwijderd van Charlsville toen hij zijn hand weghaalde en een lichtstraal rond liet zwiepen.

Ik probeerde hem te volgen, maar verloor afstand omdat ik mijn lamp niet aan durfde te doen. Voor krakende takken was ik niet bang, want het geluid van de regen overstemde vrijwel alles, maar ik glibberde een paar keer weg en schoof een keer meters naar beneden over grond die was bezaaid met naalden.

Bij de splitsing van het pad was ik hem kwijt. Ik zag geen licht en hoorde niets anders dan regen. Daarom bleef ik liggen waar ik lag en dacht ik aan de nachtkijker die in de tent lag. Die had ik natuurlijk mee moeten nemen. Had, moeten. Ik beet op een duim van boosheid toen ik aan die woorden dacht. Ik was een man kwijtgeraakt die op weg was naar een geheime ontmoeting, een andere reden voor een tocht over een glibberpad in een nat, donker bos kon ik niet bedenken. Met een nachtkijker had ik hem misschien kunnen volgen. Had, kunnen. Ik beet nog een keer en ging erbij liggen.

Meer dan een uur later zag ik opnieuw licht. Het kwam van het pad dat naar Cody Branch Road leidde en het naderde langzaam. Een kwartier later was ik er zeker van dat de man die langs me liep degene was die ik uit Charlsville had zien komen. Hij zuchtte en pufte harder dan een paar uur geleden en na een struikelpartij gaf hij een schreeuw die veel weg had van een gil. Het was een hoog geluid, meer dat van een vrouw dan van een man en daardoor raakte ik aan het twijfelen. Baggerde er een vrouw door het bos? Het kon, maar ik zou het niet kunnen uitzoeken zonder me kenbaar te maken.

Het licht verdween en ik stond voor de keuze: volgen, naar de tent of het pad aflopen in de richting van Cody Branch Road. Ik koos voor het laatste en gebruikte nu wel mijn zaklamp.

Twintig minuten later was ik bij een zijpad. Het hield na een meter of vijftien op, bij een open plek waar een ketel op een ijzeren onderstel stond dat via een buis was verbonden met een koperen vat. Aan het vat zat een kraan en daaronder stond een kan. In de kan zat niets, maar ernaast lag een fles met een bruinige drank. Ik trok de kurk van de fles en rook. De lucht deed me aan het shirt van Charls denken op de avond van het casino.

Zijn zoon Dennis was een clandestiene drankstoker geweest. Misschien was het zijn installatie waar ik naar stond te kijken. Iemand uit Charlsville had hier iemand ontmoet die zijn gezicht niet in het dorp wilde laten zien.

Ooit, beloofde ik mezelf, zou ik terugkomen en in de buurt

van de installatie blijven om te zien wie er wie ontmoette. Ooit. Als het nodig was. En het niet regende.

Ik rook nog een keer aan de fles, drukte de kurk erop en ging terug naar mijn tent.

Er was water in gelopen en dat had de onderkant van de waterdichte slaapzak doorweekt.

Het regende nog steeds toen het licht werd, buiten de tent en erbinnen. De slaapzak was even nat als mijn kleren en mijn eten. Ik maakte een bol van het brood en drukte het water eruit. Het smaakte naar niks, maar het vulde. In het koffiepannetje zat vier centimeter regenwater waarop dennennaalden dreven en blaadjes die ik niet kon thuisbrengen. Na een kop dennennaalden-blaadjes-koffie had ik genoeg van het bos. Ik kon al mijn lichaamsdelen naar behoren bewegen en zolang ik geen druk op mijn ribben zette had ik geen pijn. Zelfs het zeurderige gevoel in mijn hoofd was verdwenen. De korst achter het rechteroor was er afgeweekt of er door mij in een stadium van halfslaap afgepulkt. Ook op armen en benen waren de meeste korstjes verdwenen. Ze hadden roze plekjes achtergelaten die contrasteerden met het donkerroodpaarszwart van de beurse plekken. Op de meeste van die plekken kon ik drukken zonder dat ik kreunde en daarom verklaarde ik mezelf voor genezen.

De Cavalier stond waar ik hem had achtergelaten en ik reed naar het vliegveld van Greenville terwijl vocht langzaam in de stoelzitting trok. Toen ik uitstapte was mijn kont bijna droog en de stoel nat. Omdat het ook hier regende hield ik de cape om en zei 'Brrr, nat' tegen de man bij wie ik mijn sleuteltje inleverde. Hij was het helemaal met me eens en toen ik vroeg of hij de auto wilde controleren staarde hij een ogenblik naar buiten, waarna hij rilde en nee schudde.

Ik wandelde naar de Dodge, trok schone kleren en droge schoenen aan en reed weg. Bij de uitgang van het parkeerterrein stond een afvalbak. Ik gooide de laarzen van Cory erin en reed naar het noorden. Het werd tijd voor Knoxville.

15

'We hadden een afspraak,' zei ik.

Gail Rogers stond in de deuropening van haar kantoor en versperde me de weg door haar handen om de stijlen te klemmen. Ze hijgde met haar mond wijdopen.

'Ik zei toch dat je op moest donderen? Ik heb het druk. Afspraak?'

Ik had vijf keer moeten kloppen voor ze reageerde en drie keer iets onverstaanbaars moeten mompelen voor ze de deur had opengerukt. Nu staarde ze naar me met ogen die niet helemaal recht in haar hoofd leken te staan, ze leek er kippig door.

'Zei je afspraak?'

'Ongeveer een week geleden. Bij je thuis. Ik zou na een halfuur terugkomen.'

Ze bleef kijken, maar deed het voor de vorm, dat zag ik aan haar blik. Ze groef in haar geheugen: wie had een afspraak met haar gemaakt. Ik kon haar niet kwalijk nemen dat het even duurde. Ze had me door het luikje in haar voordeur maar een paar minuten gezien en de verlichting was beroerd geweest. Nu had ze veel licht, maar aan de verkeerde kant. Achter me zat een lamp tegen het plafond die was bedoeld voor de hele gang en het licht ervan scheen in haar ogen.

Eindelijk kwamen de verbindingen tot stand en het resultaat was dat ze een stap terug deed en de deur probeerde dicht te smijten. Ik stak net op tijd mijn hand uit en voelde het glas buigen. De ruit bleef heel en de deur veerde terug.

'Donder op,' snauwde ze.

Ik gaf geen antwoord maar duwde haar op de stoel achter het bureau. Ik had uren buiten in de Dodge gezeten terwijl ik me afvroeg wat ik moest doen. Ze was niet thuis geweest, maar dat hoefde allerminst te betekenen dat ze naar haar kantoor was gegaan. Ik had mezelf kunnen overtuigen door te bellen, maar dan had ik op zoek gemoeten naar een telefooncel, of een winkel waar ze mobieltjes verkochten. Ik had het laten zitten omdat bellen en snel de verbinding verbreken me niet het beste leek wat je kunt doen als je met een privédetective te maken hebt, het is een bedrijfstak waarin argwaan een rol speelt.

Dus had ik een parkeerplaats gezocht en had ik een uur of vier naar de wasserette en de afhaalpizzeria gekeken. Aan het einde van de middag nam de loop naar de wasserette af en werd het druk in de pizzeria. Ik zag tientallen inwoners van Knoxville en niet de meest draagkrachtigen. Onder hen was geen vrouw die eruitzag zoals ik me Gail Rogers herinnerde, behoorlijk aan de lengte, lang blond haar, roze lippen.

Nu zag ik een vrouw van ruim 1,80 meter met haar haar in een knot en rode lippen. Het gezicht was dat van iemand die te lang heeft gelijnd, vleesloos en met ingevallen wangen. Het klopte niet met de rest van het lichaam, dat gespierd en hard leek onder ruimvallende kleren die allemaal zwart waren. Ze had achter in de dertig kunnen zijn, maar ook begin vijftig. Ze had het niet druk of ze deed haar onderzoeken zittend aan een bureau vol bruine vlekken en met een overvolle asbak. Er mocht weleens worden gelucht, vond ik, en dus deed ik het raam open. Het gaf uitzicht op een binnenplaats met afvalcontainers en dat maakte de binnenkomende lucht niet veel aangenamer dan de vertrekkende.

Toen ik omkeek zag ik dat Gail een la had opengetrokken.

Ze had het kunnen redden als ze een klein pistool had gehad. Het wapen waarmee ze zat te hannesen was een maatje te groot voor de kleine la, die vol lag met spullen die metalen geluiden veroorzaakten. Ik pakte het wapen van haar af, drukte het tegen een schouder tot ze kreunde en keek naar een sleutelbos, losse sleutelringen, paperclips en patronen. In het pistool dat ik in mijn hand had zat geen houder. In de houder in de la zaten geen patronen. Het geheel maakte geen efficiënte indruk.

Het wapen was een Colt Government en het woog, ongeladen, meer dan een kilo. Ik was er zeker van dat ze er grote gaten mee had kunnen maken als ik haar een minuut of vijf de tijd had gegeven.

'Als je je bril opzet dan kun je zien wat je doet,' zei ik.

Ze pakte een koker uit de tas die naast het bureau stond en zette een bril op met een montuur dat nauwelijks zichtbaar was.

'Kapper,' zei ze. 'Je ziet er anders uit.' Haar stem klonk minder gespannen dan ik had verwacht. Ik had het pistool en zij leefde nog. Daar maakte ze iets positiefs uit op en dat onderstreepte ze door een sigaret op te steken.

Voor ze de eerste haal kon nemen sloeg ik de sigaret uit haar mond. Het was een slordig gemikte klap en ik raakte voornamelijk wang. Ik vroeg me af wanneer ik eerder een vrouw had geslagen. Nooit, dacht ik, maar het resultaat was bevredigend.

'Het is meer door boosheid dan door de kapper dat ik er anders uitzie,' zei ik. 'Noem het maar de pest in hebben. Ga je me vertellen waarom je vorige week drie mannen op me hebt afgestuurd of sla ik nog een keer?'

Ze leek nog steeds niet bang. Ze keek naar mij en naar de sigaret, waarvan het vuurbolletje een gaatje in het linoleum brandde. 'Val dood.'

Het was een tekst die ik de afgelopen anderhalve week zelf een paar keer had gebruikt en om een of andere reden had ik geen zin om hem van een ander te horen. Dat vertelde ik haar, maar ik ging niet in op de fout die ze had gemaakt. Ze had 'waar heb je het over' moeten zeggen, of 'geen idee wat je bedoelt', desnoods 'drie mannen, in de straat waar ik woon?' Ze wist van de overval, maar de vraag was: wist ze ook waarom ik naar de vuilstortplaats was gebracht en over de rand was gegooid. Ik had daar de afgelopen dagen vaak over nagedacht en was er geen millimeter verder mee gekomen. Gail Rogers had iemand gewaarschuwd dat Jeff Aabelson aan haar deur was geweest. Daarmee had ze iets in gang gezet waar ik in de verste verte geen greep op had. Gail kon niet weten waarom ik haar wilde spreken. Ik had het haar niet verteld en ze had er niet echt naar gevraagd. Ik had Cory's naam genoemd en die van Charlsville, maar ik had geen idee waarom dat tot de overval had geleid. Geen van de drie mannen had iets gezegd waaruit ik de reden had kunnen opmaken. Ze hadden me meegenomen, waren op me gaan zitten, hadden me over steenslag gesleept en tussen afval gegooid. Omdat hun dat was opgedragen, daar ging ik van uit. Maar ik had geen vermoeden door wie en nog minder waarom. Dat frustreerde me en ik had zin om Gail Rogers een nieuwe mep te geven. Als ik er iets mee had kunnen bereiken dan had ik het gedaan, een vrouw slaan viel erg mee, maar ze zag er niet uit of een paar klappen zouden helpen. Ze was kippig, ze was niet de handigste als het ging om het trekken van een pistool, maar ze leek taai. Bovendien wist ik niet hoeveel tijd ik had. Er konden klanten komen, kennissen, vrienden.

Ik schrok toen de telefoon ging en zag haar binnenpretje. Toen ze naar de telefoon keek en ik 'nee' snauwde glimlachte ze. Ik had gedaan wat ze verwachtte dat ik zou doen. Als het zo doorging zouden een paar klappen niet genoeg zijn om het evenwicht te herstellen.

Ik wachtte tot de telefoon niet meer rinkelde, sloot het raam en ging zitten in de enige stoel die tegenover het bureau stond. Alles was bruin of zwart, de vloerbedekking, de gordijnen, de wanden, zelfs het plafond. Het was niet nieuw, het was niet oud, het was somber. Maar niet saai. Aan de wanden hingen handboeien en op de bruine, metalen kast naast de deur stond een serie busjes met pepperspray. In de kast lagen dossiers met namen die me niets zeiden. Niets over Cory, niets over Lendall of Charlsville. In haar tas zaten de honderd dingen die vrouwen meenemen, plus een paar die minder gebruikelijk zijn: handboeien, een mes, een busje traangas. De mobiel in het zijvak was niet ingeschakeld.

Ik zette de tas buiten Gails bereik en keek naar de deur achter haar. Toen ik hem opentrok zag ik geen wandkast, maar een kamer.

'Is dat wat je de hele middag hebt zitten doen?'

Ze draaide zich met stoel en al om en keek zwijgend langs me heen naar een serie toestellen: een drukbank, een spinbike, een roeimachine, in totaal acht en allemaal gebruikt. Op planken tegen de achterwand stonden potjes met etiketten die me niets zeiden, flessen met drankjes die eruitzagen of je een slok niet zou overleven, strips met tabletten in verschillende groottes en meer tubes dan een circusclown in een jaar krijgt weggesmeerd. Boven de planken hingen zweepjes, pols- en halsbanden en een dik, wit koord. De kamer zag eruit als een ontmoetingsplaats voor sm'ers die aan bodybuilding doen.

Ik keek naar de kamer, ik keek naar Gail Rogers en ik schudde mijn hoofd. Ik kon het niet rijmen. Gail met het blonde knotje en bodybuilden, het klopte niet. Ik ging naar haar toe en trok spelden uit het knotje. Ze sloeg naar me maar zei niets. Ik had een speld gemist en die haalde ze zelf weg. Gail met lang blond haar en bodybuilden, het klopte nog niet helemaal, maar wel een stuk beter.

'Verhuur je deze ruimte?'

'Val dood.' Dat zei ze, maar de woorden misten overtuiging. Ze raadde wat ik dacht, een blinde had het kunnen raden, het drong zich gewoon op.

'Loop je of sleep ik je?' vroeg ik.

Ik moest haar slepen. In de deuropening zette ze haar nagels in mijn nek en daarna probeerde ze me te wurgen. Ze had harde armspieren en haar borst voelde aan als plaatstaal, maar grote spieren is niet hetzelfde als pure kracht. Ik trok haar los en smakte haar op de drukbank. Ik maakte haar armen vast met boeien en toen ze me probeerde te schoppen hing ik een gewicht van vijf kilo aan haar enkels. Ze kreunde en op haar bovenlip kwamen zweetdruppels, maar ze zei niets.

'Vertel eens over de drie mannen die me overvielen toen ik op weg was naar je huis?'

'Ik wil een sigaret.'

In de hoek stond een zwarte stoel met rode, leren kussens. De kussens maakten het geluid van een zucht toen ik ging zitten en ik rolde een eindje achteruit. De wieltjes waren weggewerkt achter leer en toen ik de stoel vooruit trok klapte een deel van de armleuning open. Er zaten ijzeren spelden in en wasknijpers van roestvrij staal. Ik gooide een stel spelden naar Gail en zag haar schrikken. Ze had twee aanloopjes nodig om iets te zeggen. Er was iets wat ik moest weten en ze kon het niet voor zich houden.

'Voor ik hier introk was het een sm-kamer, daarom is het interieur zwart en bruin. Die zweepjes zijn blijven hangen.' Het klonk kwaad en tegelijk verontschuldigend. 'Het is maar dat je het weet.'

Ik wees naar de planken. 'Waar is dat spul voor?'

'Kijk maar achter je, die kastdeur.'

Het was een kleine kast en op de planken stonden tientallen

potten, flessen en flacons. Tegen de binnenkant van de deur was een levensgrote poster geplakt. Gail Rogers in betere dagen, gekleed in drie draden die je met wat fantasie bikini zou kunnen noemen. Wat geen textiel was was spierbundel. Ze zaten overal, van het voorhoofd tot de tenen en ze puilden uit alsof ze op het punt stonden te ontploffen.

'Tien jaar geleden.' Het klonk trots. 'Kampioene van Carolina, North en South. Derde op de landelijke kampioenschappen.'

'Maar niet eerste.'

'Zonder sigaretten zou het zijn gelukt. Ik wilde er gewoon niet álles voor overhebben.' Het klonk bitter. Ze bedoelde: ik kon er niet alles voor overhebben.

Ik bleef naar de foto kijken. Ze had meer borsten op haar armen dan op haar borst, maar als je daarvan hield was het mooi. Ik begreep nu waarom ze niet naar buiten was gekomen. 'Je houdt het elke dag bij?'

'Daar kom je nog wel achter.'

Ze lag erbij als iemand die even uitrust van een inspanning en leek niet in het minst bang. Ze had geen idee wat ik van plan was, of ze wist dat haar niets kon gebeuren. Bij dat idee ging mijn nek prikken en ik zag drie mannen buiten op wacht staan.

Om mezelf ervan te overtuigen dat ik drie mannen de baas kon zolang ik een pistool had, een mes van dertig centimeter en een paar liter pepperspray ging ik erbij zitten met een gezicht of ik een tevreden mens was. Intussen overdacht ik het plannetje dat ik op weg naar Knoxville had gemaakt. Ik zou het alleen kunnen uitvoeren als ik Gail mee naar buiten nam, maar dat kon pas als de wijkbewoners alle pizza's hadden afgehaald die ze wilden eten. In de tussentijd zou ik het risico van bezoek moeten nemen en het telefoongerinkel moeten negeren. Als ik daaraan had gedacht zou ik in mijn auto hebben gewacht tot het avond was.

Om de tijd te doden dacht ik aan wat ik had moeten bedenken toen ik er de tijd voor had. Toen ik daar moe van was vroeg ik Gail wat ze dacht dat ik zou gaan doen.

'Doodvallen,' zei ze.

'Bedenk eens een andere mogelijkheid?'

'Een hartaanval en daarna doodvallen.'

Ik stond op en pakte een zweep van de wand. Ik probeerde het leer te laten knallen, maar ik raakte mijn pols en trok een gezicht. Ze moest lachen. 'Jezelf doodslaan is ook goed.'

Ik vroeg me af wat er zou gebeuren als ik haar raakte en mikte op haar bovenbenen. Haar enige reactie bestond uit een vraag. 'Krijg ik nou een sigaret of niet?'

'Ik zal je vertellen wat er vorige week met mij gebeurde,' zei ik. 'Ze namen me mee naar een vuilstortplaats, kleedden me uit, trokken me naakt over een weg vol steenslag en jonasten me in de kuil.'

Haar ogen fonkelden toen ze het voor zich zag.

'Voor die tijd hadden ze me een behandeling gegeven met stroomstokken.' Ik weerstond de aanvechting de plekken te laten zien, boven mijn kruis was de huid nog steeds verkleurd. 'Ik ga precies hetzelfde doen met de mannen die me overvielen. Ik weet niet of ik de stortplaats terug kan vinden, maar een weg met steenslag moet geen probleem zijn, en er is veel bos met ravijnen.'

'Naakt?'

Ik knikte.

Ze was niet onder de indruk. 'Als je daarop kickt.' Ze richtte haar bovenlichaam een stukje op en keek of ze me uitdaagde. 'Volgens mij heb je het lef niet.' Ze zakte terug. 'En ik weet nog steeds niet waar je het over hebt.'

Ik legde het zweepje weg. Mijn plannetje was om Gail over een weg vol steenslag te slepen voor ik opnieuw om medewerking zou vragen, maar naakt was geen optie. De foto op de kastdeur was al meer dan ik aankon.

Iets na acht uur werd er op de deur geklopt. Gail kwam in beweging, maar ik had een hand over haar mond voor ze kon schreeuwen.

'Mevrouw Rogers?' De stem was die van een jongen. 'Ik heb u drie keer gebeld, want ze zeiden dat u er was. Ze wisten niet hoe laat. Het eten, bedoel ik.' Het klonk onzeker.

Ik tilde mijn hand een stukje op. 'Je weet wie er aan de deur is?'

Ze probeerde in mijn hand te bijten en keek teleurgesteld toen het niet lukte. Ze nam me niet serieus, dat was de indruk die ik kreeg.

'Ik heb uw pizza, mevrouw Rogers.'

Mijn vraag was beantwoord en ik kon het niet laten om tevreden te kijken. Gail gromde en sloot haar ogen.

Na drie pogingen droop de pizzabezorger af. Toen het stil was op de gang deed ik de deur open. Voor de drempel lag een platte doos. Speeksel liep in mijn mond en ik kreeg een niet te stuiten hongergevoel. Ik wist dat het verstandig was om de doos te laten liggen, maar ik kon het niet over mijn hart verkrijgen. Ik nam hem mee naar de oefenkamer en trok de deksel omhoog.

'Wat is dit?'

Daar moest ze om lachen. 'Dat zijn multi-vitamines, dextrose, visolie, tribosten, sint-janskruid, omega vetzuren, stikstof en de sterkste creatine die ik kon krijgen. Eet smakelijk.'

Mijn maag bleef hongersignalen sturen, mijn hoofd zei afblijven.

'zma, efedrine,' zei Gail. 'Heb ik ribose al genoemd en colostrum?'

Ik scheurde een stukje af en nam een minihap. Ik kon niet zeggen waar het naar smaakte, maar zag ineens een kluit stopverf in tomatensaus voor me.

'Ga je van groeien,' zei Gail. 'Ginseng, carnitine, glucosamine. Voor je het weet heb je echte spieren.'

Het was een harde strijd, maar mijn maag won. Ik had nauwelijks gegeten en wat er ook op of in de pizza zat, het bleef eruitzien als een pizza.

'Chromium picolinate.'

Ik nam een hap en vroeg me af of het zin had een gewicht van twintig kilo over haar mond te leggen.

'mct, 7-Keto-dhea, als je morgen borsten krijgt dan is het niet mijn schuld.'

Ik had de helft op en aarzelde.

'Kre-Alkalyn. Zal ik zeggen welke stoffen speciaal voor vrouwen zijn?'

Mijn maag hield zich rustig, mijn hoofd maakte overuren, shit.

'Testo-Sting.'

Ik deed de doos dicht en gooide hem in een afvalbak.

'Watje,' zei Gail. 'En nog te beroerd om een meisje een sigaret te geven.' Ze haalde haar neus op.

Om te laten zien dat ik spieren van mezelf had gaf ik haar opnieuw een klap, aan dezelfde kant en precies onder de bril. De wang werd dik, waardoor ze een asymmetrisch gezicht kreeg. Ze kreunde niet en in haar ogen zag ik meer verbazing dan haat.

16

Om tien uur was het gedaan met de geluiden van auto's die voor de afhaalpizzeria stopten. Het werd rustig in de straat en dat was niets te vroeg. De aanblik van Gail Rogers op de drukbank was me op de zenuwen gaan werken. Ze moest weg uit het kantoor, vooral omdat ík weg moest. De telefoon had meerdere keren gerinkeld en twee keer had ik in de gang voetstappen gehoord. Schoonmakers, of mensen die elders op de verdieping moesten zijn. Er waren nog twee deuren op de gang, maar die van Gails kantoor was de enige met een ruit van matglas en een tekst. Gail Rogers, P.I. Het zou een kwestie van tijd zijn of er zou iemand aankloppen die zich niet liet afschepen.

Ik keek naar Gail, die met gesloten ogen op de drukbank lag. Ze had zichtbaar pijn aan haar enkels, waaraan nog steeds het gewicht hing. Op haar gezicht lag een laagje zweet en ze slikte voortdurend, van de pijn of van de dorst. Toen ik ernaar vroeg zei ze dat ze een sigaret wilde.

Ik opende de deur en liep op mijn tenen door de gang en over de trap. Ik duwde de buitendeur een paar centimeter open en keek de straat af. Voor de pizzeria was het rustig en aan de overkant waren vrije parkeerplaatsen. Ik had Gail gevraagd waar haar auto stond, maar had het antwoord niet afgewacht. In haar tas zaten haar rijbewijs en een sleuteltje van een Ford, maar ik wist niet van welke en in de straat stonden er drie. Ik overwoog bij elke auto op het zendertje te drukken dat in de sleutel zat, maar ik liet het zitten. Het was heel goed mogelijk dat ze kennissen had in de straat en ik wilde niet in mijn eentje bij haar auto worden gezien. Mijn Dodge stond bij de hoek en die haalde ik op. Ik parkeerde hem vrijwel voor de deur en liet de portieren open.

Gail deed haar ogen open toen ik binnenkwam en keek of ze me niet terug had verwacht.

Ik legde een vinger tegen mijn lippen en maakte het gewicht los van haar enkels. Ze kon een zucht van opluchting niet onderdrukken en strafte zichzelf door op haar onderlip te bijten.

'Dit is wat we gaan doen,' zei ik. 'Ik ga je losmaken en dan gaan we naar buiten, naar mijn auto. Jij gaat mee zonder geluid te maken.'

'Hoe denk je dat je dat gaat doen? Dreigen met mijn pistool?'

'Ik heb een mes en meer pepperspray dan jij aankunt. Als je schreeuwt neem ik je mee naar een plaats waar ik je spieren een beurt kan geven. Biceps, triceps, de hele boel. Je zal je spieren niet meer laten zien voor een zaal vol publiek, en voor je spiegel zul je nooit meer de oude Gail zijn.'

Ze likte langs haar lippen. 'En als ik niet schreeuw?'

'Dan neem ik je mee naar een plaats waar je me gaat vertellen hoe mijn overvallers heten.'

Dit keer mimede ze het, en ze deed het goed. 'Val dood.' Maar in haar ogen zag ik eindelijk iets van angst. Ze kon tegen pijn, maar ze was als de dood dat ik iets zou doen waardoor het beeld dat ze van zichzelf had schade zou oplopen.

Bij de buitendeur sloeg ik mijn Zorro-regencape om Gails schouders, waardoor haar handen, die ik achter haar rug had geboeid, onzichtbaar waren. Ik sloeg een arm om haar middel en duwde mijn vuist met het mes door de opening van de cape. Het was lastig lopen, maar van een afstandje moet het hebben geleken of we dik met elkaar waren. Ik duwde haar de Dodge in, sloot het portier en probeerde niet te snel om te lopen. Ik had het gevoel dat ogen in mijn nek prikten, maar zag niemand op me afkomen en hoorde niemand roepen. In een buitenwijk maakte ik een paar rondjes en een keer reed ik door een rood licht. Gail begreep dat ik bang was voor achtervolgers en lachte me uit. Twee keer noemde ze me 'mijn held' en in bochten liet ze zich opzij vallen en probeerde ze me te raken met haar hoofd. Het leken pesterijtjes, maar ik snapte pas wat ze van plan was toen ze met haar tanden greep kreeg op mijn arm. Ze had stevige kaken en ik moest twee vingers in haar neusgaten haken om haar mond open te krijgen. Dat we op de weg bleven was een kwestie van toeval, maar het leerde me veel over Gails gedachten. Ze kreeg liever een ongeluk in een stad die ze kende dan dat ze zich mee liet nemen naar onbekend gebied.

Tegen de tijd dat we in een bos waren dat verlaten leek had ik twee dingen bereikt. Ik wist dat Gail het grootste deel van haar zelfverzekerdheid kwijt was en dat ik elke vorm van gêne had verloren. Een vrouw alleen maar slaan stelde niets voor, het moest beter kunnen.

Honderd meter van de plaats waar ik de Dodge had geparkeerd vond ik een plek die me geschikt leek. Er waren veel doornstruiken, er was laag kreupelhout en er waren omgevallen bomen. Ik nam de hindernissen zonder moeite, maar Gail liep schade op. De helft van de afstand had ik haar gesleept en dat was ten koste gegaan van haar kleren en schoenen. Toen ik haar over een stam van een omgewaaide berk duwde had ze nog één sok aan. Haar zwarte spijkerbroek was gescheurd en toen ik de cape wegtrok zag ik dat er twee knopen van haar shirt waren afgerukt. Hoe dat kon was me een raadsel.

Ze hijgde toen ik naar haar keek en toen ik erbij ging zitten vroeg ze om een sigaret.

Ik had het pakje meegenomen en scheen erop met de zaklantaarn. 'Wie waren de drie mannen?'

Ze knipperde tegen het licht en bewoog haar bovenlichaam tot ze beter lag.

Ik pakte een sigaret en stak hem aan. 'Drie mannen, Gail.'

Ze spuugde naar me. Veel was het niet. Ze moest een droge mond hebben, al was het alleen maar van het hijgen.

Ik trok aan de sigaret tot het bolletje oplichtte.

'Weet je wat er gebeurt als ik deze sigaret op je voorhoofd uitdruk?' Terwijl ik het zei richtte ik de lamp op de bovenkant van haar gezicht. 'Als je er niet snel bij bent dan wordt het een litteken dat nooit verdwijnt, en je zult er niet snel bij zijn, want je blijft hier. De hele nacht. En morgennacht als het moet. Drie mannen, Gail.'

Ze ademde nu met horten en stoten. Ik kon raden wat ze zich afvroeg. Bluft hij of...

Toen ik naar haar toe liep trok ze haar hoofd tussen haar schouders en rolde ze van de stam. Ze kwam op haar rug terecht en moest haar handen bezeerd hebben, want ze kreunde harder dan ze wilde. 'Nee,' hijgde ze.

'Je naam,' zei ik. 'Ik druk je naam op je voorhoofd en de rest van je leven zal iedereen zien dat je Gail heet.' Ik trok aan de sigaret en hield het bolletje net onder haar haargrens. 'Op elke foto die je van je laat maken zal je naam staan.' Ik greep haar haren. 'Hier komt de eerste letter.'

'Nummer,' zei ze, terwijl ze met een schouder haar bril recht drukte. 'Telefoonnummer, rotzak.'

Ik zag een traan langs haar neus lopen. Ik had het goed gezien in het kantoor: dreigen deed haar niets, klappen tegen haar wang evenmin, een zwelling die wegtrok kon ze verdragen, maar blijvende schade aan het lichaam waaraan ze haar hele leven had gewerkt, dat kon ze niet aan. Voor Gail was haar lijf een kunstwerk, als je er iets aan vernielde beging je een doodzonde.

'Ik kreeg een telefoonnummer. Dat moest ik bellen als er iemand kwam die iets vroeg over Charlsville, of over Charls.'

Ik trok de hand met de sigaret weg en zag dat ze zich ontspande. 'Ik vroeg aan jou niets over Charlsville. Ik heb gezegd dat ik je naam had gehoord van Cory Crisp. Ik heb zelfs niet gezegd waarvoor ik kwam.'

'Alles wat met Charlsville te maken had.' Ze hijgde nog steeds, maar minder gejaagd. Ze had een besluit genomen en daarmee haar kunstwerk gered. 'Jij noemde Cory Crisp en je noemde Charlsville, dus moest ik bellen.' Er lag een zwaar accent op 'moest'.

'Omdat je anders problemen zou krijgen?'

Ze lachte bitter. 'Wat denk je dat ik nu heb. Omdat ik anders geen geld zou krijgen. Elke keer als ik bel krijg ik vijfhonderd dollar, boven op het maandelijkse bedrag van duizend.' Ze slikte. 'Je hebt mijn kantoor gezien, hoeveel mensen in Knoxville hebben een detective nodig, denk je?'

Cory had me verteld dat Gail Rogers de indruk had gewekt dat ze Jimmy Hoffa had kunnen vinden. Ik had er het beeld bij gekregen van een doortastende vrouw die wist wat ze wilde. 'Je zit dus aan de grond.'

'Een klusje voor een advocaat, overspelgedoe, een keer een verzoek om iemand te volgen.' Opnieuw die bittere lach. 'Zie ik eruit als iemand die goed is in volgen? Toen ik de zaak overnam van die lamlul...' Ze maakte een beweging met haar hoofd waardoor ze haar haren losschudde. 'Van die fijne vent van me die er niet tegen kon dat ik mijn oefeningen deed en dat ze naar me keken als ik op het podium stond.' Haar stem werd feller,

haar blik keerde zich naar binnen, ze zag zichzelf op het podium en ze genoot. 'Ze kéken naar me, reken daar maar op.
Ik was de mooiste, maar hij kon het niet hebben. Hij was niks
kleiner dan ik ben, maar hem zagen ze niet als we samen ergens waren en dat kon-ie bij nader inzien he-le-maal niet hebben. Hij was slim, hij kon van alles bedenken, maar uitvoeren
was er niet bij. Het liefst liep hij door de Smoky Mountains,
keek hij naar vogels of bomen of zo. Hij ging naar het westen,
maar dat doen ze allemaal als ze ervandoor gaan, altijd naar
het westen. Hij wilde naar Californië, maar hij is de Mississippi
niet eens overgekomen. Hij is blijven hangen aan een vrouw die
kinderen wilde, drie in twee jaar, eerst een tweeling en toen nog
eentje extra, ik hoop dat het een huilbaby is. Het enige wat hij
achterliet was het huis en een bijna failliete zaak. Ik dacht: als
die lamlul privédetective kan zijn dan kan ik het zeker. Weet je
hoeveel je moet betalen voor een vergunning? En wat dat kantoor elke maand kost? En wat klanten denken als je ze ontvangt
in een kamer boven een wasserette en naast een afhaalpizzeria?
Krijg ik nou verdomme eindelijk een sigaret of hoe zit 't?'

Ze pafte alsof het levenselixer was en spuugde de peuk pas
weg toen ze bijna haar lippen brandde. 'Dorst. Je hebt vast wel
iets te drinken in die mooie auto van je. Wat is het, een omge-
bouwde bestel?'

Dodge Ambulance. Ik zei het bijna en besefte dat ze toch
zo slecht niet was. Ze was lijkbleek en ze trilde van de honger,
maar ze zag bijna kans antwoord op vragen te krijgen.

Ik duwde haar in een zittende houding, harder dan nodig
was, om te voorkomen dat ik mezelf een mep gaf. 'Terug naar
het telefoontje. Wie moest je bellen.'

'Geen idee.' Ze keek me recht aan en knipperde niet een keer.
'Een nummer. Als ik had gebeld kreeg ik geld en een nieuw
nummer. Geen idee waarom.'

'Dus je belde en dat was dat.'

Ze knikte. 'Dat was dat. Ik heb de afgelopen maanden een keer of zeven gebeld. Ik heb nooit gehoord of het ergens toe leidde.'

'Dus je hebt geen idee wie de drie mannen waren die me overvielen?'

Ze bleef kijken, maar dit keer knipperde ze wel. 'Nee.'

'Een overval vlak voor je huis, na een telefoontje van jou aan een onbekende waarin je zei dat iemand die de naam Cory Crisp had genoemd over een halfuur zou terugkomen.' Ik pakte een sigaret en zuchtte alsof ik medelijden had. 'Het ging goed, Gail, maar je hebt het verpest. Wat denk je van je voornaam op je voorhoofd en je achternaam op je wangen? "Ro" aan de ene en "gers" aan de andere kant? Of wil je een streepje tussen "Ro" en "gers"?'

'Beveiligingsbedrijf,' zei ze ademloos. 'ks Knoxville Securities. Ze kwamen in een grijze bestelwagen met rode letters.'

'Alle drie?'

'In elk geval twee. Van de derde weet ik het niet. Ik stond boven, in de slaapkamer, en ik kon maar een deel van de straat zien. De twee van ks vingen je op, de derde zag ik pas toen hij van achteren op je afkwam en je een tik tegen je hoofd gaf.'

'Beschrijf hem eens?'

'Niet groot. Ook een dikke buik. Ze waren alle drie te dik. Aan de oude kant. Ze hadden stroomstokken, daarom had je geen schijn van kans. Ze sleepten je de bestelwagen in en reden weg.'

'Waarna jij ging slapen.'

'Nee hoor. Ik heb een potje om je zitten huilen, mijn hele kussen werd nat.'

Het was niet wat ze zei, het was de manier waarop. Meer zelfspot dan spot. Ze werd er meer mens door.

'Had die derde een uniform aan?'

Ze dacht na. 'Kan. Hij droeg een lange overjas, daar kan van alles onder hebben gezeten.'

'Maar je kende hem niet.'

'Niet dat ik weet. Een van de twee jongens van KS had ik vaker gezien, maar dat is niet vreemd, zo groot is Knoxville niet. Ik weet niet hoe hij heet.'

'Het nummer dat je moet bellen als er weer iemand komt die iets over Charls of Charlsville wil weten, ken je dat uit je hoofd?'

'Zit in mijn mobiel. Waarom zou ik het uit mijn hoofd leren, over een paar weken is het weer anders.'

Het klonk alsof ze de waarheid sprak en daarom hielp ik haar overeind. Ze had het niet makkelijk toen we terugliepen, maar ze klaagde niet, ook niet toen ze met haar blote voeten op iets trapte wat pijn deed. Ditmaal deed ik de achterportieren open en liet ik haar op mijn matras zitten. Ze bewoog zich niet toen ik haar mobiel pakte.

'Welk nummer?'

'Kijk maar bij de C.'

Er stonden twee namen met een C die voluit waren geschreven, maar voor één nummer stond alleen de eerste letter.

'Ga je bellen?' vroeg ze.

Ik had een vinger boven de knop. 'Ik wil weten wat er gebeurt als iemand opneemt.'

'En dan?'

Ik trok de vinger weg, legde de mobiel neer en trok de cape van haar schouders. 'Als je probeert te slaan nadat ik je handen los heb gemaakt dan breng ik je terug naar het bos. Dan maak ik je vast aan een boomstam en laat ik je staan. Beren zullen hier niet zijn, daarvoor zitten we niet hoog genoeg, maar ik wens je geluk met de wilde zwijnen, de vossen, de egels, de ratten en de rest.'

Pas toen ze haar polsen had gewreven zei ze: 'Je zou het nog doen ook, me vastbinden. Wat denk je van een deal?'

Het duurde lang voor ik een antwoord klaar had omdat ik het te druk had met het bijstellen van het beeld. Voor de zoveelste keer. Elke keer als ik wist hoe Gail Rogers in elkaar zat zei ze iets waardoor ik twijfelde. Deal?

'Denk je dat je daarvoor in de positie bent?'

Ze knikte. 'Nu je me los hebt gemaakt wel. Je hebt ermee laten zien dat we een gemeenschappelijk belang hebben. Ik wil mijn maandelijkse duizend dollar, jij wilt drie mannen. Je wilt niet dat de man die ik aan de lijn krijg weet dat ik jou over hem heb verteld.'

'Waarom wil ik dat niet?'

'Omdat je anders het nummer zelf zou hebben gebeld. Je zou hebben gezegd: "Hallo, ik ben Jeff Aabelson. Ik ben een flinke vent die vrouwen slaat en wie ben jij eigenlijk." Als je dat doet dan stuurt hij misschien wel mannen op je af, maar niet vannacht. Je hebt me losgemaakt omdat ik de enige ben die de boodschap over kan brengen.' Ze keek uitdagend. 'Wedden dat ik moet zeggen dat je weer bij mijn huis bent geweest en dat je over een uur terugkomt? Dan ga je ergens in de tuin zitten met dat grote mes van je en met mijn pistool en dan ga je een stel mannen te lijf. Helemaal in je eentje. Omdat je een flinke vent bent die alles in zijn eentje kan. Ik zou het graag willen zien, maar ik wil niet dat iemand weet dat ik je heb geholpen.'

Ze had een plannetje, ik zag het aan haar gezicht. Alles wat ik hoefde te doen was knikken.

'Ik bel en zeg dat we een afspraak hebben. We gaan weg uit dit bos. Je zet me uit je auto op een plaats die ik aanwijs. Jij gaat naar mijn huis en doet wat je doen moet. Ik wacht een paar uur, zoek een telefoon en bel het nummer opnieuw.' Ze keek rond. 'Schrijf het maar voor me op, zo goed is mijn geheugen niet en ik ben ook nog flauw van de honger. Ik bel dus over een paar uur en zeg dat je me hebt meegesleept naar het bos en dat je me hebt gedwongen te bellen.' Ze raakte haar wang aan. 'Ik kan het bewijzen, en welk meisje loopt graag op één sok midden in de nacht buiten?'

Ik dacht na over wat ze had gezegd. Haar voorstel loste mijn grootste probleem op: wat doe ik met haar als ze me heeft verteld wat ik wil weten. Ik was al bang dat ik haar bij me zou moeten houden en dat was geen aanlokkelijk vooruitzicht.

'Ik zet je uit de Dodge waar ik dat wil, niet waar jij het wilt.'

Ze wilde niet glimlachen, maar ze deed het wel. Ze had op haar manier gewonnen en ze genoot ervan. 'Goed,' zei ze. 'Weet je wat ik me vanavond heb liggen afvragen?'

Dit keer kon ik volstaan met het optrekken van een wenkbrauw.

'Wat vorige week eigenlijk de reden was van je komst. Wilde je me in dienst nemen of wilde je zien hoe mooi ik ben?'

'Ik wilde weten wat je hebt gedaan om Lendall Crisp te vinden. Cory heeft het je gevraagd en je kwam met een rekening van vijfduizend dollar, maar niet met resultaten.'

Ze keek zo stralend als een vrouw kan zijn die bekaf is en die kampt met nicotinegebrek. 'Ik heb er weinig voor hoeven doen. Verrukkelijk weinig. Na minder dan een week bellen en vragen kwam ik erachter dat de woonplaats van Lendall al bekend was. Cory wist het misschien niet, maar Charls wel. Hij kwam me persoonlijk betalen. Het was meer dan de moeite, voorwaarde was dat ik mijn mond dicht zou houden.'

17

Gail Rogers had de opdracht om Lendall te zoeken van Cory gekregen. Ze had ervoor naar Stecoah moeten rijden en dat was
haar niet bevallen. Ze had graag een keer in Charlsville rond-
gekeken, al was het maar om te zien of er iets klopte van de verhalen over het nieuwe dorp waarin arme mensen rijk zaten te
wezen. Ze had Cory Crisp een grijze muis gevonden en om te
laten zien dat ze een vrouw van de wereld was had ze verteld
over successen als privédetective die ze voornamelijk kende van
verhalen en tv-series. Ze had Cory niet haar spieren laten zien en
ze had geprobeerd zo min mogelijk te roken, maar het had niet
geleid tot enig gevoel van verbondenheid. Ze had de opdracht
alleen gekregen omdat Cory niet wist tot wie ze zich anders zou
moeten wenden. Dat was de indruk die ze had gekregen en ze
had er verder niet over nagedacht.

De eerste dagen had ze voortdurend achter de computer gezeten. Ze was op een half dozijn Lendall Crisps gestuit en had
de meest belovende gebeld: een vierenvijftigjarige Lendall in
Nashville, een eenentachtigjarige die was geboren in Hickory
en die bijna een halve eeuw geleden naar Minnesota was verhuisd. In de dagen die volgden had ze gebeld met collega's en
kennissen die haar een dienst schuldig waren. Ze had bovendien haar netwerk bodybuilders ingeschakeld en dat waren,
verzekerde ze, duizenden mensen, verspreid over het land, met
tienduizenden contacten. Na zes dagen was er iets gebeurd
waardoor ze het gevoel had gekregen dat ze haar eigen jack-

pot had gewonnen. Ze was gebeld door de Lendall Crisp uit Nashville en die zei dat hij, na Gails telefoontje, met vrienden over naamgenoten had gesproken. Er was, jaren geleden, een Lendall Crisp in Nashville geweest die uit een plaats ergens ten zuiden van de Smoky Mountains vandaan kwam. Hij moest rond de dertig zijn. Volgens de verhalen was hij naar het zuiden getrokken, maar later teruggekomen. Een paar jaar geleden was hij opnieuw verhuisd. Crisp uit Nashville had gezegd dat hij er meer over wist en gevraagd hoeveel zijn kennis waard was.

Gail had naar Charlsville gebeld en niet Cory aan de lijn gekregen maar Charls.

Die zei dat hij de volgende dag langs zou komen. Dat had hij gedaan en Gail was onder de indruk geweest. Keurige man, keurige kleren, keurig koffertje met erin stapels briefjes van honderd dollar. Charls had haar tien biljetten gegeven en gezegd dat ze er negentig bij kon krijgen als ze haar mond dicht zou houden. 'Over wat,' had ze gevraagd. 'Over alles,' had Charls gezegd. 'Ik weet al geruime tijd waar mijn zoon woont. Omdat hij zijn eigen leven wil blijven leiden op zijn eigen manier heb ik er met niemand over gesproken. Ook niet met mijn dochter. Het was toeval dat u mij aan de telefoon kreeg. Ze heeft me niet verteld dat ze u had ingeschakeld en dat is betreurenswaardig. Ze heeft Lendall opgevoed en ik begrijp dat ze hem wil zien. Dat zal gebeuren, maar pas als Lendall het ook wil en zover is hij nog niet. Ik ben bezig de twee bij elkaar te brengen en Cory's actie had dat kunnen doorkruisen. Ik hoop dat u inziet dat verder voor u geen taak is weggelegd. Zeg tegen mijn dochter dat u het onderzoek hebt gestaakt. Daarna vergeet u de zaak. U praat er met niemand over, zeker niet met journalisten, daarvan heb ik er al te veel aan de deur gehad. Tienduizend als u uw mond houdt. Als ik merk dat u toch over mijn zoon Lendall praat stuur ik mensen om negenduizend dollar terug te halen.' Hij had geglimlacht terwijl hij het zei en Gail had het een glimlach gevonden die ze geen tweede keer wilde zien. Bij zijn vertrek had ze gevraagd wat ze moest doen als zijn dochter om een rekening vroeg. 'Zet er maar een bedrag op waardoor ze zo'n hekel aan u krijgt dat ze niets meer met u te maken wil hebben,' had Charls gezegd. Gail had gedacht dat vijfduizend dollar het toereikende bedrag was.

Een toelage van duizend dollar per maand en vijfhonderd bonus als ze doorgaf wie met haar had gesproken over Charls en Charlsville was niet aan de orde geweest. Dat was later gekomen. Via de telefoon. De man die belde had gezegd dat hij namens Charls sprak en Gail had geen moment getwijfeld: wie anders kon dat soort bedragen betalen?

Zo vertelde Gail het in de Dodge, terwijl ze rookte en haar voeten masseerde. Nadat ze had verteld wat er te vertellen was liet ik haar het verhaal een tweede keer doen. Ze zei, op enkele details na, precies hetzelfde.

Ik geloofde haar toen ze vertelde, ik geloofde haar toen ze er nog een opstak en zei dat roken lekkerder was dan eten en ik geloofde haar toen ze zei dat ik me geen zorgen hoefde te maken over het telefoongesprek dat ik haar wilde laten voeren.

Toen ze haar mobiel in de hand had sloeg de twijfel toe, maar haar lachje was er een van 'doe niet zo mal' en daarom was het enige wat ik deed van het vuurbolletje van de sigaret naar haar voorhoofd wijzen.

'Hij was er weer,' zei Gail. 'Die grote vent. Jeff Aabelson. Hij zei dat hij vorige week verhinderd was, maar dat hij nog steeds met me wil praten. Ik zei dat het midden in de nacht was, maar hij had haast. Hij wilde eerst niet weg, maar ik heb gezegd dat ik me wil voorbereiden. Over een kleine twee uur is hij terug.'

...

'Binnen? Wat moet ik met mannen binnen?'

...

'Dat kan me mijn vergunning kosten.'

...

'Als u er drieduizend van maakt dan laat ik de achterdeur op een kier. Ik ben er niet. Laat ze een ruitje inslaan. Twee mannen zijn mijn huis binnengedrongen, geen idee waarom, zo houd ik tenminste mijn vergunning.'

...

'Dus voor drieduizend?'

...

'Oké. Ik ben over een uur bij een vriendin.'

Ze grinnikte toen ze de verbinding had verbroken. 'Die vent wil ze in huis hebben. Hij zei dat je niet in dezelfde truc zou trappen. De rest heb je gehoord. Ik weet nergens van en hij maakt drieduizend over. Extra. Totaal dus vijfendertighonderd.' Ze wreef over haar voeten. 'Daar kan ik nieuwe schoenen voor kopen.' Voor ze uitstapte gaf ze me de sleutel van de voordeur en vroeg ze me de achterdeur op een kier te zetten. 'Maak je niet meer rommel dan nodig is? Ik heb niet veel wat je kunt vernielen, maar als een grote jongen als jij aan het stoeien gaat...' Toen ze naast de auto stond en een stap zette kromp ze in elkaar. 'Koleresteentjes,' was het laatste dat ik hoorde.

18

Ik was een halfuur te vroeg bij het huis van Gail Rogers en keek ernaar vanaf de overkant. De straat was stil, heel Knoxville was stil. Een enkele auto in de verte, hoog boven me een vliegtuig, ritselend blad aan mijn voeten. Het licht boven de voordeur was aan, maar het schijnsel reikte niet verder dan de bovenkant van het luikje. De reep gras rondom het huis zag er zwart uit. Niets leek er te bewegen.

Ik streek langs mijn kleren. De Colt Government zat in de zak van mijn jack, het mes met tape vast aan mijn been. Mijn broek zakte bijna af door de sok half gevuld met quarters. Voor de afstand was de Colt geschikt, voor heel dichtbij het mes, maar het meest zag ik toch in de sok. Je had er een flink bereik mee, ze was geluidloos en wie er een klap mee kreeg kon alleen hopen dat het ziekenhuis dichtbij was.

Ik keek rond en taxeerde mijn kansen. Misschien was de ploeg die me moest opwachten al aanwezig. Ze zouden een achterdeur hebben aangetroffen die op slot zat, maar ik dacht niet dat ze zich erdoor zouden hebben laten afschrikken. De ploeg had een opdracht en die opdracht was ik: de leuke Jeff Aabelson die terugkwam voor een nieuwe portie stroom door zijn lijf. Waarschijnlijk hadden ze plezier: leuke klus op komst, en een extraatje voor het weekeinde. Als Gail al vijfhonderd dollar kreeg voor een telefoontje zou een overvalteam kunnen rekenen op minstens het dubbele. De man.

Maar ze waren er nog niet. Ze zouden lichten aan hebben

gedaan. Een licht boven en lampen in de woonkamer. Ik moest denken dat Gail Rogers op me zat te wachten.

Tenzij ze dom waren.

Daar dacht ik aan terwijl ik de tijd liet verstrijken. Een motor die door Baxter Street knetterde bracht me terug bij de realiteit. Het was in beweging komen of afdruipen en het laatste was geen optie. Ik had rekeningen te vereffenen en ik kon er niet vandoor gaan zonder te incasseren. De hele weg naar New England zou ik mezelf haten: Jeff Meeks, twee meter lang, een meter breed, vijftig push-ups en vijftig sit-ups per dag zonder te hijgen, maar bang voor een paar dikbuiken uit de beveiligingsbranche.

Ik zette me af tegen de paal waar ik tegen had staan leunen en liep naar het huis. De voordeur ging open zonder geluid en alles wat me tegemoetkwam was een lucht die van oliën afkomstig moest zijn of wat het ook voor spul was dat Gail op haar huid smeerde.

Ik drukte de deur dicht en ging plat op de vloer liggen terwijl ik mijn ogen aan het donker liet wennen. Ik zag geen gang, maar contouren van een vertrek dat de woonkamer zou kunnen zijn, of een grote keuken. Er was niemand, ook boven niet, daar durfde ik op te zweren nadat ik op ellebogen en knieën, de colt in de vuist, de trap op was gekropen. Boven deed ik een lamp in de slaapkamer aan, daarna, beneden, twee lampen in de woonkamer. Het vertrek achter de voordeur was een uitgebouwde keuken, de achterdeur zat aan het einde van een smalle bijkeuken-met-wc. Ik deed de achterdeur van het slot en deed het licht in de bijkeuken weer uit. Als ze kwamen zou ik ze opwachten in de wc, de enige plaats waar ik uit zicht was als iemand met een lamp zwaaide.

De kamer zag eruit als een kamer, tafel, stoelen, kast-met-televisie, niets de moeite waard. De slaapkamer was een uitdragerij. Tientallen gewichten, een trimfiets, duizend potjes en tubes. Ik sleepte een bankje naar het raam en deed het licht uit. Door een kier kon ik een deel van de tuin en de straat zien. Ik zou ze zien aankomen, tenzij ze een toegang aan de achterkant wisten, maar daar rekende ik niet op. Ze zouden haast hebben. Ik kon niet geloven dat vierentwintig uur per dag een ploeg in touw was om op te trekken naar Gails huis. De man die door Gail was gebeld zou tijd nodig hebben om mensen te waarschuwen. Ik rekende op twee of drie mannen. Misschien vier omdat ik een recidivist was, maar het leek niet waarschijnlijk, zo veel beveiligingsbeambten zou een stadje als Knoxville niet hebben en een deel van hen zou vrij zijn en onbereikbaar.

Dat dacht ik voor de twijfel toesloeg.

Misschien was het een val en kwam er een half peloton. Ik had het verhaal van Gail geloofd omdat het goed had geklonken, maar nu, in de stilte van het huis, leek het meer op bij elkaar geflanste onzin om een sukkel als Jeff Meeks een lesje te leren. Lendall was weggelopen toen hij een kind was. De politie had hem niet gevonden. Ik wilde Cory best geloven en aannemen dat ze nauwelijks hadden gezocht. Maar Gail was binnen een week op een spoor gezet dat goed leek en Charls had gezegd dat hij al wist waar zijn zoon woonde. Pa wist het, zijn oudste dochter had geen idee. Ik vroeg me af wat er zou gebeuren als ik dat aan Cory zou vertellen en daarna de beloning van twintig- duizend dollar zou opeisen. Het bedrag was groot genoeg om een halfjaar van te kunnen leven. Als ik het geld tenminste zou krijgen. Iets zei me dat pappa zou proberen er een stokje voor te steken. Misschien moest ik Lendall zelf zien te vinden en hem bij Cory afleveren. Het zou de moeite waard zijn om het gezicht van Charls te zien.

Na het bezoek van Charls aan Gail Rogers belde een onbe- kende die een maandbedrag van duizend dollar in het vooruitzicht stelde, plus een bonus voor elk telefoontje over bezoekers die nieuwsgierig waren naar Charls en Charlsville. Als het initiatief was uitgegaan van Charls, waarom had hij dat dan niet meteen met Gail geregeld? Omdat hij er toen niet aan had gedacht?

Een gevolg van de afspraak was dat ik een vuilstortplaats in was gejonast. Omdat Charls, die me gevraagd had zijn chauffeur en lijfwacht te worden, bij nader inzien niet veel in me had gezien? Omdat mensen die ineens te rijk worden een klap van de molen krijgen en elke mogelijkheid aangrijpen om hun macht te laten gelden?

Het kon allemaal, maar het had vreemde kanten. Als ik een deel van Gails verhaal niet geloofde, waarom zou ik er dan van uit moeten gaan dat ik ongestoord zou kunnen afrekenen met een paar dikbuiken van Knoxville Securities?

Het zitten in de luchtjes van Gails producten werd er door dit soort gedachten niet aangenamer op en ik slaakte een zucht van opluchting toen ik, vijf minuten voor de afgesproken tijd, een grijze bestel zag met op de zijkant de rode letters KS. Ze waren gekomen, maar aan de late kant en zonder opvallende voorzorgsmaatregelen. Als ze tegen een ontmoeting met mij opzagen dan lieten ze het niet merken.

De auto verdween, maar ze hadden hem niet ver weg gezet, want na nog geen minuut zag ik twee mannen, allebei gekleed in een donker uniform dat bij het middel uitpuilde. Ze hadden haast en liepen zonder om zich heen te kijken de tuin in, ik zou me op mijn beurt moeten haasten als ik ze in de wc op wilde vangen.

Ze spraken een dialect dat ik moeilijk kon verstaan, lijzig en vol neusklanken. Het leek wat op het voorbeeld dat Ira Stratton me had gegeven, maar niet helemaal, er zat ook iets snauwerigs bij.

Het ging over het ontbreken van licht in de bijkeuken, dat begreep ik toen twee lichtstralen rondzwiepten die allebei bleven hangen op de plaats waar een lichtknop zat. De voorste man stak er net zijn hand naar uit toen ik de sok tegen zijn kin zwaaide. Hij struikelde achteruit en viel tegen zijn collega, die met open mond toekeek hoe ik de sok boven mijn hoofd zwaaide en op zijn oor mikte. Hij dook in elkaar vlak voor ik hem raakte en daardoor behield hij zijn oor, maar de klap kwam hard genoeg aan om hem in elkaar te laten zakken.

Ik had de handboeien van Gail in de Dodge laten liggen, maar gelukkig hadden ze boeien bij zich. Ik maakte ze aan elkaar vast, ruggen tegen elkaar, en sleepte ze naar de keuken. Ze waren groot en dik en het was een heel gewicht, maar ik deed het werk met plezier. Twee klappen, twee slachtoffers, waarom had ik me afgevraagd of ik ze de baas kon.

Het duurde een hele tijd voor de achterste in staat was om te praten en daarna had hij twee porretjes met zijn eigen stroomstok nodig om van dialect naar begrijpelijke taal te schakelen. Zijn collega kon toen nog steeds geen woord zeggen. Zijn ondergebit lag in puin en bloed stroomde over zijn uniform en over het zakje waarop een naam was geborduurd: Elmer.

De andere heette Dick. Hij probeerde voortdurend met de zijkant van zijn hoofd tegen zijn schouder te wrijven en hij keek naar me alsof ik een duivelse macht was die rechtstreeks uit de hemel, dwars door het plafond op zijn hoofd was gevallen.

Ze waren met hun tweeën, zei hij in tamelijk zuiver Engels nadat ik de stroomstok langs zijn uniform had gewreven, heel voorzichtig, ik wilde hem voorlopig niet meer beschadigen dan nodig was. Hij en zijn maat werkten altijd samen, verder was er niemand beschikbaar geweest, en, ja, hij was er vorige week bij geweest, net als Elmer.

Toen ik vroeg wie de derde man was keek hij naar de grond.

Ik moest het busje pepperspray dat hij bij zich had in zijn keel duwen voor hij aangaf dat hij rijp was voor een antwoord.

'Een onbekende. Iemand die mee moest en de baas speelde.'

'Onbekende?'

Hij knikte en probeerde over een schouder te kijken. 'Hij noemde zich deputy. Dat moesten we zeggen: deputy. Elmer kreeg daar nog ruzie over. Ik bedoel, we waren in onze eigen stad bezig met onze eigen klus en daar kwam verdomme iemand van buiten de politieman spelen, alsof we niet allemaal bij de politie zijn geweest, wij van Knoxville Securities. Deputy.' Er klonk minachting in zijn woorden en zelfs Elmer, die zijn bloed probeerde weg te slikken, liet een zacht gegrom horen.

'Moesten jullie iets in jullie mond doen als jullie spraken of was dat jullie eigen idee.'

'Moest van hem. Hij gaf ons pennen. Hij zei dat het beter was.'

'Stond er iets op die pennen?'

Hij knikte en bevroor toen hij voelde dat hij te snel had bewogen. 'Graham County.'

'Dus daar kwam jullie deputy vandaan.'

'Waar anders? Als er een komt is het vandaar. Waar ze nieuwe auto's hebben en geld voor nieuwe uniformen en schoenen.' Zijn eigen schoenen waren oud en de hakken waren schuin afgesleten, zijn uniform vertoonde rafels.

'Waar staat jullie bestel?'

Hij keek bang en moest een paar keer slikken voor hij antwoord kon geven. 'Wat moet je ermee?'

'Jullie naar de vuilstort rijden,' zei ik. 'Waar denk je dat je de nacht anders gaat doorbrengen?'

Ze hadden het koud en ze zagen er beklagenswaardig uit, naakt op de rand van de stortplaats terwijl steentjes in hun buik prikten. Ik had ze zich laten uitkleden terwijl ik bijscheen met hun zaklantaarns. Ik had ze hun portefeuilles laten inleveren en hun kleren over de rand laten gooien. Daarna had ik hun handen op de rug geboeid en ze op hun buik op het steenslag gelegd, waar ze lagen te bibberen, hoofd omhoog, ogen smekend.

'Niet doen,' fluisterde Dick. Elmer deed mee, toonloos en met veel slisklanken.

Ik was van plan een stroomstok te gebruiken, maar ik zag ervan af. Ze waren meelopers, stukken onbenul die deden wat hun baas zei, iedere baas, of het er een van Knoxville Securities was of een deputy uit Graham County.

Dick had de deputy uitvoerig beschreven en hij had zich uitgeput in het maken van excuses. Ze hadden me niet willen uitkleden, ze hadden me niet over de grond willen slepen, ze hadden me niet in de kuil willen gooien. Het moest allemaal, van de deputy. Hij loog en hij wist dat ik het wist, maar het klonk zo schlemielig dat ik bijna medelijden kreeg.

Ze wisten niet van wie de opdracht was gekomen om me te ontvoeren. Van de deputy natuurlijk, maar wie zijn baas was, ze hadden geen idee. Het was ook de eerste keer dat ze iemand in de bestel hadden meegenomen, meestal was het bij klappen en bedreigingen gebleven. Wie op het idee was gekomen om naar de afvalberg te rijden bleef onduidelijk, maar zij hadden de sleutels. De auto die ze hadden zien naderen was er een van hun collega's geweest; twee keer per nacht moest het hek worden gecontroleerd. De collega's hadden nergens van geweten.

Ik liet ze zelf over de rand springen toen ze waren uitverteld en luisterde naar hun geschreeuw, gejammer, de lange uithalen waarmee ze huilden. Toen het stil was haalde ik het geld uit hun portefeuilles. Het was meer dan ik had verwacht, ruim vijfhonderd dollar, ik had ze moeten vragen of het een aanbetaling was voor hun activiteiten van deze nacht.

Ik vond een visitekaartje van Knoxville Securities en schreef er de namen Emilio en Trey op. Het kaartje vouwde ik in de biljetten, die ik onder de deur van het kantoortje schoof. Daarna liep ik naar de bestel en reed ik weg. Het hek liet ik openstaan. Als de nachtploeg van KS de twee niet zou horen, zouden de zwervers ze wel vinden of anders Trey en Emilio Silva, ze hadden alvast hun beloning.

In Knoxville wisselde ik van auto, daarna reed ik naar het noorden, weg van de stad en weg van Charlsville. Ik zou pas terugkomen als ik wist hoe ik deputy Abe kon aanpakken.

19

In de ochtendschemer wordt alles anders, je manier van denken, je gevecht tegen de slaap, je zekerheden en je twijfels. Het weeïge gevoel in je maag waarvan je denkt dat het met zenuwen te maken heeft, blijkt de voorbode van honger te zijn en het trillen van je spieren het gevolg van te lange belasting.

Ter hoogte van een onbetekenend, saai plaatsje dat met gevoel voor humor Disney was genoemd was ik het met mezelf eens. Ik moest eten, ik moest me een poosje ontspannen en ik moest de knoop doorhakken of ik terug zou keren naar Charlsville of zou maken dat ik wegkwam.

Verdwijnen was aanlokkelijk geweest toen ik door de nacht reed, bij een wegrestaurant koffie dronk en op parkeerplaatsen hazenslaapjes probeerde te doen terwijl rondom vrachtwagens stonden te grommen. Iedereen in Charlsville was een beetje gek. Charls wilde mensen in zijn buurt die niet langer waren dan hij, geen gekleurde huid hadden en zuiver Engels spraken. Cory wilde haar broer Lendall en een man die verliefd op haar persoon was en niet op haar geld. Haar vader kende de verblijfplaats van Lendall maar vond het niet nodig dat zijn dochter te vertellen. Ira Stratton zat te verpieteren in zijn grote blokhut, terwijl hij dacht aan teloorgegane vriendschap. Snail zag elke dag dezelfde inwoners aan zijn bar de tijd doden. Maggie Tarquit leefde op als er iemand in haar winkeltje kwam die een paar woorden met haar wisselde. Ik had niet iedere inwoner van Charlsville gesproken, maar ik had geen reden om aan te nemen dat de rest wel gelukkig was.

Hoe meer afstand er tussen mij en het dorp zat, hoe liever het me was. Het enige probleem was dat ik dan ook deputy Abe achter me liet. Hij had me een klap achter mijn oor gegeven, had me door twee sukkels van Knoxville Securities mee laten slepen naar een vuilstortplaats en had me er naakt in laten gooien. Wegrijden betekende afzien van een ontmoeting met Abe. In het donker had het verleidelijk geleken, maar ik wist dat ik er over een paar uur misschien anders over zou denken. Het was zelfs waarschijnlijk dat ik dat zou doen; mijn zelfbeeld zat weglopen nogal eens in de weg.

Pas toen rechts van me de zon boven de heuvels uit kwam drong tot me door dat ik een keuze kon uitstellen. Westelijk lag Nashville. Daar woonde een man van vierenvijftig die Lendall Crisp heette en tegen Gail Rogers had gezegd dat hij wist waar de jongste zoon van Charls te vinden was. Ik kon hem opzoeken, hem laten uitleggen waar zijn naamgenoot woonde en Cory bellen om te zeggen dat ik twintigduizend dollar van haar kreeg. Daarna kon ik deputy Abe altijd nog in een ravijn gooien, de Dodge dumpen en maken dat ik in Maine kwam, of in Montana, misschien wel in Carl Hiaasens Florida, waar niemand deugde, maar waar het altijd warm was.

Zie je wel: als de nacht voorbij was dan maakte somberheid vanzelf plaats voor eenvoudige, pragmatische gedachten, ik was trots op mezelf.

Om me te belonen ging ik koffie drinken, at ik een omelet met uitgebakken spek en harde worstjes en nam ik nog een keer koffie. Je kunt er niet genoeg van drinken, koffie.

Via Oak Ridge reed ik naar de I-40 en die volgde ik tot Cookeville. Daar ging ik slapen, eten en me zo verkleden dat ik er in mijn spiegel uitzag als de aardige, grote man die ik in opgewekte buien wilde zijn. 'Dag, meneer Crisp. Ik kom namens

Gail Rogers, u weet wel, de privédetective uit Knoxville die met u heeft gebeld. Ik wil het graag met u hebben over uw naamgenoot.'

Hij zou uit mijn hand eten.

Hij woonde aan de oostkant, onder de aanvliegroute van het vliegveld, hij zag eruit als vierenzeventig en hij had zijn ogen van een rat geleend. Voor hem had ik me niet hoeven scheren en verkleden, ik zou meer indruk hebben gemaakt in een afgezakte broek met een stuk touw erom en een te krap shirt dat tot mijn navel openstond.

Hij droeg zo'n te klein shirt, en een broek met een touw. Hij had zich een hele tijd niet geschoren, scharrelde rond in een drankwalm en stootte zich aan elk meubelstuk en elk kastje dat in zijn trailer een plaats had gekregen. Op zijn bed lagen een laken dat gele plekken vertoonde, een glas en elf bierflesjes. Twaalf, zag ik toen ik het kussen had opgetild.

'Lendall Crisp,' zei ik.

Hij boerde. 'Ben ik.' Hij sloeg op zijn maag en boerde opnieuw. 'Lendall Crisp, helemaal Lendall, biertje?'

Hij bood het me niet aan, dat zag ik aan zijn ogen, hij nodigde me uit om hem een flesje aan te reiken. Dat deed ik nadat ik de ramen had opengezet. Meteen kwamen de muggen binnen, gevolgd door een vloek van Lendall. 'Doe godver de domme die,' handgebaar, 'dicht. Dicht.'

Ik deed ze dicht, gooide een flesje bier naar hem toe en zag hem missen. 'Godver de domme.' Hij ging door de knieën en had twee handen nodig om overeind te komen. 'Biertje?'

Ik zocht het flesje op en drukte het in zijn handen. Hij beet de dop eraf en goot het flesje leeg, in een keer, zonder adem te halen. 'Biertje?' Hij hield het flesje op de kop, ving de laatste druppels op op zijn hand en likte.

'Nee,' zei ik. 'We gaan het hebben over Lendall Crisp. Jij hebt Gail Rogers verteld dat je wist waar hij was.'

'Hier.' Dit keer sloeg hij tegen zijn borst. Ook daardoor moest hij boeren. En een wind laten. Ik kreeg de indruk dat deze Lendall Crisp anatomisch bijzonder in elkaar zat. 'Helemaal Lendall, uw dien... godver de domme, dienaar.'

Ik ging bij de deur staan en ademde het beetje frisse lucht in dat door de hor wist te dringen. Hij zou uit mijn hand eten, later.

De volgende ochtend beet hij naar mijn hand. Ik had geslapen in de Dodge, hij gedronken in zijn trailer. En overgegeven, en nog meer gele plekken in het laken gemaakt.

Ik deed dit keer alle ramen open, pakte hem bij zijn nek toen hij protesteerde en zette hem in de douchebak. Er hing geen gordijn en ik werd nat toen ik de mengkraan opendraaide, maar de resultaten waren de moeite waard. De kraan leverde alleen koud water en dat was niet waar Lendall van hield. Hij kromp in elkaar en sloeg de handen voor zijn ogen, wat hij niet zag dat was er niet. Ik beloofde hem dat ik de kraan een stukje dicht zou draaien als hij zijn kleren uittrok en keek na een paar minuten naar een wit lichaam vol littekens en restanten van blauwe plekken. Deze Lendall had in zijn leven veel te verduren gehad en aan zijn reacties kon ik zien dat de goede tijd nog niet was aangebroken. Hij keek voortdurend schichtig naar me en toen ik een handdoek haalde en naar hem gooide deinsde hij achteruit, waarbij hij met zijn rug de kraan raakte. Hij bibberde toen hij uit de douchebak stapte. Zijn tanden sloegen tegen elkaar en hij hield zijn armen stijf tegen zijn lichaam zoals kleine kinderen dat doen als ze te lang in te koud water hebben gespeeld. 'Niet slaan,' zei hij. 'Niet meer slaan.' Daarna vroeg hij om een biertje.

Halverwege de middag was de lucht in de trailer dragelijk, kon Lendall zitten zonder dat er iets aan hem trilde en was hij bereid antwoord te geven op vragen. Ik had toen al drie sixpacks Miller gehaald in de winkel die was ondergebracht in een uit golfplaten opgetrokken loods, had koffie ingeschonken die ik had gezet in de Dodge en had hem een dozijn keren verzekerd dat ik niet zou slaan.

Ik moest uitleggen wie Gail Rogers was en ook dat er meer Lendall Crisps op de wereld waren dan hij, maar toen hij de bedoeling begreep lichtten zijn rattenogen op en keek hij zoals alcoholici kijken als ze op het punt staan een geheim te vertellen: waterig, smekend, maar zonder te knipperen.

'Moest,' zei hij. 'Sloeg me, hij, man met handschoenen, van leer. Sloeg me. Gaf eerst bier. Bier, Lendall, drink maar op, neem er nog een, biertje. Gaf me stuk papier. Moest ik lezen, voorlezen, steeds weer alsof ik godver de domme gek was. Hij belde een nummer, ik moest vertellen. Wat er op papier stond. Moest ik vertellen. Dat ik Lendall Crisp kende.' Hij wees naar zijn borst. 'Niet deze Lendall. Andere Lendall. Daarna ging-ie weg. Nam zijn bier mee godver de domme, nam alles mee. Zou terugkomen als...' Hij kromp in elkaar. 'Mond opendeed. Als ik...'

Gail had met Lendall Crisp in Nashville gebeld en vastgesteld dat de leeftijd niet klopte. Later had Crisp teruggebeld en gezegd dat hij informatie over een Lendall Crisp had die rond de dertig jaar oud was. Tussen beide telefoontjes in had de man die tegenover me zat bezoek gekregen. Ik probeerde erachter te komen hoe iemand kon weten dat Gail had gebeld en hoe lang na het eerste telefoontje de man zijn leren handschoenen had laten zien, maar ik kwam er niet verder mee. Ik kreeg antwoorden, maar ze sloegen nergens op. Hij zei maar wat, in de hoop dat hij me er een plezier mee deed.

'Ben je ooit teruggebeld door Gail Rogers?'

'Gail wie?'

Hij was niet teruggebeld. Dat kon ook niet, want hij had geen telefoon meer. Hij had er een gehad, een heel dure, maar die was gestolen nadat hij met Gail Rogers had gesproken. In een vlaag van helderheid gaf hij zijn bezoeker de schuld, hij keek erbij of hij eindelijk de oplossing van een groot raadsel had ontdekt. Hij liet me de plaats zien waar de telefoon ingeplugd had gezeten en vroeg om bier.

Van de man die hem had gedwongen Gail Rogers te bellen wist hij zich alleen de leren handschoenen te herinneren. Van het verhaal dat hij moest voorlezen wist hij niets meer. Hij had tegen Gail zijn adres genoemd, dat wist hij zeker, en een telefoonnummer, in elk geval een stel cijfers. Daarna had hij niemand meer gezien en niets meer gehoord tot ik kwam.

Toen hij zover was hield hij zijn hand op. 'Biertje?'

Een uurtje later zei hij, helemaal uit zichzelf: 'Ken jonge Lendall. Niet deze,' weer de vinger naar zijn borst, 'andere. Timmerman. Was ik ook, timmerman. Niet echt, maar godver de domme bijna. In een fabriek. Kratten timmeren. Dan ben je timmerman, toch?'

Er waren twee biljetten van tien dollar nodig om hem bij de les te houden. Hij was timmerman en vrienden hadden verteld dat er nog een timmerman was die Lendall heette.

'Lendall Crisp?' vroeg ik.

Hij schudde zijn hoofd. 'Was niet zo. Zeiden van wel, maar was niet zo. Werkte daar.'

Hij wees naar een raam. 'Opry.'

Hij bleek Opryland te bedoelen, het muziektheaterpark aan de noordoostkant van de stad. Een jonge Lendall die volgens vrienden Crisp heette was er in dienst als timmerman. De jonge Lendall was groot en stevig. Dat wist hij zeker, want ze hadden elkaar gesproken op de parkeerplaats van Opryland, hoe dat kwam wist hij niet meer, hij dacht dat hij was meegenomen door vrienden die twee Lendall Crisps tegenover elkaar wilden zien. Het was geen lang gesprek geworden en zeker geen goed gesprek. De jonge Lendall had gezegd dat hij moest oprotten. 'Oprotten godver de domme, ik had zijn vader kunnen zijn.' Hij blies bellen van verontwaardiging. 'Zei dat-ie helemaal geen Crisp heette, dat ik moest oprotten.' Hij was weggegaan, al had hij nog wel een schop tegen de auto van Lendall gegeven, een rode Ford Fairlane. Hij grinnikte toen hij het zei, net goed, wat moest een timmerman met een Fairlane? 'Veels te duur voor een timmerman.'

Bij de kassa van Opryland vroeg ik de man die de kaartjes controleerde wanneer de timmerlieden van hun werk kwamen. Ik vroeg het met een glimlach en iets wat op onderdanigheid zou kunnen lijken. Het gevolg was dat hij dacht dat ik wilde solliciteren, waarna hij me begon uit te leggen dat als ik informatie wilde, ik bij de speciale balie moest zijn, daarginds, naast die twee mannen van de veiligheidsdienst. Hij draaide bij toen ik zei dat ik timmermannen zocht voor een klus. Voor klussen had hij begrip, hij stond zelf op zondagen in te pakken in een supermarkt. 'Ze komen over een uurtje,' zei hij. 'Wie zoek je?' Hij gaf zelf het antwoord. 'Ik zou Mark nemen. Hij is bijna net zo oud als ik, maar hij kent het verschil tussen een spijker en een draadnagel. Hij neemt altijd zijn eigen kist mee, een blauwe, je herkent hem zo.' Daarna moest ik raden hoe oud hij was. Ik dacht zeventig, zei zestig en kreeg een dankbare glimlach. 'Bijna zesenzestig, maar zie je het aan me?'

Ik zei 'nee' en hij zei ook 'nee'. Daarna waren we vrienden en het kostte moeite om weg te komen. Het was niet druk in Opryland.

Een uur later zag ik een man met een blauwe kist. Hij was oud en krom, maar droeg de kist of er niets in zat. Naast hem liep een man die groter was en de helft jonger. Hij droeg een rode kist en moest op zijn tanden bijten om zijn oudere collega bij te houden.

De jonge zette de kist met een zucht neer toen ik voor ze ging staan, de oude hield hem tegen zijn bovenbenen gedrukt en keek naar me met een had-je-wat-gezicht.

'Ik zoek Lendall Crisp,' zei ik. 'Grote man. Hij werkt hier of heeft hier gewerkt.'

De jonge zei: 'Kennik niet', en keek opzij.

De oude bewoog zijn kist alsof hij jeuk aan zijn benen had. 'Wie wil dat weten?'

'Ik zoek 'm,' zei ik. 'Zijn zuster wil weten waar hij woont. Cory heet ze.'

Eindelijk zette hij de kist neer, daarna snoot hij zijn neus tussen zijn vingers. 'Er is hier geen Lendall Crisp. Nooit geweest. Ik werk hier al, hoe lang is-et,' hij keek opzij, 'honderd jaar?'

De jongste lachte. 'Volgens mij heb jij Minnie Pearl nog het podium opgeduwd. In d'echte Grand Ole Opry, in de stad.'

Ik keek zo bedremmeld als ik kon. 'Ik was vanmiddag daarginds, achter het vliegveld. Daar woont een Lendall Crisp van in de vijftig. Hij zei dat hier een jonge Lendall werkte.'

'En die zoek jij?'

'Zijn zus. Ik werk voor een bureau in Knoxville. Ze zoeken hem, Lendall.'

'Charls Crisp, die werkte hier vroeger weleens, als ze iemand extra nodig hadden. Junior noemde hij zichzelf. Hij is weggegaan voor zover ik weet. Zijn vader is poeprijk geworden, won honderd miljoen in de loterij, het was op de tv. Junior zien we hier niet terug, die kent zijn collega's niet meer die werken voor hun brood.'

'Zie je nie meer,' zei de jongste. 'De enigste Lendall die we hier hebben gehad heette iets Canadees-achtigs. Lekwaar, zoiets.'

Ik keek naar de oudste. 'Lekwaar?'

'Quire,' zei hij. 'Lendall Lequire, met een q, dat is Canadees. Hij vertrok, van de ene dag op de andere, nooit teruggezien.'

'Wanneer was dat?'

Daar werden ze het niet helemaal over eens. Begin van het jaar ongeveer, het was koud, op de bergen lag sneeuw en er woei een wind die rechtstreeks van de grote meren in het noorden kwam. Allebei moesten ze lachen toen ik vroeg of ze Lendall Lequire wilden beschrijven. Groot, zeiden ze, minstens 1,85, en breed. Hij droeg zijn haar in een staartje, donker haar met witte strepen. Onder het staartje, precies op zijn achterhoofd, had hij een naam laten scheren, Ozzy, hij was een fan van Ozzy Osbourne. Ze hadden geen idee waar Lendall was gebleven en het kon hun ook niets schelen. Hij was nooit een contactzoeker geweest. Het enige waar hij belangstelling voor had was zijn auto. Een Ford Fairlane. Ze spraken allebei de naam uit met ontzag. 'Een rooie,' zei de jongste en hij keek of hij geluk proefde. 'Daar ging hij altijd mee weg, dat zei-die zelf. Naar de bergen, zei-die. Zoek in de bergen een rooie Fairlane en je heb 'm.'

Lendall Crisp had in Nashville gewerkt onder de naam van zijn moeder. Hij was uit de stad verdwenen zonder iets tegen zijn collega's te zeggen, minstens een halfjaar geleden. Toch had Cory hem nooit gevonden. Ik kreeg steeds meer zin hem op te sporen en in de Dodge naar Charlsville te brengen. Het moest boeiend zijn om te zien hoe hij ontvangen zou worden. En wat daarna zou gebeuren. Als Lendall echt ruim 1,80 meter was dan zou hij, volgens de regels van zijn vader, niet in Charlsville worden toegelaten. Toen ik dat had bedacht vroeg ik me af of het postuur van Lendall misschien de reden was dat pa zijn dochter niet had ingelicht. Omdat hij wist dat zijn jongste zoon te lang was voor het dorp. Het leek te gek voor woorden, maar het zou me niets verbazen als 'gek' het sleutelwoord zou blijken als het om de zaken van de familie Crisp ging.

Het duurde even voor ik mijn gedachten had losgerukt van de combinatie 'rijk' en 'getikt'. Ik zou erover doordenken als ik Lendall had opgespoord. Een Fairlane vinden moest te doen zijn, zeker een Fairlane in de bergen rond Charlsville en ten zuiden van Knoxville. Daar zou ik kunnen zoeken tot ik hem vond. Als Lendall nog steeds een rode Fairlane had. En als ik hulp zou krijgen van de politie, de belastingdienst en de leden van de Ford Fairlane-vereniging. De politie deed me denken aan deputy Abe, de belastingdienst aan iets waar ik niet aan wilde denken, en de Ford Fairlane-vereniging had waarschijnlijk nooit bestaan.

Ik reed naar het stadje Lebanon, kocht eten en bakte een hamburger. Junior had in Nashville gewoond, Lendall was er ook naartoe gegaan. Debbie werkte in Dollywood, het pretpark van countryzangeres Dolly Parton. Lendall had gewerkt in Opryland, waar de nieuwe Grand Ole Opry was, het theater waarin alle countryzangers willen optreden. Pa Charls had een staartje onder zijn kin, zoon Lendall had er eentje op zijn achterhoofd. Pa reed in een Tucker Torpedo, Lendall in een Ford Fairlane. De leden van de familie Crisp hadden meer gemeen dan ik had verwacht. Het gezin was uiteengespat, maar er waren draadjes heel gebleven.

Na het eten ging ik naar een wegrestaurant aan de I-40. Ze hadden er telefoonboeken voor alle delen van het land en stoelen naast de toestellen. In Dollywood kenden ze vijf Debbies en niet een ervan mocht aan de lijn komen als ze moest werken. In Sacramento, Californië was een C. Crisp die een extra vermelding had: Charls Crisp Carpenter. Ik draaide het nummer en een vrouw nam op. Ze had iets zangerigs in haar stem toen ze 'met ccc' zei.

Ik vroeg of Junior er was en zij vroeg waarom ik het wilde weten.

'Omdat ik een klus heb,' zei ik. 'Ze zijn bezig geweest met mijn dak en ze hebben er een rotzooi van gemaakt. Als er wind komt dan waait mijn zijmuur eruit.'

Daar moest ze om lachen en ze vroeg wie bij me had gewerkt.

'Hij noemde zich door de telefoon Jones,' zei ik, 'maar toen ik hem zag dacht ik dat Gomez beter zou kloppen. Ik heb echt iemand nodig en ik hoorde...'

Ze vond het leuk dat ik iets had gehoord, maar vroeg niet wat. Wel wilde ze weten waar ik woonde en ik voelde zweetdruppels verschijnen toen ik zei: 'Dertigste straat, zuid, bijna aan het eind', en dacht: Sacramento zal toch niet de enige stad in het land zijn zonder straten met cijfers? Ik keek snel naar de namen in het telefoonboek, maar zag alleen straatnamen zonder cijfer.

'Eind weg,' zei ze. 'Wij zitten in het noorden. Kan het overmorgen?'

'Liever nog vandaag.'

Op de achtergrond hoorde ik geritsel. Ze klonk peinzend toen ze zei: 'Misschien morgen? Mijn man is nog niet thuis en ik...'

Ik veegde druppels van mijn voorhoofd en ging breder zitten omdat mijn oksels vochtig waren. 'Ik dacht dat hij al terug was uit North Carolina. Ze zeiden...'

'North Carolina?' Ze klonk geschrokken. 'Wat zou hij daar moeten? Hij is... Hij komt...' De toon werd argwanend. 'Belt u vanavond maar terug, meneer, hoe zei u dat u heette?'

Ik voelde een druppeltje langs mijn zij glijden toen ik opleg-
de. Wanneer zou ik leren me behoorlijk voor te bereiden voor
ik belde?

20

Het was een kwestie van afstrepen. In Charlsville zou Cory aan mijn lippen hangen. Daarna zou ze naar haar vader gaan, hem overladen met verwijten en zeggen dat ze, nu, meteen, direct naar Lendall wilde. Waarna Charls in zijn zuiverste Engels zou uitleggen dat ik een van de vele uitvreters was. 'We hebben ons vergist, Cory, we dachten dat het goed zat. Jij dacht het en ik. Ira dacht het en zelfs Snail. Maar het zat niet goed. Hij is de zoveelste die geld wil. Geef hem twintigduizend dollar en hij gaat er meteen vandoor.'

Ik zag de scène voor me en ook Cory's reactie. Ze zou waarschijnlijk op de eerste rij staan als ik uit het dorp werd verwijderd door Snail en het bierdrinkende trio Luther, Silas en Alvin. Als het nodig was waren er nog wel een paar inwoners die een handje wilden helpen, zo veel verzetjes waren er niet in het dorp.

Charlsville was voorlopig verboden gebied. Een nieuwe tent kopen en weer in het bos naar de achterkant van de woning van Ira Stratton gaan liggen kijken lokte me niet. Ik had geen wonden meer die moesten helen en lezen is leuk, maar je moet het niet doen van zonsopgang tot zonsondergang. Bovendien was het weer aan het veranderen. De Appalachen hadden de wolken die vanaf de oceaan naar de oostkust waren gedreven tegengehouden, maar de formaties hadden zich gegroepeerd en waren aan hun tocht over de toppen begonnen. De wind was toegenomen en het zou gaan regenen, de countryzender waar ik in de Dodge naar luisterde voorspelde het elk halfuur. In een bos liggen en Carl Hiaasen lezen was vakantie, in een bos liggen en doorweekt raken was zelfverkozen straf.

Bovendien had ik een en ander te doen. Ik moest een afspraak maken met deputy Abe. Niet in Graham County, waar hij iedereen kende, en zelfs liever niet in North Carolina. Hoe verder hij van zijn basis was, hoe beter.

Daardoor kwam ik op Knoxville. Elke keer als ik over plannetjes nadacht kwam ik op Knoxville. Daar woonde Gail Rogers. Daar waren medewerkers van Knoxville Securities elk moment van de dag oproepbaar om iedereen die naar Charls Crisp vroeg een paar stroomstoten te geven. Ik vroeg me af waarom dat was. Meteen erna vroeg ik me af waarom ik het me nu pas afvroeg. Omdat ik het gewoon als feit had aangenomen, zoiets. Nu ik erover nadacht werd het hoe langer hoe gekker. Werd iedere privédetective in de staten North Carolina en Tennessee betaald om de namen door te geven van potentiële klanten die zich bemoeiden met een jackpotwinnaar? Het was moeilijk aan te nemen. Gail Rogers werd betaald omdat ze in dienst was geweest van Cory, of omdat ze in Knoxville woonde, de plaats waar het huis stond waar Charls Crisp naartoe ging met een bruin koffertje, het huis waar geen mevrouw woonde die geldnood had, maar dat leegstond. Ik had Charls naar de deur zien lopen, wrang lachend om zijn grapje over de zwepen. Ik had hem niet naar binnen zien gaan, ik had naar de auto van Abe gekeken en was de stad ingereden. Charls had een reden gehad om naar dat huis te gaan. Er gebeurde iets in Knoxville waar Charls Crisp bij betrokken was en nieuwsgierige buitenstaanders kregen een ploegje mannen achter zich aan en eindigden naakt in een afvalkuil.

Misschien zat het allemaal heel anders, maar zo zag ik het terwijl ik naar het oosten reed. Ik moest naar Knoxville. Niet naar het centrum, waar ik gezien kon worden door Gail Rogers en beveiligingsmensen, maar naar het huis aan Fort Loudoun Lake. Als het echt leeg stond hoefde ik alleen maar een matrasje op de grond uit te rollen en boeken en voedsel naast me te zetten. Misschien zou Charls Crisp nog een keer komen, misschien niet, maar ik had niets te verliezen en in een huis zou ik droog liggen. Het punt waar ik geruime tijd over nadacht was dat ik ongezien binnen moest zien te komen. Een vreemde auto die dagenlang in de straat geparkeerd stond zou opvallen. Wandelaars zonder hond zouden met grote argwaan worden bekeken, zo'n buurt was het. Over de weg zou ik beter niet kunnen gaan. Het alternatief was water. Dat was voorhanden. In ruime mate zelfs. Dat heb je met huizen aan de rand van een meer.

21

Fort Loudoun Lake bleek meer dan twintig mijl lang, met tientallen vertakkingen en dozijnen plaatsen waar je een boot kon
aanleggen. De meeste verhuurplaatsen van boten lagen in het
zuidelijke deel, waar het Fort Loudoun State Park was, maar er
waren er ook een paar dichter bij Knoxville. Een ervan heette
Joe's Boating and Fishing en werd beheerd door een vrouw die
wat mij betreft Joe had kunnen heten: vierkant, sterk en met
evenveel haar op haar bovenlip als op haar hoofd. Ze droeg
een overall in een kleur die ik alleen kende uit gevangenisfilms,
fel oranje en vormloos. Ze kauwde op een balpen toen ik het
deel van een botenschuur binnen liep dat ze kantoor noemde
en sprak zonder de pen uit haar mond te nemen. Toen ik het
kleinste roeibootje had gehuurd dat ze bezat had ze zes keer 'ja'
gezegd, 'nee' op de vraag of ze het een probleem vond als ik het
bootje enkele dagen bij me hield, en een keer 'hengel?', terwijl
ze wees naar een rij hengels. Ik zei dat ik niet hield van vissen,
maar dat ik wilde roeien omdat ik in conditie wilde blijven en
omdat het nog steeds goed weer was. Dat leverde me weer een
'ja' op, waarna ze naar buiten keek om de wolkenmassa's te be-
studeren. Toen ze haar hoofd terugdraaide zag ik dat ze haar
bovenlip had gekruld, maar ze leek me net niet geschift genoeg
te vinden om me weg te sturen. Ze gaf me wel een formulier
waarop ik mijn naam moest invullen en zette een vierkante
vinger met een zwarte, gebroken nagel bij het getal 500. Het
bootje was geen vijfhonderd dollar waard en ik begreep waar-

om ze het prima vond als ik het een dag of wat bij me hield. Waarschijnlijk zou ze het op prijs stellen als ik het niet terugbracht, zo'n bootje was het, oud, verveloos en met een plastic emmer zonder hengsel om het lekwater mee weg te scheppen. Er waren twee goede riemen bij en op het bankje lag een gescheurd kussen waarover een stukje plastic was gelegd.

Ze keek me na terwijl ik wegroeide en knikte toen ik na een stukje zwalken drie meter rechtuit ging. Ze liep terug naar het begin van de steiger, maar ging niet naar binnen en daardoor voelde ik me genoodzaakt te blijven roeien. Af en toe vergat ik dat beide bladen onder water moeten en gleed ik bijna van de bank. Omdat ik de riemen te krampachtig vasthield voelde ik mijn handpalmen warm worden en omdat ik te krom zat kreeg ik pijn in mijn rug. Maar ik ploeterde door tot ik uit het zicht van de vrouw was voor ik me liet drijven. Er was stroming in het meer en ik dreef langzaam naar het noorden. Ik dacht dat ik met een beetje geluk voor het donker in de buurt van het huis zou kunnen zijn waar ik Charls Crisp had afgezet, tot ik zag dat ik beter op de kaart had moeten kijken. Tellico bleek de naam van de dam te zijn waarmee het zuidelijk deel van het meer van het noordelijke was afgesloten. Ik bleef liggen balen tot het donker was, maakte het bootje aan de oever vast en liep naar de plaats waar ik de Dodge had geparkeerd. Het kostte me drie uur en een zeiknat interieur om het bootje naar het noordelijke deel te verplaatsen en toen had ik genoeg van de dag. Ik maakte de auto droog, legde de matras op haar plaats en ging slapen. Morgen zou ik een nieuwe parkeerplaats voor de Dodge zoeken en zou ik de laatste mijlen naar het huis roeien.

In de regen. Geen motregen zoals de radio had voorspeld, maar regen die er werk van maakte, dikke druppels die me geselden alsof ze hagelkorrels waren, voortgejaagd door een wind die me voortdurend naar de kant dreef. Ik was de enige op het meer en naar mijn gevoel de enige op de hele wereld. Niemand zag me, in elk geval niet goed genoeg om me later te kunnen herkennen. Ik was een Zorro-cape in de regen op een meer dat niet wilde dat ik naar het noorden ging. Ik had blaren toen ik onder de I-140 door was gevaren en voelde dat het vel was gescheurd toen ik de bocht om dreef die me zicht gaf op de lichtjes van Knoxville. Het was toen al zo donker dat ik niet meer kon zien wanneer het tijd werd om te hozen. Als het water tot boven mijn enkels stond pakte ik de emmer om het meer bij te vullen.

Het grootste probleem ontstond toen ik dacht dat ik aan de achterkant was van de huizenrij waar ik moest zijn. Ik dacht het, maar ik wist het niet, in feite had ik geen idee.

Ik zag lichten in zeven huizen en een donkere ruimte tussen het tweede en derde huis. Dat zou het huis kunnen zijn waar ik naartoe wilde, maar ik sloot niet uit dat ik een halve mijl fout zat en naar de verkeerde lichten keek. Het regende nog steeds hard en de druppels die op de golven van het meer, op het bootje en op mij sloegen maakten zo veel lawaai dat ik maar een enkele keer een auto kon horen. Af en toe zag ik koplampen over de weg achter de huizen. Het waren er niet veel, wie wilde nou naar buiten in dit weer.

Ik liet me drijven tot het bootje tegen iets botste. Het was van hout en het stond op palen. Ik scheen een ogenblik rond met de lantaarn die ik samen met alles wat ik dacht nodig te hebben in een plastic zak had gevouwen en zag dat ik tegen het uiteinde van een steiger lag. Ik trok het bootje langs de steiger naar een botenhuis waarvan de voorkant was afgedekt met een zeil. Het botenhuis was leeg en toen ik het bootje onder het zeil had door getrokken voelde ik voor het eerst sinds uren geen druppels op me roffelen. Het geluid onder het zinken dak was enorm en ik wist dat ik kon doen wat ik wilde zonder dat ik te horen was.

Ik stapte met stijve benen op de kant, gooide de cape af en deed rekoefeningen. Daarna trok ik alles wat nat was uit, hetgeen betekende dat ik in mijn blote gat stond. Ik hing mijn kleren uit en scheen rond in het botenhuis. Op schappen lagen stootkussens, een anker, potten met bouten, moeren en harpen, een midzwaard waar een hoek uit was en rollen zeil. Het zeildoek was stug en koud, maar er was genoeg om een soort bed van te maken waar ik me in kon rollen. Het voedsel dat ik bij me had bleek droog te zijn gebleven, evenals de kleding. Toen ik in het zeildoek lag hield ik op met klappertanden en toen ik een houding had gevonden waarin ik kon liggen zonder dat mijn gevoelige handpalmen het zeildoek raakten had ik tijd om al de plannen die ik had gemaakt uitvoerig te vervloeken.

Het regende nog steeds toen ik wakker werd. De wind was harder geworden of hij was gedraaid en had een hoek van het dak te pakken gekregen. Bij elke vlaag hoorde ik een geluid alsof een smid met een voorhamer klappen op metaal gaf. Het lawaai leek me hard genoeg om boven het geluid van de regen uit te komen en ik vreesde bezoek van de eigenaar van het botenhuis. Ik vouwde mijn vochtige kleren in een plastic zak en hulde me in de cape. Het kostte me moeite om greep te houden op de steiger, maar toen ik me had afgezet dreef de wind me de goede kant op. Ik wist nog welk huis de vorige avond donker was geweest en in het grijze ochtendlicht bestudeerde ik de plaats terwijl ik probeerde me niet te laten afdrijven. Helemaal zeker wist ik het niet, maar het leek me dat ik op de goede plek terecht was gekomen. Mocht ik fout zitten dan zou ik te voet verder gaan, nog een dag op het meer was een gedachte die ik niet aankon.

Het huis dat ik op het oog had bezat een volkomen leeg botenhuis. Ik legde mijn bootje vast, haalde de plastic zakken eruit en liep door een drassige tuin zonder me te haasten. Niemand riep toen ik me tegen de gevel drukte, geen wandelaar-met-hond vroeg wat ik van plan was. Wacht tot het regent en Knoxville ligt voor je open.

Hoe langer ik naar het huis keek, hoe zekerder ik ervan was dat ik goed zat. Het was groot, het was wit en het was verwaarloosd. De witte verf was grauw geworden en het hout zag er op veel plaatsen uit of het rot was. Ik probeerde een voor een de ramen en merkte dat drie een stukje meegaven. Het raam naast de achterdeur was vanbinnen afgesloten met een haak die in een te ruim oog rustte. Ik kon erbij nadat ik met het mes een stukje van de sponning had weggestoken. Ik wipte de haak op en trok het raam naar me toe. Het werd door de wind bijna uit mijn hand gerukt en ik hoorde de ruit rammelen. Ik gooide de plastic zakken door het gat en hees me naar binnen. Het raam sluiten bleek moeilijker dan het openen en ik drukte een stukje hout in het oogje om zeker te weten dat de haak er niet door de wind werd uitgerammeld. Toen ik de cape van me had afgerukt zuchtte ik van voldoening. Ik was binnen, ik stond droog en ik was niet gezien, hoeveel geluk kan een mens hebben. Toen ik naar buiten keek zag ik dat het meer aanzienlijk helderder was geworden. Drie minuten later was het droog en een kwartier lang vroeg ik me af of dat nou geluk was of pech.

22

Het huis was koud, leeg en reusachtig. Vanaf de weg had ik een groot, verwaarloosd huis gezien, nu ik erin was zag ik uitbouw na uitbouw, allemaal aan de achterkant. Elke kamer had een andere vorm, ander behang, andere vloerbedekking. De bleke vlekken op de muren verrieden schilderijen of foto's van verschillende groottes en als twee kamers dezelfde kleur verf hadden dan waren die kleuren op verschillende manieren vaal en smerig geworden. In drie kamers hingen lampen, in de keuken beneden, in de middelste kamer boven aan de voorkant en in een kamer aan de achterkant die de hoogte had van een hal, maar die afgaande op het grote scherm tegen een van de muren een projectiekamer geweest moest zijn.

In enkele kamers hingen gescheurde gordijnen, in de kamer waar ik toen ik Charls had weggebracht, licht had gezien hing iets wat het midden hield tussen vitrage en horrengaas.

Het meest opzienbarende in het huis was de koelkast. Die zat vol blikjes Coors, blikken ham en potjes vijgen. In een kast in de kelder precies hetzelfde: bier, ham, vijgen, tientallen potten en blikken, ik zou het er maanden mee uit kunnen houden als ik ham met vijgen had gelust. De kast stond naast een cv-ketel waar roest afbladderde, manden vol met gezaagd hout en een blik dieselolie. Het was een wonderlijke combinatie waarvan de zin me duidelijk werd toen ik in een opbergruimte een motormaaier zag en een houtkachel. De kachel lag op een matras waar een olielucht uit opsteeg, erachter lagen kussens waar muizen aan hadden gevreten.

Ik sleepte de matras mee naar boven en schoof haar op de lage zolder die over het hoofddeel van het huis liep. Er lag een millimeters dikke laag stof op de zolder en ik moest door spinnenwebben roeien om de gebarsten ruit aan de achterkant te bereiken. Het zat laag genoeg om, liggend op de matras, over het meer te kunnen kijken en de barst was breed genoeg om wind door te laten die de stank van dieselolie kon verdrijven. Ik was stijf, ik was moe en ik had pijn aan mijn handpalmen. Een half blik ham uit de kelder en twee Coors zorgden voor opluchting: ze deden me in slaap vallen.

Twee dagen later hadden moeheid en stijfheid plaatsgemaakt voor verveling. Als ik naar de weg keek zag ik auto's, mannen die een hond uitlieten en kinderen die door vrouwen in en uit auto's werden geholpen. Op het meer waren golven, regendruppels en tussen de buien door bootjes. Ze voeren van links naar rechts en van rechts naar links. Niet een kwam er naar het huis, niet een kwam zelfs maar mijn kant op. Af en toe keek ik naar de huizen aan de andere kant van het meer, dat een breedte had van enkele honderden meters. Het waren er maar een paar en ze waren klein. Niet een keer zag ik er iemand lopen. Als er al een verharde weg was dan reden er zelden auto's over, ik zag er niet een. Kleine huizen die op zomerhuisjes leken, gras, bomen en struiken, dat was wat ik zag. Als ik was uitgekeken at ik ham en dronk ik bier, of de limonade die ik mee had genomen. Het brood dat ik half Fort Loudoun Lake had overgeroeid gaf ik aan de muizen. Ze waren er zo blij mee dat ze me uit de slaap hielden toen het op was.

Ik had geen boek meegenomen en las daarom de flarden krant waar geen muizenkeutels op lagen. Ze waren meer dan vier jaar oud, maar boden een aardig inzicht in de opvattingen van de inwoners van Knoxville, ze waren het in overgrote meerderheid eens met het Irakbeleid van Bush. Knoxville zou de moslimterroristen een lesje leren, daar kwam het op neer.

Ik had uitgerekend dat ik op zaterdag het huis was binnen gegaan en verwachtte niet dat er voor dinsdag iets zou gebeuren. Ik had daar geen enkele andere verklaring voor dan die van mijn eigen logica. Ik had Charls Crisp op een dinsdag naar Knoxville gereden en ik kon me niet voorstellen dat hij er vaker dan een keer per week naartoe zou gaan. Eén keer per week, op een vaste dag, dat vond ik redelijk klinken. Dinsdag zou hij komen, vergezeld van deputy Abe. Hij zou het huis ingaan en ik eruit. Deputy Abe aanspreken in Knoxville, ver van zijn werkgebied Graham County, hoe langer ik eraan dacht, hoe mooier het beeld werd. Ik wist precies wat ik met hem zou doen, hem achter een roeibootje door het water van het meer sleuren was maar het begin.

Met dat soort gedachten hield ik me bezig, terwijl ik in de lucht van dieselolie lag, naar buiten keek, of muizen verjoeg. Ik deed het twee dagen lang en werd volkomen verrast toen iemand het huis binnen kwam.

Het was een man, dat hoorde ik aan de manier waarop hij zijn keel schraapte en de manier waarop hij zong. Het duurde even voor ik het lied herkende. 'On the Sunny Side of the Street'. Hij zong hard en met lange uithalen, ongeveer op de manier waarop je een lied te lijf gaat als je onder de douche staat. Hij kloste over de plankenvloeren en sloeg zo hard met de deuren dat ik vermoedde dat hij ze achter zich dicht schopte. Hij was via de achterdeur gekomen en toen ik naar de matras was gekropen zag ik door de nachtkijker een boot tegen het voorste deel van de aanlegsteiger. Het was geen jacht, maar een open boot met een huif tegen overslaand water. De motor zag er rank uit, te klein voor de boot. Ik had geen geluid gehoord, dus ik nam aan dat het een elektrische motor was of een benzinemotor die nooit verder was gekomen dan tjotteren. Ik wist bijna zeker dat de man geen licht had gevoerd, want een paar minuten tevoren had ik nog naar het meer gekeken. Hij was in het donker aan komen varen, had aangemeerd, was naar het huis gelopen en was pas binnen lawaai gaan maken.

'Harper Valley PTA' was aan de beurt toen hij aan de voorkant licht aandeed. Het was in de kamer boven, waar de horrengaas-achtige vitrage zat. Hij liep er heen en weer, schopte tegen iets en hield net lang genoeg op met zingen om 'klotemuizen' te kunnen roepen.

Ik schoof langzaam naar de andere kant van de zolder en keek naar de straat. Als de man op iemand wachtte dan zou de bezoeker via de straat komen, daar ging ik blind van uit. Ik hoopte op Charls, maar hield elke andere optie open. Zelfs dat de man de bewoner van het huis was, of de eigenaar die kwam kijken of de boel op orde was. Zolang hij niet naar de zolder kwam zou ik hem zijn gang laten gaan, maar voor alle zeker-heid legde ik het mes en het pistool klaar.

Het zingen hield op toen de man naar beneden liep. Hij sloeg nog steeds met de deuren en stampte over de vloeren, maar hij bleef in het voorste deel. Toen hij terugkwam hoorde ik smak-kende geluiden. Ham met vijgen, ik zag het voor me. Hij ging naar de kamer aan de voorkant en deed het licht uit. Ik stelde me voor dat hij hetzelfde deed als ik: naar buiten kijken.

Zo zaten we bijna een uur. Toen zag ik lichten en hoorde ik onder me: 'Dat zal tijd zijn.'

De man schuifelde door de kamer zonder licht aan te doen en liep de trap af. Voor het huis kwam de Tucker Torpedo tot stilstand. Charls Crisp stapte uit. Hij had een koffertje in zijn linkerhand terwijl hij met zijn rechter het portier dichtdrukte. Hij keek naar het huis en over zijn schouder naar de weg. Honderd meter verder stond een auto die ik herkende. Deputy Abe was gearriveerd, het enige wat ik hoefde te doen was onhoorbaar het huis uit lopen, onhoorbaar de politieauto naderen en hem onhoorbaar naar buiten sleuren. Het was een eenvoudige strategie, Clausewitz zou trots zijn geweest, al zou hij hebben opgemerkt dat 'in de strategie alles zeer simpel is, maar daarom nog niet alles gemakkelijk'. Het werd nog iets moeilijker toen de auto wegreed, eerst langzaam alsof de chauffeur Charls nakeek, daarna sneller. Abe ging naar Knoxville, even kijken of er iemand was die een stroomstoot wilde. Dat dacht ik, terwijl ik met mijn tanden knarste.

Charls lachte niet toen hij over het pad naar het huis liep. Het was meer sjokken dan lopen en hij liet zijn schouders hangen. Ik kreeg niet de indruk dat hij belde. Hij bleef gewoon staan en wachtte tot de deur openging. Beneden hoorde ik gedempte stemmen die helderder werden toen beide mannen in de projectiekamer waren.

'Met het koffertje,' zei de man die Charls had opgewacht. Hij had een ruwe stem die aanzienlijk lager en rauwer was dan zijn zangstem. 'Het bruine koffertje. Benieuwd wat cc dit keer voor me heeft.'

'Hoe is het met hem?' De stem van Charls klonk breekbaar.

De andere man lachte. 'Vraag je niet waarom ik cc zeg?' Het was even stil, daarna hoorde ik een spottend lachje. 'Omdat ze je zo noemen in dat mesjokke dorp van je. cc in Charlsville. Kijk niet zo bescheten, ik ben er geweest. Had je van al je geld die dochter van je niet kunnen oplappen? Meer dan alleen tieten, bedoel ik. Zei ik dat je kon gaan zitten?' De stem was scherp geworden. Er waren beneden geen stoelen, Charls moest een beweging naar de vloer hebben gemaakt.

'Hoe is het met hem?' Het klonk bijna smekend.

'Hij leeft.'

'Vorige week zei je dat ik hem mocht zien.'

'U. Voor jou ben ik een u.'

'Zei u dat ik hem mocht zien. Dat zei u de week daarvoor ook en...'

'De week daarvoor en de week daarvoor. Drie weken geleden heb je hem gezien.'

'Door de ruit van een auto. Een beslagen ruit.'

'Gezien is gezien. Maak je koffer open.'

Ik vroeg me af waarom de stemmen zo duidelijk te horen waren, terwijl ik de sloten van het koffertje niet hoorde.

'Mooi.' Het was of er een zacht kantje aan de ruwe stem kwam. 'Wat is groen toch mooi. Je weet wat er gebeurt als het niet klopt?'

'Alles is er. Ik wil hem zien.'

'Of anders...' Het klonk eerder spottend dan dreigend.

'Anders hou ik op. Misschien is hij al dood en...'

'Je Lendall leeft, maak je geen zorgen. Koffertje dicht en loop maar achter me aan. Je mag hem zien. We gaan met de boot, heen en weer, als ik daarna politie bij het huis zie waar we naartoe gaan dan krijg je het rechterbeen van je zoon met de post. Dat kun je dan naast zijn vinger op sterk water zetten. Als je gaat kloten krijg je je zoon in onderdelen thuis, kun je zien of je geld genoeg hebt om hem weer in elkaar te laten zetten. Wat hoorde ik, heeft je dochter vorige week een been gebroken?'

Charls kreeg de naam uit zijn keel, maar het kostte moeite. 'Debbie.'

'Debbie. Dat been geneest wel, maar daarna, het volgende been, en een arm.' Ik hoorde een snel fluitje. 'Zie het voor je, weg glanscarrière als verkoopster van plastic Dolly's in Dollywood.'

Ik hoorde iets gesmoords, gevolgd door gestommel en een deur die dicht werd gekwakt. Ze waren buiten.

Ik keek ze na tot ze uit de lichtbaan van de lampen in de projectiekamer waren en zag dat de motorboot niet recht overstak, maar rechts aanhield en leek af te koersen op het enige zomerhuis waar een tamelijk hoge schuur naast stond. Ik graaide mijn spullen bij elkaar en liep naar beneden. De lampen in alle drie de kamers brandden nog, in de keuken lagen stukken uitgekauwde vijg en de achterdeur stond open. In de tuin was het rustig. Niemand van de buren leek geïnteresseerd in de activiteiten in het huis en ik zag niemand die vanaf zijn steiger naar het meer tuurde. Ik legde mijn spullen in het roeibootje, dat nog steeds in het botenhuis dobberde, en haastte me terug naar de zolder. De motorboot had aangelegd bij het huis met de hoge schuur. Twee gestalten stapten op de wal en liepen, zo te zien rechtop en ongehaast, naar het huis. Ik klopte op mijn nachtkijker en terwijl ik naar beneden liep zegende ik de eigenaar van de dumpzaak in Greenville, hij was niet alleen een goede verkoper, hij was ook een visionair.

Ik maakte mijn bootje los en pakte de riemen. Mijn handpalmen waren nog steeds gevoelig, maar ik hield me voor dat het niet ver was. Na vijf minuten herzag ik mijn mening. Het was koud en er stond een wind die me naar rechts deed afdrijven, als ik niet bijstuurde zou ik honderden meters van mijn doel uitkomen. Stuurboord, dacht ik, niks rechts. Of toch bakboord? Ik zat met mijn rug naar de voorkant van het bootje en vroeg me af of de nautische termen wel golden voor een stuk hout in bootvorm met een gat in de bodem. Ik was daar zo mee bezig dat ik verstijfde toen ik geluiden hoorde. Rechts van me voer een bootje met twee mannen, ik zag ze niet maar hoorde ze wel. De wind dreef twee stemmen in mijn richting en een ervan had een ruwe rand. De andere stem behoorde toe aan een fluisteraar. Ik hield mijn riemen stil en boog me voorover. Charls werd teruggebracht naar het huis terwijl ik zwoegend de andere kant probeerde te bereiken. Omdraaien had geen zin, ze zouden bij de steiger zijn voor ik mijn bootje zelfs maar in de goede richting had. Bovendien zocht ik Lendall en die zou bij het huisje naast de schuur moeten zijn, of in de schuur, of in een kist, de man die Charls Crisp mee had genomen had de indruk gewekt dat Lendall op sterven na dood was.

Ik trok aan de riemen toen ik de motorboot niet meer kon zien. Het duurde enkele minuten voor ik weer op koers lag en veel langer dan ik leuk vond voor ik de overkant had bereikt. Ik had gemikt op een plek dicht bij de schuur, maar liep enkele tientallen meters ernaast op de oever, waarna ik tot mijn knieën nat werd omdat ik in een gat stapte. Ik trok het bootje langs enkele struiken en gooide mijn spullen op de kant. Daarna maakte ik het bootje vast aan een tak. De kans dat de knoop stevig genoeg was leek me klein, maar ik durfde geen lamp aan te knippen.

In de schuur brandde licht, maar toen ik door een zijraam naar binnen keek zag ik alleen een betonnen vloer en een paar stapels pallets. In het zomerhuis zag ik een man. Hij was groot, hij had een paardenstaart van donker haar met witte strepen en hij zat op een plastic tuinstoel, dikke touwen om zijn middel en borst, tape om de polsen, die vastzaten aan de leuningen. Hij zat, hij keek en hij bewoog zijn hoofd zoals Ray Charles dat deed op momenten van inspiratie. Aan de vorm van zijn lippen kon ik zien dat hij floot. Af en toe boog hij zich zo ver hij kon naar voren en keek hij naar de vloer.

Ik drukte mijn voorhoofd tegen de ruit en staarde naar het tafereel. Daar zat Lendall Crisp en hij was bij lange na niet dood, hij zat gewoon een potje te fluiten en keek naar een bergje bankbiljetten op een meter van zijn voeten.

23

Het zou me geen moeite kosten om het geld te grijpen en ervandoor te gaan. Als ik de cape over mijn hoofd trok zou Lendall niets van me te zien krijgen. In een paar minuten zou ik hem kunnen bevrijden en met geld en gevangene kunnen verdwijnen.

Maar ik deed niets. Omdat het beeld niet klopte.

Het enige wat spoorde met wat ik in het huis aan de andere kant van Fort Loudoun Lake had gehoord was dat er iets met een vinger van Lendall was gebeurd. Om zijn linkerhand zat verband dat voor een deel loshing. Misschien miste hij een vinger, maar eronder lijden deed hij niet, terwijl hij floot tikte hij met beide handen op de leuningen van de stoel.

Het gevangenzitten leek hem te bevallen en dat was in strijd met wat ik had gehoord en de manier waarop Charls zich had gedragen. Daarom deed ik niets en bleef ik staan tot ik een boot hoorde. Ook nu was het geluid van de motor verloren gegaan in dat van de wind, maar ik hoorde wel de klap waarmee de boot tegen de steiger kwam en de vloeken die volgden. Een paar minuten later kreeg ik voor het eerst een behoorlijk beeld van de man die Charls had opgevangen. Hij bleef staan voor de ingang van de schuur op een plaats waar licht was en deed op zijn gemak een plas terwijl hij 'Under the Boardwalk' floot. Hij was klein van stuk, opvallend slank en ergens in de veertig. Dat laatste zag ik toen hij uitgewaterd was, drie keer had afgetikt en tevreden naar de lucht keek. Hij droeg leren handschoenen en toen ik dat zag voelde ik mijn handpalmen en wist ik wat ik vergeten was toen ik besloot Fort Loudoun Lake over te roeien.

De man sloot 'Under the Boardwalk' af met een noot die te hoog voor hem was en wandelde naar het huis. Hij maakte zich geen zorgen, binnen wachtte geen gevangene, maar een vriend of een kennis die de tijd zat te doden met fluiten en staren naar snel verdiende dollars. Hij liet de buitendeur open en ik kon woordelijk verstaan met welke zin hij werd ontvangen. 'Zou je me verdomme niet eens losmaken?'

'Alles goed gegaan, Jim? Heb je pa netjes afgezet? Ja, Lendall, blij dat je het vraagt.'

'Wat mij betreft had je hem verdomme laten zwemmen. Weet je hoe lang ik op deze stoel zit?'

Door een hoek van het raam zag ik Jim op zijn horloge kijken. 'Nog geen drie uur. Daar kan een grote jongen als jij wel tegen.' Terwijl hij het zei draaide hij zich met zijn rug naar me toe en op hetzelfde moment voelde ik het schokje dat je krijgt als je je iets herinnert of het gevoel hebt dat je je iets zou moeten herinneren. Ik had hem eerder gezien, maar ik had geen idee waar. Ik moest me ervan weerhouden met een hand over de ruit te wrijven. Als ik hem beter kon zien, dan, misschien... Toen hij zich terugdraaide deed ik van schrik een stap achteruit. Ik durfde erop te zweren dat hij naar me keek en voelde me verstijven. Twee seconden, drie seconden. Toen zwaaiden zijn ogen weg en liep hij naar Lendall. Uit niets bleek dat hij me had gezien en ik liet mijn adem los. Hij had van licht naar donker gekeken, het valt niet mee om dan iets te onderscheiden. Ik boog me als in een vertraagde beweging naar de ruit en zag dat hij Lendall losmaakte. Het duurde minder dan een halve minuut, ik was er zeker van dat Lendall zichzelf had kunnen bevrijden als de nood aan de man was gekomen.

'Kramp,' zei hij. 'In mijn schouders, ik wist niet dat het kon. Als we niet alles met ons tweeën hadden moeten doen dan had ik niet uren zo hoeven zitten.'

'We doen niet alles met ons tweeën.' Het klonk sussend, troostend bijna.

'Hij doet anders verdomd weinig. Dat zal ik 'm vertellen ook.'

'Moet je doen.' Jim zei het op de automatische piloot. 'Moet je vooral doen, hij zal het leuk vinden, zo is-ie wel.'

Lendall mompelde iets wat ik niet kon verstaan en bewoog zijn schouders.

Hij had de bouw van zijn vader, alleen was alles bij hem een maatje groter. Hij was minstens een decimeter langer en hij was breed genoeg in de schouders om indruk te maken. Hij sprak op dezelfde manier als Charls, met dezelfde intonatie en dezelfde zorgvuldige dictie, iets zachter misschien, als hij zich opwond kon ik alles verstaan, maar als hij gas terug nam moest ik me sterk op hem concentreren en dan nog miste ik af en toe een paar woorden.

'Volgende keer moeten we iemand in de buurt houden. Ik verrek het om nog een keer... vast te zitten omdat pappa het op zijn heupen heeft.' Het woord 'pappa' sprak hij uit zoals Cory het had gedaan. 'Ik dacht dat je zou zorgen dat die dikbuik me zou losmaken als jij op het meer was.'

'Hij moest ervoor zorgen dat er niemand in de buurt van dit huisje kon komen. Ik wil hem niet binnen hebben, hij weet al meer dan hij weten moet.' De stem van Jim klonk korzelig, maar het rauwe was eraf en ik kreeg de indruk dat hij zich in het huis aan de andere kant van het meer had zitten forceren om indruk te maken op Charls Crisp. 'Ik had alles geregeld, maar de zak is niet op komen dagen.'

Lendall wreef zijn polsen en keek ontevreden naar de striemen. 'Hij had het waarschijnlijk te druk met iemand in elkaar slaan. Weet je zeker dat we... nodig hebben? Op dat weggetje hier heb ik nog nooit iemand gezien.'

'We hebben hem nodig.' De toon was nu trefzeker, en dwingend. Jim was de baas van de twee, Lendall was de volger. 'Je weet niet wanneer er iemand komt en wie kan mensen beter uit onze buurt houden dan iemand van de politie? Als hij niet nodig was dan dankte ik hem wel af. We moeten weten wat er in Graham County gebeurt. Ga dat geld maar tellen, dan weet je waarom we doen wat we doen.'

Lendall gromde terwijl hij door de knieën ging en zijn handen door het bergje geld bewoog alsof hij in bad zat en golfjes maakte. 'Hoeveel hebben we nu?'

'Niet genoeg. Nog niet de helft van wat we willen.'

Lendall keek of hij diep nadacht. 'Redden we... maand of drie, misschien vier zonder dat het uit de hand loopt?'

Jim liep de kamer uit en kwam terug met een tas. 'Doe het geld hier maar in. Natuurlijk redden we het, en anders houden we op met dit spel en bedenken we iets nieuws.'

Lendall schoot in de lach. 'Ik zou mezelf... bevrijden en dan naar pappie lopen, misschien wil hij me wel troosten.'

'Misschien wil hij naar je linkerhand kijken. Wat doe je dan? Echt een vinger afsnijden?'

Lendall hoefde niet aan het verband te trekken, een beetje schudden was genoeg om het te doen vallen. Hij spreidde zijn vingers en deed of hij ze telde. 'Nooit gedacht dat ik nog... last zou krijgen van een vinger te veel. We hadden een teen moeten sturen.'

'Het kostte al moeite genoeg om die vinger te krijgen. Voor twintigduizend geven ze een vinger, dat doen ze omdat ze van gangsterfilms weten dat dat het goede bedrag is. Tenen zie je in films niet, dus krijg iemand maar eens zo gek dat-ie zijn voet op tafel legt.'

'Voor die vent maakte het anders niet veel uit. Hoe lang duurde het ook weer voor hij... zwembad lag?'

Lendall vroeg het als een jongen die voor de honderdste keer het verhaal wilde horen dat hij mooi vond en in het antwoord van Jim klonk de trots door van iemand die het toch maar mooi heeft gefikst. 'Twee rondjes crack, zo lang.'

'Toch wou ik dat je eraan had gedacht een teen mee te nemen. Dan had ik vanavond niet met... verband... hoeven zitten.'

'Je hebt pappie ermee overtuigd, daar gaat het om. Dat je het in de toekomst zonder je vader moet stellen is een probleem waar je wel overheen groeit.'

Lendall propte het geld in de tas. 'Voorlopig zie ik hem liever niet dan wel. Het is geen pretje om een traan uit je ogen te moeten persen als... vader voor je staat. Helemaal niet als je... wilt lachen.' Hij wees naar de tas. 'Dit keer neem ik de centen mee als je het niet erg vindt.'

Jim deed een stap achteruit en streek over zijn gezicht. 'Wat moet jij met dat geld in die boshut?'

'Tellen. Ernaar kijken. Erin bijten.' Lendall snauwde en hij kromde zijn rug, dit keer miste ik niet één woord. 'Als ik het niet uit mag geven dan kan ik er in elk geval mijn kont mee afvegen. Ik ben bijna door de drank heen, had ik dat al gezegd?'

'Maak dan nieuwe, je weet waar de ketels staan. Dennis kon het, dus hoe moeilijk kan het zijn.'

Lendall gaf een schop tegen de tas. 'Honderdduizend dollar verdiend, maar zelf mijn drank maken. Kom maar wat brengen, vannacht.'

'Morgen.'

'Of morgen. Zo gauw als je kunt. En neem blaadjes mee; als je het niet doet dan ga ik ze halen.'

'Als je het verdomme maar laat.' De stem van Jim had weer de rauwe klank die ik herkende van zijn gesprek met Charls. 'Jij gaat niks halen en je loopt ook niet meer naar dat verrekte dorp van je vader om te kijken. Je blijft in de hut.'

'Daar verveel ik me te pletter.' Hij keek of hij schrok. 'Nog drie of vier maanden? De hele winter in de boshut? Kom nou. Ik wil mijn Ford Fairlane, een huis met centrale verwarming en een hele stoot meiden.'

Jim liep naar Lendall toe en sloeg een arm om zijn schouders. 'Ja hoor,' zei hij en hij klonk of hij tegen een mokkend kind sprak dat ze niet allemaal op een rijtje heeft. 'Ik zorg voor meisjes, zoveel als je wilt.'

'Morgen?'

'Gauw,' zei Jim.

'Een heel stel?' Er zat iets smekends in de stem. 'Zoveel... ik wil?'

'We hebben er het geld voor,' zei Jim. 'Denk daar maar aan. Jouw pappie betaalt jouw meisjes. Over een maand of vier gaan we naar het zuiden, naar de warmte en daar kopen we het grootste huis dat we kunnen vinden en dat laden we vol met vrouwen.'

'Meiden.'

'Precies,' zei Jim. 'Ik ga de motorboot wegbrengen. Wacht je of ga je mee?'

Lendall pakte de tas. 'Ik ben het hier zat. Ik ga... mijn Fairlane kijken. Meiden. Morgen?'

'Gauw genoeg,' zei Jim. Hij keek Lendall na toen die de kamer uit liep, als een moeder die zich afvraagt of haar zoon veilig aan zal komen bij school.

24

Jim volgen had geen zin, maar Lendall Crisp had ik moeten pakken. Ik wist het, maar ik deed niks. Ik stond tegen de gevel gedrukt terwijl hij het huis uit liep en ik dacht aan Cory. Wat moest ik zeggen als ik haar broer bij haar afleverde: 'Hier heb je hem, je vader weet al maanden dat hij in de buurt is, want je vader betaalt hem elke week een koffer vol dollars'? Ik zat met hetzelfde probleem als een week geleden: ze zou het niet hebben geloofd, Charls zou het hebben ontkend en Snail zou me met behulp van het halve dorp Charlsville hebben uit gegooid.

Voor ik een besluit had genomen was Lendall verdwenen. Een autoportier sloeg dicht, een motor gromde en banden slipten toen de bestuurder te veel gas gaf. Ik registreerde het alsof het een geluid in de verte was waar ik niets mee te maken had. De hele toestand zat me dwars. De tranen van Cory, de regels van Charlsville, het racisme van Charls die aan de billen van een casinomeisje zat en braaf elke week geld in een koffertje naar zijn zoon bracht die hem afperste. De familie was verknipt en of dat door geld kwam of door een paar mislukte genen kon me geen bliksem schelen. Wat me vooral dwarszat was dat ik bezig was me te laten meeslepen. Lendall en zijn vriendje Jim wilden een deel van de jackpot die Charls had gewonnen. Gail Rogers kreeg haar deel druppelsgewijs, net als de inwoners van Charlsville. Ik kon er moeilijk negatief over doen, want ik was ook bezig een hand in de zak met geld te steken. De twintigduizend dollar die Cory me had beloofd kwam van de bankrekening van pappa. Met het geld in het vooruitzicht had ik me in een kuil vol afval laten gooien, had ik nachten in de regen in een bos gelegen en had ik me anderhalve dag te pletter geroeid in een bootje met een lekke bodem. Ik werd er chagrijnig door en kwaad op mezelf terwijl ik met natte broekspijpen en natte voeten tegen het huis gedrukt stond.

Ik wist vrijwel zeker waar de hut van Lendall was en ik wist ook dat ik hem zou kunnen vinden als ik dat wilde, maar ik betwijfelde of het ooit zover zou komen. Naar de hel met de familie Crisp. Twee weken geleden had ik naar mezelf moeten luisteren en had ik naar Maine moeten rijden, of naar Connecticut. Florida, dacht ik. Niks New England, Florida, waar het warm is, meteen, waar was de Dodge.

Ik schudde mijn hoofd, liep een paar meter naar het meer en voelde iets hards in mijn rug.

'Omdraaien, benen uit elkaar, handen in je nek. Weet je het nog van de vorige keer?'

Dat was de reden waarom ik niet al dagen geleden naar Florida was gegaan, ik had nog iets te regelen met deputy Abe. En hij met mij, ik rook het aan zijn maaglucht.

Hij schopte me terug naar het huis en sloeg met zijn wapenstok mijn benen uit elkaar. Pok-pok-POK, het ritme zat er meteen in. Daarna liet hij zijn handen over mijn lichaam glijden, langer en harder dan nodig was bij mijn ballen.

'Jeff Meekmeek Aabelson,' zei hij, terwijl hij kneep. 'Ben je weleens in Denver geweest, Meekmeek?'

Hij moest lachen om de hoogte van mijn stem toen ik 'nee' zei.

'Dan zal het je broer zijn geweest, alleen heb jij geen broer volgens het gemeentehuis in Rolla, Missouri. Je hebt ook geen broer in Denver. Wel een dode vader en moeder en een dode zus. Een paar politiemensen daar zijn ook dood. Enig idee hoe dat komt, Meekmeek?' Hij hijgde de woorden in mijn oor, terwijl hij zijn dikke buik tegen mijn billen drukte. Ik kreeg ineens een paar bijzondere gedachten over deputy Abe. Dat hij erg veel belangstelling voor mijn kruis had, dat hij had beloofd zich met me bezig te houden, dat hij elke keer dat hij me zag de indruk had gewekt dat hij een dode Jeff Meeks beter vond dan een levende. Ik had er eerder en vaker aan moeten denken. Jim en Lendall hadden zijn naam niet genoemd, maar toen ze het over de dikbuik hadden die niet was komen opdagen hadden ze Abe bedoeld. Ik had het geweten toen ze het zeiden, maar ik had er geen conclusies uit getrokken.

'Geen antwoord, Meekmeek? Is er iets met Denver wat je verdringt?' Hij pakte een pols en sloeg er een handboei omheen. 'Loop maar mee naar binnen, daar gaan we praten over vuilstortplaatsen en stukken vullis die naar boven kruipen en niet begrijpen dat ze een lesje hadden moeten leren.'

Hij trok me achter zich aan terwijl hij met zijn wapenstok tegen zijn broek pok-pok-POKte. Bij de deur had ik er genoeg van. Hij had een kans gemaakt als hij zijn revolver tegen mijn zij had gedrukt, maar toen hij de wapenstok tegen een rib zette die nog steeds niet helemaal was genezen van de klappen in Knoxville deed ik wat ik meteen had moeten doen, ik draaide me om, greep zijn pols en wrong de arm op zijn rug.

Wat hij de volgende minuten deed was een mengeling van schreeuwen, dreigen en overreden. Ik reageerde nergens op tot ik hem op zijn buik over de vloer had gesleept en op zijn rug was gaan zitten.

'Komt het je bekend voor?' Misschien had ik hem moeten uitkleden om hem duidelijk te maken aan welke scène ik dacht, maar een blote Abe was niet iets waar ik naar uitzag. Na drie keer vragen begreep hij waar ik op doelde. Hij zei dat het hem bekend voorkwam, maar dat ik erom had gevraagd en hij niet.

Ik draaide hem om, sloeg de handboeien om zijn polsen en vroeg wat hij precies bedoelde.

'Je werd verrekte nieuwsgierig.' Hij hijgde en blies belletjes. Zijn arm moest pijn doen, maar ik had het gevoel dat hij zijn vuisten niet om die reden hard tegen zijn borst drukte.

'Nieuwsgierig naar wat.'

Hij haalde drie keer moeizaam adem voor hij 'alles' zei.

'Wie vond dat ik nieuwsgierig was, jij?'

Hij ademde zwaar terwijl hij uit zijn ooghoeken naar me keek. 'Ik?' Het klonk of hij het de stomste vraag vond die hij dit jaar had gehoord. 'Wat kan het mij verdommen wat jij doet.'

'Charls Crisp?'

Hij ademde met zijn mond open en wreef met zijn vuisten over zijn borst. 'Geen adem. Pijn.'

'Charls?'

Abe schudde van nee.

'Ik kreeg de indruk dat jij over hem waakte.'

'Over hém?' Hij keek verontwaardigd en deed zijn mond zelfs een ogenblik dicht. 'Maak het nou.'

Ik gaf een duwtje tegen zijn pijnlijke arm. 'Vertel me maar hoe het zit tussen jou en Charls.'

Het kwam met pauzes en astmatisch gehijg, maar ik kreeg niet de indruk dat hij veel verzweeg. Hij had de pest aan Charls Crisp, altijd gehad. Een goede timmerman en loodgieter, maar een arrogant stuk verdriet. Wilde je niet helpen als je dialect sprak. 'Diei-eil-eeect,' zei Abe om te onderstrepen wat hij bedoelde. Charls gaf geld aan de sheriff, maar een man die zei dat hij Jim heette bleek bereid geld aan Abe te geven en dat vond Abe interessanter. Duizend dollar in de maand om Charls in de gaten te houden en om klusjes op te knappen, vijfhonderd dollar per klus.

Evenveel als Gail Rogers kreeg, dacht ik, het kon toeval zijn, maar hoe waarschijnlijk was dat.

Abe, die drie keer moest slikken voor hij vertelde dat zijn achternaam Waggert was, had de afgelopen maanden flink verdiend. Vandaag had hij Charls gevolgd tot het vervallen huis aan Fort Loudoun Lake. Hij was er weggereden toen het tijd werd om naar het huis te gaan waarin hij nu op zijn buik lag. Hij had het hele meer om moeten rijden en was aan de zuidkant van Knoxville verkeerd gereden omdat een weg was opgebroken. Hij had Lendall moeten losmaken, maar hij was te laat geweest. Hij had zijn auto volgens opdracht op flinke afstand geparkeerd en was het laatste stuk komen lopen. Hij had me horen naderen, had me in de kuil horen stappen toen ik aan land wilde, had me gezien bij de schuur en het huis, had zijn kans afgewacht.

Hij had Jim en Lendall laten vertrekken zonder iets te zeggen, omdat hij mij had herkend en hij me wilde pakken zonder dat er een getuige bij was. Het werd me niet helemaal duidelijk waarom hij het wilde, maar ik kreeg de indruk dat ik gewoon niet uit de afvalkuil van Knoxville had moeten klimmen. Het was iets persoonlijks geworden op de manier waarop mensen die denken dat ze de macht hebben dingen persoonlijk kunnen maken.

'Om de vuilstortplaats en om Denver,' zei hij. Hij wreef voortdurend over zijn borst en ik zag dat hij pijn had.

Hij had navraag gedaan, zei hij. In zijn eentje en zonder er met iemand over te praten. Hij was ervan overtuigd geraakt dat ik in Denver politiemensen had gedood en er ten onrechte mee weg was gekomen. Hij had zichzelf beloofd dat hij, Abe Waggert, dit foutje recht zou zetten.

Hij keek erbij of hij het meende, maar zijn stem miste overtuiging, en kracht. De woorden kwamen met steeds langere tussenpozen en hij kreunde nu wel. Hij had pijn in zijn arm, meer nog dan in zijn borst, en hij vroeg of ik de handboeien los wilde maken.

Ik gaf geen antwoord, maar zocht de resten tape bij elkaar die bruikbaar waren. Ik zette hem vast op de plastic stoel waarop Lendall had gezeten en pakte toen pas zijn revolver. Hij leek er zijn laatste restje energie door te verliezen. Zijn ogen werden dof en hij zuchtte of zijn laatste kans verkeken was. Toen hij zijn spieren liet verslappen, zakte hij onderuit. Een van de voorpoten kon de gewichtsverplaatsing niet aan en sloeg dubbel. Even leek het of hij op tijd een been kon verplaatsen, maar hij was te ver onderuit geschoven om kracht te kunnen zetten. Hij viel opzij en raakte met zijn hoofd de vloer.

Flauwgevallen, stelde ik vast toen ik naast hem geknield zat en naar het zweet op zijn gezicht keek. Zijn mond stond half open, maar zijn ogen waren gesloten. Zijn boventanden rustten op zijn onderlip. Ik raakte ze met een vingertop aan en schrok toen ze terugschoven. Deputy Abe had een gebit. Het klopte zo weinig met het beeld dat ik van hem had dat ik me geneerde. Zonder naar zijn mond te kijken krabbelde ik overeind. Het werd tijd om een luchtje te scheppen.

Het was rustig buiten, vredig. Aan de andere kant van het meer reden auto's, een vliegtuig vloog hoog over, water klotste in een onnavolgbaar ritme tegen de oever. Overal hoorde ik geluid, maar het was het geluid waaruit stilte is opgebouwd. Ik was de enige levende mens aan de oostkant van Fort Loudoun Lake. Op Abe na, en dat was het probleem. Als ik hem losliet zou ik de rest van mijn leven over mijn schouder moeten kijken, niet alleen in North Carolina en Tennessee. Hij wist van Denver en hij zou naar me op zoek gaan tot hij me had gevonden. Ik wist precies wat hij zou doen. Hij zou zijn wapenstok gebruiken, pok-pok-POK, net zo lang tot hij zeker wist dat het geen zin meer had me mee te nemen naar een gevangenis.

Dagenlang was ik van plan geweest hardhandig met hem af

te rekenen, maar in het zomerhuisje was de kracht eraf gegaan. Al mijn fantasieën hadden betrekking gehad op een man die me naakt in een kuil vol afval had laten gooien, niet op een zuchtende dikbuik met astmageluiden wiens gebit over zijn onderlip was geschoven.

Omdat ik geen idee had wat ik met Abe aan moest ging ik toch maar aan alternatieven denken. Zoals hem in het meer gooien, zijn handboeien afdoen en het zomerhuisje in brand steken, hem in zijn auto zetten en die het water in rijden, hem doodschieten met zijn eigen revolver en hopen dat het op zelfmoord zou lijken.

Geen enkel idee bevredigde me, in de nachtlucht leken ze allemaal als het ware op te lossen. Alleen van de zelfmoord bleef iets over. Niet veel, net voldoende om niet te somber te worden. Deputy Abe was niet iemand die zelfmoord zou plegen, je wist het als je hem zag, maar misschien zou iemand erin geloven als ik hem dronken voerde en hem pillen gaf, misschien.

De vredigheid was geweken en van mijn rust was niets meer over. Mezelf neerschieten was een optie die ik openhield, of mezelf verdrinken in het meer, of...

Toen ik in de deuropening stond had ik het gevoel dat ik kilo's lichter werd. Ik herkende het van vroeger, het was het gevoel dat je had als je iets had gedaan wat niet deugde, maar thuis een koekje kreeg van je moeder en een zoen, in plaats van straf.

Abe lag nog precies zoals ik hem had achtergelaten, op zijn zij met de stoel half over hem heen. Bij zijn mond lag een beetje vocht en ik verbeeldde me dat het gebit ietsje verder naar buiten was geschoven.

Dood, dat was het woord dat bij me opkwam. Abe had me het mooiste cadeau gegeven waarover hij beschikte: hij had mijn problemen opgelost. Ik schudde mijn hoofd uit ongeloof. Ik was niet iemand die cadeautjes kreeg. Ik kon me niet herinneren dat ik er na de dood van mijn ouders ooit een had gehad. Ik was er gewoon de man niet naar.

Op mijn tenen liep ik naar de deputy. Hij bewoog niet toen ik tegen hem duwde, hij maakte geen enkel geluid. Ik legde twee vingers tegen zijn hals zoals ik dokters had zien doen en voelde zijn pols. Niets. Ik ging naast hem zitten en keek naar hem. Zijn ogen waren nog steeds gesloten. Hoorden die niet open te zijn? In films deed iedereen altijd de ogen van een dode dicht. En waarom zat er geen bloed bij een mondhoek? Ik haalde een vinger over de vloer en keek naar het topje. Speeksel, meer kon ik er niet van maken.

Ik bleef minstens een kwartier zitten en legde toen opnieuw twee vingers tegen zijn hals. De huid voelde koud aan en ik wist zeker dat ik geen ader voelde kloppen. Abe was overleden toen hij met zijn hoofd de vloer raakte, ik zat tijd te verspillen.

Ik maakte de handboeien los, duwde de revolver in de holster en verzamelde alle stukken tape. Van de stoel bleef ik af, van Abe ook. Hij was gevallen en ongelukkig terechtgekomen, wie er meer van wilde maken ging zijn gang maar.

Toen ik alles had afgeveegd waarvan ik wist dat ik het had aangeraakt wist ik wat ik doen moest. Zo weinig mogelijk. Het bootje ergens laten zinken, naar de Dodge lopen en wegwezen, verder niets, hooguit een beetje hopen. Jim en Lendall lieten Charls elke week betalen. Voor de week om was zouden ze niet naar het zomerhuisje terugkeren. Dat zei ik tegen mezelf en het kostte weinig moeite mezelf te geloven. Ik zou een week hebben om uit dit deel van het land te verdwijnen. Voor die tijd zou ik Lendall opzoeken, zou ik Cory naar hem toe brengen, zou ik met Charls praten. Veel mensen zouden me de komende dagen zien, ze moesten niet denken dat ik voor iets of iemand op de vlucht was.

Eenvoud, daar ging het om. Jeff Meekmeek Aabelson had de

dochter van een miljonair een dienst bewezen en was in alle rust naar New England gereden. Dat zouden de inwoners van Charlsville denken terwijl ik in Florida zat.

25

Aan het eind van de ochtend lag ik in de buurt van de drank-stokerij bij het pad naar Cody Branch Road. Ik had beroerd geslapen. Dat kwam niet omdat ik een plan had bedacht waar ik aan twijfelde en ook niet omdat deputy Abe Waggert in mijn dromen was verschenen, maar omdat ik voortdurend de ten-gere gestalte van Jim voor me zag. Ik had de man gezien, een week geleden, hooguit twee. Ik had hem niet gesproken, ik had hem gezien, ergens, even.

Het goede luikje in mijn hoofd wilde niet openklappen en dat maakte me onrustig. Voor het licht was had ik de Dodge gestald op een parkeerplaats die voor de helft was gevuld met campers, aan een weg die Schoolhouse Road heette. Er was geen school te zien en ook geen mens. De campers zagen eruit of ze allemaal leeg waren en het duurde een hele tijd voor tot me doordrong dat ze waarschijnlijk van trekkers waren die een tocht door het Stecoah-gebied maakten. Ik pakte wat ik dacht nodig te hebben en liep door het bos naar Cody Branch Road en over die weg naar het pad dat ik eerder had afgelopen.

Jim zou komen, daar was ik van overtuigd. Toen hij met Lendall over drank sprak had hij gezegd: 'Maak dan nieuwe, je weet waar de ketels staan. Dennis kon het, dus hoe moeilijk kan het zijn.' Ik kon het me woordelijk herinneren. De hut van Lendall moest er in de buurt zijn, dicht bij de drank, niet al te ver van Charlsville, waar hij soms naartoe liep, waar-schijnlijk had Cory haar broer gehoord als ze thuis angstig zat te wezen omdat er geluiden klonken in het bos.

Jim had beloofd dat hij Lendall bladen zou brengen en misschien vrouwen. Ik zag het voor me: Jim met een groepje vrouwen door het bos achter Charlsville, heuvel op, heuvel af over gladde dennennaalden en langs doornstruiken. Als hij kwam zou het overdag zijn, een nachtelijke tocht was vragen om gilen scheldpartijen. Hij zou de kortste route nemen en als ik bij het pad bleef zou ik ze horen, hou maar eens een groep vrouwen stil die door een bos struikelen.

Het was veel 'zou', maar het was het beste wat ik had en ik had het voldane gevoel dat ik op alle punten goed zat. Het enige wat ik hoefde te doen was wachten tot de optocht langs me trok.

Ik moest wachten tot het schemerde voor ik geluiden van knappende takken hoorde en half gesmoorde verwensingen. Niks vrouwen. Het enige wat Jim bij zich had waren twee plastic tassen die hij laag boven de grond hield, alsof hij verwachtte dat ze zouden scheuren.

Hij probeerde zo min mogelijk geluid te maken, maar hij was geen bosmens. De zakken ritselden, hij zette zijn voeten neer alsof hij een vent was die meer dan tweehonderd kilo woog en hij nam niet de moeite een stap opzij te doen als er dorre takken lagen. Hij stapte erbovenop en mopperde als hij weggleed. Ik had hem zonder moeite kunnen pakken, maar hem naar de hut van Lendall volgen was makkelijker dan hem dwingen te vertellen waar ik moest zijn.

Toen het te donker werd knipte hij een zaklantaarn aan zonder te proberen de straal af te schermen. Hij liep of hij haast had en keek niet een keer achterom.

Ver ging hij niet, ik zag het met voldoening, alle gokjes waren goed geweest. Niks gokjes; calculaties, redenaties. Ik was trots op mezelf.

Het enige waar ik me in had vergist waren de omvang en de kwaliteit van de hut. Ik had iets met plastic platen verwacht, of stukken hout, afgedekt met aarde en afgeschermd door struiken. Wat ik zag was een klein model zomerhuis dat was verzonken in de grond. Een stuk van een helling was uitgegraven en in het gat was van hout een bouwsel opgetrokken dat je evengoed blokhut zou kunnen noemen als de huizen in Charlsville. Het dak was gedekt met groen asfaltpapier en het hout was groen en bruin geverfd. Uit het dak stak een korte pijp, de afvoer van een kachel of van een oven. Het moest het verblijf van Dennis zijn geweest, dacht ik, eventueel opgeknapt door Lendall. De halve familie bestond uit timmermannen, als het probleem van de aanvoer van materiaal was opgelost, was het aftimmeren een kwestie van geduld en vakmanschap.

Ik lag ernaar te kijken terwijl Jim binnen was. Lendall zag ik niet, maar ik hoorde hem wel.

Hij dempte zijn stem niet en ik hoorde iets van razernij met een randje waanzin. Jim was de baas van de twee, maar ik dacht niet dat hij zich helemaal lekker voelde als Lendall het op zijn heupen kreeg.

Het ging over vrouwen en over blaadjes. De blaadjes waren prima, maar de vrouwen, daar zat het niet goed mee. Lendall wilde er handenvol van, vandaag nog. Jim deed niets anders dan sussen. Overreden, sussen, gladstrijken, temperen. Ik kon niet naar binnen kijken, maar ik zag ze voor me: Jim op zijn tenen met zijn armen om Lendall heen, een hand strijkend over diens haren.

'Morgen.' De deur was opengegaan en ik zag Jim in de opening. 'Ik zweer het. Ik kom je halen en dan gaan we naar Hickory, of naar Greenville.'

'Knoxville.'

Jim spreidde zijn armen. 'Dat heb ik toch uitgelegd. Niet

Knoxville. Daar gaan we over een week naartoe.' Hij sloeg zijn handen tegen elkaar alsof hij zijn woorden wilde onderstrepen en ik hoorde het doffe geluid van handschoenen.

'Knoxville is groter dan Hickory, daar hebben ze veel meer meiden.'

'Chattanooga. Of Atlanta. Dan blijven we weer een nacht.'

'Hele nacht?'

'Tot jij zegt dat het genoeg is, oké?'

'Tot het geld op is.' Lendall verscheen achter Jim en gaf hem een duwtje waardoor hij wankelde. 'Tot alles op is.'

'Ja,' zei Jim. 'Tot alles op is.' Het klonk alsof hij alle hoop had opgegeven. 'Tot morgen.'

Dat zei Lendall ook. 'Tot morgen.' Hij bleef het herhalen tot het schijnsel van Jims lamp in het donker was verdwenen.

Ik bleef achter Jim tot we bij de drankstokerij waren. Hij bleef er staan, zuchtte een paar keer alsof hij de last van Lendall van zich af wilde schudden en liet een lichtstraal over het koperen vat en de ketel dansen. De flessen die ik een week eerder had zien liggen waren verdwenen, de kan lag achter een struik.

Ik had dicht genoeg achter hem kunnen komen om hem op de rug te tikken, maar ik bleef op een paar meter afstand staan; het werd tijd om te kijken of ik indruk kon maken met het pistool van Gail Rogers.

'Als je stil blijft staan en niet in mijn gezicht schijnt dan doe ik je niets,' zei ik.

Hij verstarde, maakte een beweging of hij de lichtstraal op me wilde richten, liet de lamp vallen.

'Oprapen.'

Hij raapte de lamp op. 'Wie ben jij?'

'Ik ben de man die heeft gezien dat jij Abe Waggert hebt laten doodgaan.'

'Waggert?'

'Deputy Abe. Hij ligt in een zomerhuisje bij Fort Loudon Lake.'

Hij draaide zich om, langzaam, alsof hij zijn spieren moest dwingen. 'Je bent getikt.'

'Onthou dat maar goed. Op je knieën, handen tegen je borst, richt de straal maar op je gezicht.'

Hij deed het en ik zag dat zijn halsspieren strak stonden. Zijn neusvleugels bewogen en hij likte voortdurend langs zijn bovenlip. 'Deputy Abe?'

Hij probeerde me niet te vertellen dat hij geen deputy Abe kende. Hij probeerde helemaal niets. Hij zat op zijn knieën met een rug die stijf was als een plank en hij knipperde tegen het lamplicht.

'Hoe is je achternaam, Jim?'

Er ging een schok door hem heen toen ik zijn naam noemde. 'Wie ben jij?'

Ik liep naar hem toe, pakte de lamp en duwde hem achterover. Daarna scheen ik over de colt en mijn mes. Het mes leek de meeste indruk te maken. 'Achternaam, Jim.'

'Brewer,' zei hij. 'Jim Brewer.'

Ik scheen op het koperen vat en vroeg me af of hij de zaak belazerde. Een Brewer die ik trof bij een illegale drankstokerij? Voor alle zekerheid haalde ik het mes langs zijn wang. Hij zweeg tot hij bloed voelde lopen.

'Brewer, verdomme. Brewer. Kan ik er wat aan doen. Brewer. Ik heb mijn rijbewijs bij me.' Hij taste naar zijn jack en pakte een portefeuille. 'Kijk zelf. Brewer.'

Jim Brewer, uit Utah.

'Hoe komt het dat je samenwerkt met een vent als Lendall Crisp, Jim Brewer?'

Hij slikte en probeerde het bloed van zijn wang te vegen. 'We zijn maatjes. Met klussen. Timmeren, stuken, loodgieten, de tuin als het moet. We werken al jaren samen. Mag ik zitten?'

Ik gaf geen antwoord en dat leek hij een goed teken te vinden. Hij ging weer op zijn knieën zitten, bracht snel de hand die hij langs zijn wang had gehaald in de baan van het licht en keek naar de streep op de handschoen. 'Je had niet hoeven snijden, je had verdomme helemaal niet hoeven snijden.'

'Ik snij je opnieuw als je niet meteen vertelt hoe lang je Charls Crisp aan het afpersen bent.'

'Vijf maanden.' Hij zei het zonder te aarzelen. 'Bijna vijf. We hebben veel tijd verloren met voorbereidingen. Veels te veel tijd.'

'Voorbereidingen als...'

'Dat huisje aan het meer. Het grote huis is van Charls, we hebben het hem laten kopen. Het zomerhuisje is van ons. Bijna van ons. Eigenlijk van iemand die we via via kennen. We kunnen het gebruiken, zie het maar zo.'

Ik zag het zo en het beviel me. Deputy Abe lag in een huisje dat via via van Jim en Lendall was. Hij zou natuurlijk een keer worden gevonden, tenslotte stond zijn auto nog in de buurt, maar als iemand op het idee kwam dat hij was vermoord dan had ik een kandidaat-moordenaar. Ik werd gelukkig van de gedachte. Ik was in topvorm, dat gevoel had ik. Als het schrijnende gevoel in mijn handpalmen nu ook verdween dan zou ik kunnen spreken van een geluksdag.

Jim moest hebben gezien dat ik erg tevreden met mezelf stond te zijn. Hij was al drie meter weg voor ik het doorhad. Hij dook door het struikgewas en ik hoorde hem tegen takken en bomen botsen. Hij was sneller dan ik, maar ik had de lamp. Hij werd geveld door een laaghangende tak en toen ik hem had omgedraaid zag ik dat hij een stuk van de wang miste waar ik het mes had langs gehaald.

Hij kreunde toen ik een been pakte en huilde toen ik hem op de plek had waar het eten lag dat ik had meegenomen, samen met het busje pepperspray en de handboeien.

Ik trok zijn handschoenen uit en zette hem vast aan een boom, gezicht naar de stam, benen een beetje gespreid. Hij snikte terwijl ik wat at en een blikje Minute Maid leegdronk.

'Dus jullie hebben al minstens 1,8 miljoen dollar van Charls Crisp.'

Jim draaide zijn hoofd en ik zag aan zijn ogen dat hij bezig was de vraag te plaatsen. 'O, dat. Meer. In het begin vroegen we 250.000.'

'Als jullie nog vier maanden door waren gegaan dan was het hoeveel geweest, drie miljoen? Vier?'

'Hij heeft zat. Dat zei Lendall. Meer dan zat. Zestig miljoen en nog wat. Maar toen Lendall hem belde en geld vroeg zei hij dat hij er niet over piekerde hem zijn deel te geven.'

'Dus Lendall heeft hem gebeld.'

'Wat anders? Denk je dat hij Lendall heeft laten zoeken? We lazen in de krant dat pappie rijk was geworden en Lendall zei dat hij er zijn deel van wilde. Kindsdeel, weet je wel, een vijfde van de nalatenschap en betaal het maar vast vooruit. Hij heeft er zelfs een keer met Charls over zitten praten. Niet door de telefoon, gewoon, tegenover elkaar, in een Burger King in Memphis. Pappie wilde niet. Hij wilde Lendall zelfs geen huis in dat dorp geven daarginds.' De handboeien rinkelden toen Jim wilde wijzen. 'Omdat Lendall te lang was. Geloof je dat nou? Hij was te lang. Hij mocht een huis kopen waar hij maar wilde, maar hij mocht niet in dat dorp.'

'Hij wilde meer dan een huis.'

'Als je dat maar weet. Hij wilde heel wat meer. Pappie zei dat hij een toelage kon krijgen, een paar duizend in de maand om van te eten, maar Lendall zei dat pappie de pest kon krijgen.'

'Waarna jullie Charls begonnen af te persen.'

'We waren in het begin bang dat Charls er niet in zou trappen. Omdat Lendall hem had uitgescholden en zo. Maar na de dood van Dennis draaide pappie bij.'

Het was de klank die hem verraadde.

'Vertel eens over de dood van Dennis?'

'Hij ging gewoon dood. In een greppel, schijnt het. Hij had een slok drank op en vroor hartstikke dood. Zijn eigen drank.'

'Omdat hij niet wist hoe sterk zijn eigen drank was en omdat hij niet wist dat het in een berggebied barst van de greppels en de ravijnen?'

'Omdat hij een stomme zak was. Kon wonen in dat dorp daarginds, maar liet een hut in het bos opknappen. Samen met pappie. En toen ging hij zomaar dood.'

'Ja,' zei ik. 'Zomaar dood. Weet je wat. Ik trek je broek uit en ga daarna luisteren naar wat jij weet van de dood van Dennis. Elke keer als ik denk dat je liegt krijg je een extra gaatje in je kont.'

Een paar minuten later wist ik alles van de dood van Dennis.

Het was een voorstel geweest van Lendall, die van het gesprek met zijn vader in Memphis het idee had overgehouden dat Dennis de grote steun en toeverlaat van CC was. Junior was vertrokken naar Sacramento, hijzelf was weggelopen toen hij veertien was, Dennis was gebleven. Hij was even groot geworden als zijn vader, even tanig en even handig, met dezelfde gelaatstrekken, hetzelfde baardje en een even smoezelig petje. Miller, geen Budweiser, ze wilden niet helemaal hetzelfde zijn. Ze hadden allebei getimmerd, loodgieterswerk gedaan en als de nood hoog was gemetseld, daken gedekt en waterafvoeren gegraven. Ze hadden samen de hut in het bos gemaakt, in feite was de plaats waar later Charlsville zou ontstaan gekozen door Dennis. Hij had als hobby drank stoken, liefst samen met Charls, maar als het moest alleen. Vader en zoon hadden een plaats gevonden aan een oud, vrijwel vergeten pad, ze hadden een stuk uit een heuvel gegraven, een hut gemaakt die Dennis huis noemde en ze hadden liters drank gestookt met een alcoholpercentage dat tot Korsakov of een leveraandoening leidde als je meer dan drie, vier glazen op een avond dronk.

Toen werd pa rijk. Na de eerste ronde van verspilling volgde het idee van een dorp vol vrienden en vertrouwelingen, allemaal mensen die hard hadden gewerkt en een gouden tijd tegemoet zouden gaan. Samen met Dennis had Charls de plek gekozen waar Charlsville moest verrijzen, in het bos dat ze kenden uit de tijd dat Dennis een plaats voor zijn hut zocht. Voor zover Jim wist was, buiten Charls, niemand van de familie ooit in de hut geweest. Het had Lendall heel wat moeite gekost om hem te vinden en toen pa in Memphis duidelijk had gemaakt dat Dennis de man was die ooit de leiding over Charlsville zou krijgen, had hij een conclusie getrokken waar Jim het helemaal mee eens was geweest: Charls afpersen zou een stuk eenvoudiger zijn als Dennis was verdwenen.

Het was niet zo heel moeilijk geweest. Ze waren naar de hut gegaan op een dag waarop Dennis drank had gemaakt. Ze hadden hem opgezocht, heel vriendelijk, broertje-met-vriendje op verrassingsbezoek bij oudere broer. Ze hadden gedronken, een glas, twee glaasjes. Jim was beroerd geworden, maar Lendall niet, evenmin als Dennis. Ze hadden erg gelachen om de kleine man die over had moeten geven en hadden nog een slokje genomen. Daarna had Lendall, die een kop groter was dan Dennis, zijn broer een klap tegen de maag gegeven. Drie klappen om precies te zijn. Jim en Lendall hadden hem samen bijna doodgedrukt tegen het kussen van zijn eigen stoel en hem naar zijn auto gesleept. Ze hadden een plaats gezocht waar een greppel liep die je met wat fantasie een klein ravijn zou kunnen noemen en hadden Dennis achter het stuur gezet. Ze hadden de auto van de weg geduwd, het had nog heel wat moeite gekost om het wrak te bereiken om te zien hoe het was afgelopen. Heel goed, vonden ze toen ze zagen dat Dennis klem zat achter het stuur. Hij leefde nog, maar dat kon nooit lang duren. Ze waren naar hun auto gelopen en weggereden. Dennis was doodgevroren. Drank gestookt, drank gedronken, van de weg geraakt, gestorven. Dat was de conclusie van de arts die was gewaarschuwd. Er was een lijkschouwing geweest, maar niet een waar iemand zijn hart en ziel in had gelegd. Er waren eerder mannen uit Graham County gestorven na het drinken van hun eigen sterkedrank. Het was een risico van het vak, niemand buiten de familie en de vriendenkring raakte erdoor overstuur. In Charlsville was het enkele weken heel stil geweest en Charls was vaker de hort op gegaan dan ooit, maar daar was het bij gebleven. Lendall had enkele weken later zijn vader gebeld toen die in het casino van Cherokee was. Hij had verteld dat hij was ontvoerd en hij had er een mooi stukje toneel van gemaakt. De oude Charls was onderuitgegaan en met een ambulance naar een ziekenhuis gebracht. Zijn hart had het gehouden en hij had de opdrachten die de huilende Lendall hem had gegeven uitgevoerd. Nog een zoon begraven was meer geweest dan Charls in zijn leven wenste te doen. Hij was coöperatiever geweest dan Jim en Lendall hadden verwacht. Hij had het vervallen huis aan Fort Loudon Lake gekocht, hij had geld vervoerd in zijn bruine koffertje, hij had gedaan wat hij doen moest.

Abe was toen al de deputy die in opdracht van de sheriff Charls in de gaten hield. Het had Jim geen moeite gekost om hem te laten meewerken. Jim was ook degene geweest die privédetective Gail Rogers had benaderd. Hij had haar geld gestuurd en een telefoonnummer gegeven. Hij had oud-politiemensen gebeld die bij Knoxville Securities werkten en ze een bijverdienste in het vooruitzicht gesteld. Jim en Lendall wilden dat Charls zijn geld naar het huis aan Fort Loudoun Lake kon brengen zonder dat ze voor de voeten werden gelopen door nieuwsgierige lastpakken. Ik was er een van geweest, de zoveelste sukkel die een lesje nodig had. Het systeem had prima gewerkt. Tot vandaag.

'Gisteren.' Jim keek verbaasd toen hij het woord uitsprak. Gisteren was het fout gegaan, want ze waren gezien. Door mij. Hij had er niets van gemerkt, Lendall evenmin. Over deputy Abe Waggert hadden ze niet serieus nagedacht. Hij was er niet geweest bij het zomerhuisje aan het meer, hoewel hij er had moeten zijn. Ze hadden afgesproken dat het hem duizend dollar zou kosten, als een soort straf. Daarna zouden ze op de oude voet verdergaan.

Toen ik hem naar de vinger vroeg die ze hadden gestuurd moest hij lachen. Hij stond met zijn broek op zijn enkels met zijn gezicht tegen de stam van een boom geketend en hij moest lachen toen hij eraan dacht hoe slim hij was geweest. Hij was harder dan ik dacht, of stommer.

'Charls wilde niet meer.' Hij dacht na. 'De oude cc kreeg er genoeg van. Hij klaagde een keer dat hij met niemand kon praten. Dat zei hij tegen mij: dat hij met niemand kon praten. Het was verdomme precies wat ik week na week tegen hem had gezegd, maar hij, hoe noem je dat, uitstorten, hij stortte zijn hart uit, bij mij. Ik lachte niet eens, geloof het of niet, maar ik dacht: dit gaat niet goed, en toen bedachten we de vinger.'

'We?'

Hij knipperde tegen het licht. 'Lendall en ik, wie anders?'

'Ga door.'

Hij aarzelde, wilde iets vragen, maar slikte het weg. 'Lendall kende nog iemand in Nashville, bij Nashville, aan de rand van

Lebanon, een sukkel die altijd klaagde dat hij zijn alimentaties niet kon betalen. Drie keer getrouwd in vier jaar en maar klagen.' Hij keek verontwaardigd. 'Moet je nagaan, drie vrouwen. Ze waren allemaal weggelopen en hij moest betalen, zei-die. Ik zei: "Twintigduizend voor een vinger, ik snij 'm er voor je af." Hij zei: "Als je me maar verdooft." Daar zorgde een beetje crack voor. Hij was niks gewend en hij ging onder zeil. Lendall vond dat we bij nader inzien een teen hadden moeten nemen, hoefde hij niet met een hand in het verband te zitten als pappie kwam.'

'Toen je de smaak te pakken had ging je naar Lendalls zuster Debbie en brak je haar been?'

Hij schudde zo hard zijn hoofd dat hij de stam raakte. 'Godver. Niks been breken. Ze viel ergens van af en brak die poot zelf. Echt waar. We zijn niet in de buurt geweest. Het was een ongeluk, maar het kostte geen moeite om CC wijs te maken dat ik een handje had geholpen. Helemaal geen moeite. Die ouwe gelooft langzamerhand alles. Ik heb hem beloofd dat hij geen kind overhoudt als hij niet betaalt. Hij slikte het. Geloof me, hij slikt alles, je snapt niet dat nou net zo'n vent de loterij moet winnen.'

'Het is niet eerlijk,' zei ik.

'Zo is het.' Jim keek me aan met grote ogen. 'Zo is het verdomme precies. Lendall zei het net zo. "Het is niet eerlijk en als die ouwe van me niet vrijwillig afschuift gaan we hem een handje helpen," zo zei hij het.'

'Lendall en jij.'

Opnieuw een afweerreactie. 'Lendall en ik, ja. Hoezo?'

'Omdat jullie met je drieën zijn,' zei ik. Ik pakte zijn handschoenen en sloeg ermee tegen zijn kapotte wang. 'Jij hebt een man crack en geld gegeven in ruil voor een vinger, jij hebt Gail Rogers benaderd, jij hebt Abe aangesteld als bewaker, jij hebt

221

een dronkaard in Nashville die toevallig Lendall Crisp heet geslagen en gedwongen om Gail Rogers te bellen, jij hebt dit, jij hebt dat en Lendall liep achter je aan als een groot schaap. Dennis hebben jullie samen vermoord, maar voor de rest ben jij de grote man. Dat is de indruk die je wilt wekken, maar ik heb jullie gehoord in het zomerhuis aan het meer. Er is een derde man. Misschien een vierde en een vijfde, maar in elk geval een derde.' Ik gaf hem nog een paar tikken en liet de handschoenen vallen. 'Ik heb honger. Ik ga wat eten. Daarna ga ik van tien meter afstand met dit mes naar je kont gooien. Je weet wel, kontje prikken. In het donker. Net zo lang tot jij vertelt met wie jullie samenwerken.'

Het klonk stoer, maar het was fout. Terwijl ik at besefte ik dat ik hem de kans gaf om na te denken. Ik had hem een beetje willen jennen, maar had alleen bereikt dat ik de pest in zat te hebben. Om mijn gedachten een andere richting te geven en om mezelf te straffen sloeg ik hem met mijn blote hand tot de palm schrijnde; net goed. 'Vertel maar. Als het verkeerd klinkt pak ik mijn mes.'

Hij was er klaar voor. Ik hoorde het aan zijn stem, zonder slaan zou hij ook hebben gepraat. Het maakte me nog kwader op mezelf, dus ik gaf hem nog een tik.

'Parks. Alan Parks. Hou verdomme op met slaan, ik vertel het je toch. Hij woont in Memphis, dicht bij de rivier, de Wolf River, niet de Mississippi.'

'Hij komt een handje helpen als jullie hem nodig hebben?'

'Alsof we het hier niet zonder hem kunnen. Hij zit thuis bij zijn vrouw en kinderen en daar zit-ie goed.'

'Wat is zijn aandeel dan?'

'Denken.' Jim zei het met ontzag. 'Dat kan-ie, denken, plannen maken. Hij komt uit deze streek, dus hij kent het gebied.'

'Komt hij uit Graham County?'

'Knoxville, daar heeft hij gewoond, maar hij zat altijd in de bergen, dat zei hij tenminste.'

'Wie bewaart het geld?'

Jim leek de vraag niet te begrijpen. Hij schudde zijn hoofd en bewoog zijn benen. 'Moet ik nog lang zo staan? Ik krijg kramp. Welk geld.'

'Wat denk je?'

'O, dat. Ik stond aan Alan te denken. In het begin betaalde hij alles. We hadden eten nodig. Lendall heeft nog een poosje in Nashville gewerkt onder de naam van zijn moeder, maar Alan zei dat hij daarmee op moest houden omdat iemand er misschien achter zou komen dat hij een Crisp was. Na de begrafenis van Dennis ging hij naar diens hut, maar ik moest naar een motel, want vanuit de hut kun je niet bellen.'

'Waar bleef het geld van Charls. Bij Alan?'

'Alles ging naar Alan, altijd. Hij zei dat we niet zeker konden weten of er iets mee was uitgehaald, nummers opschrijven en zo. Hij zou het bewaren tot hij er zeker van was dat we het konden uitgeven. Elke week zorgde hij dat we een flink bedrag hadden om van te leven. Veilig geld, noemde Alan het. Ik kreeg wat meer dan Lendall, want die moet je niet te veel geven. Je weet nooit wat hij ermee gaat doen. Meestal vrouwen, soms gokken, als hij de kans krijgt allebei.'

'Wat doe jij ermee?'

'Ik mag er graag een drinken, dat is alles. Drinken is niet verstandig met veel geld op zak, dus ik vond het best dat Alan het bewaarde.'

'In een bank?'

'Weet ik niet. Het is veilig, zegt hij en ik geloof hem. Lendall ook.'

'Als hij er mee vandoor gaat, wat doe je dan?'

'Dan pakken we alle drie zijn kinderen en dat weet hij. Hij

weet ook wat we ermee gaan doen. Ga maar eens op de loop als je getrouwd bent met een vrouw die zelfs de staat niet uit wil en als je drie kinderen hebt van nog geen twee jaar.'

Ik zei dat het mij wel zou lukken als ik een paar miljoen dollar had, maar hij gaf geen krimp. Alan was de denker, hij de uitvoerder met Lendall als hulpje. Elke keer als Charls had betaald zei Lendall dat hij het geld dit keer zelf zou houden, en elke keer gaf hij het een paar uur later terug, waarna Jim het in een kluis legde, steeds in een andere plaats. Alan zorgde ervoor dat het werd opgehaald en belandde waar het moest zijn. Het geld van maandagavond had hij achtergelaten bij een halte van de Greyhoundbus. Hij vond het een prachtsysteem en had er maanden mee door willen gaan. Met de afpersing had hij geen probleem, de meeste tijd was hij kwijt aan het in toom houden van Lendall. Jim maakte een spottend geluid toen hij zei: 'Die is net als zijn vader, vroeger.'

'Vroeger?'

'Nou houdt hij vooral de schijn op, Charls. Ook een idee van Alan. Het kan geen kwaad als iedereen denkt dat hij geld kwijtraakt aan gokken en vrouwen. Dat houdt ze bij de bank rustig.'

Ik gaf hem een duwtje. 'Terug naar het motel waar jij sliep. Welk motel, waar.'

'Overal. In het begin in Asheville en Greenville, de grotere plaatsen, niet te ver weg. Later waar ze maar een motel hadden. Niemand kende Jim Brewer, dus het kon geen kwaad. Lendall kwam nooit bij me op bezoek, we spraken af op steeds andere plekken, dat was lastig genoeg want Lendall lijkt op zijn vader. Dat beweert hijzelf tenminste. Ik zie het niet, maar je kunt nooit weten. Het kostte in het begin meer dan we hadden en Alan betaalde.'

'Tot het afpersen begon.'

'Alan zei dat hij het bedrag dat hij had voorgeschoten van de grote hoop zou halen. Er blijft genoeg over. Alan denkt dat we er een miljoen de man uit kunnen slepen, misschien meer. Hij heeft zat, Charls, meer dan zat.'

Genoeg, dacht ik en ik zag Kaya voor me, mijn tweede moeder, en hoe ze kon kijken als ik 'zat' zei in plaats van 'genoeg'.

'Jullie hebben Dennis vermoord. Waarom vermoorden jullie Charls niet, dan krijgt Lendall heel wat meer dan een miljoen.'

'Niet volgens Alan en die zegt dat hij het heeft uitgezocht. Of misschien krijgt Lendall wel geld, maar dat kan dan jaren duren. Het heeft te maken met de erfenisregels. De helft is voor de inwoners van Charlsville en de rest gaat in een pot. De kinderen krijgen elk jaar een bedrag. Behalve Lendall, die krijgt niks. Toen Charls het allemaal bedacht wist-ie niet eens of Lendall nog leefde. Nou weet-ie het wel en misschien kunnen we hem dwingen zijn testament aan te passen, maar volgens Alan kunnen we dat toch niet goed controleren. Charls doet precies wat hij doen moet, maar, zegt Alan, dat is niet omdat hij verliefd is geworden op zijn jongste zoon. Hij denkt dat als hij niet betaalt al zijn kinderen eraan gaan met Cory als laatste.'

Ik scheen op zijn gezicht met een straal die zo zwak was dat hij niet met zijn ogen hoefde te knipperen. Als ik lang bleef schijnen zou ik in het donker door het bos moeten. 'Zijn jullie dat van plan, alle kinderen?'

'Charls denkt dat we het van plan zijn en daar gaat het om. Maar volgens Alan betekent het niet dat Charls de waarheid spreekt als hij zegt dat het testament is veranderd. Lendall kan altijd nog naar een advocaat lopen als hij geen cent krijgt, maar dat gaat jaren duren en als het mislukt dan heeft-ie niks. Hij wil het nu.'

'Jullie, bedoel je.'

'Wij. Alle drie. Lendall en ik willen het, Alan heeft het nodig. Zijn zaak loopt niet zo best en hij heeft drie kinderen. Zei ik dat al? Drie, en een vrouw die niet de goedkoopste is, als Alan ergens over klaagt...'

De zaklamp was niet meer dan een pitje en de lamp die Jim bij zich had gehad kon ik niet vinden. Het was tijd om te verdwijnen voor ik helemaal in het donker stond.

Jim leek dat aan te voelen. 'Wat ga je doen?'

'Weg.'

'En ik dan?'

Ik trok aan de handboeien tot hij stijf tegen de stam stond. 'Wat denk je?'

'Jezus.' Voor het eerst reageerde hij heftig. 'Kolere. Tering. Er zijn hier beren.' Hij stampte en trok aan de boeien tot hij kreunde. 'Ik bloed, daar komen dieren op af.'

'Geen beren, die zitten hogerop in de bergen. Wilde zwijnen misschien, stinkdieren, vossen, ratten. Bloed kan ze niet veel schelen en je kont is toch te mager.'

'Hijs in elk geval mijn broek op.' In het zwakke licht zag ik hem naar boven kijken. 'Dan kan ik klimmen als het moet.'

Ik trok zijn broek op en maakte het knoopje vast. 'Ik denk wel dat ik morgen terugkom.'

'Denk je. Dénk je?'

'Het is niet zo koud als op de avond waarop je Dennis van de weg duwde, je overleeft het wel.'

Hij rilde. 'Ik sterf van de kou. Geef me wat eten, en drinken.'

Ik gaf hem niks, ik zei ook niets meer, ik zou hem opzoeken als ik tijd had, morgen of overmorgen. Misschien vond Lendall hem als hij moe was van het wachten op zijn vriend die vrouwen zou komen brengen. In geval van nood kon ik de politie waarschuwen. Jims vingerafdrukken zaten in het zomerhuis waarin de dode Abe Waggert lag. Sheriff Odom zou blijer zijn met afperser Jim Brewer die aan een boom stond geketend dan met Jeff Meeks die zoek was en van wie in het huisje geen vingerafdruk was te vinden. Met een beetje geluk was zelfs te regelen dat Jim werd beschuldigd van een moord die niet was gepleegd.

Aan dat soort dingen dacht ik terwijl ik in de richting van Charlsville liep. De batterijen waren op en ik liep in het donker, maar ik had eerder over het pad gelopen en ik voelde me thuis in bossen. Op open plekken zag ik silhouetten op de momenten waarop de maan tussen wolkenpartijen door scheen. Het was kouder geworden, maar het was droog en de wind was gaan liggen. Het was wel prettig eigenlijk, alleen in het bos. Snel ging het niet, maar ik had toch tijd nodig om te bedenken wat ik moest doen.

Naar Cory gaan was het verleidelijkst. Ik kon haar meenemen naar de hut waar Lendall lag en beleefd vragen of ze me twintigduizend dollar wilde geven.

Naar Charls lopen was een andere mogelijkheid. Hij betaalde honderdduizend in de week aan Jim en Lendall, daar was hij af als hij me twintigduizend gaf. Dan zou ik hem wel moeten vertellen wat de plannen van zijn zoon waren. Hij zou het niet geloven, maar ik zou hem naar de hut van Dennis kunnen sturen, waar Lendall lag te slapen, zonder touwen, zonder bewaking.

Het probleem was dat ik de een niet zou kunnen spreken zonder de ander. Cory en Charls woonden in hetzelfde huis. Het leek me niet waarschijnlijk dat Charls in bed zou blijven als ik Cory vroeg met me mee te gaan naar het gastenhuis en Cory verzoeken thuis te blijven omdat ik een ommetje met pa wilde maken was vragen om problemen. Ik kon erop gokken dat Charls de hort op zou zijn, maar hij was de vorige dag naar Knoxville gereden en twee keer Fort Loudoun Lake overgevaren. Hij had de leeftijd om daar moe van te zijn.

Ik overwoog de mogelijkheid ze allebei mee te nemen naar de hut, dan konden ze het daarna met hun drieën uitzoeken. Het was een idee dat me aanstond, maar hoe kreeg ik ze zover dat ze me na het zien van Lendall twintigduizend dollar zouden betalen?

Ik draaide met mijn gedachten een tijdje in kringetjes en begon alternatieven te overwegen. Het enige wat ik kon bedenken was naar Memphis rijden om te kijken hoe het zat met Alan Parks.

Ik werd chagrijnig van de gedachte. Bij alles wat ik deed raakte ik dieper betrokken bij de problemen binnen de familie Crisp. Ik had ervandoor moeten gaan na mijn eerste 'val dood' tegen Charls, meer dan twee weken geleden. Ik had geweten dat het stom was om te blijven, maar ik had mezelf weer eens niet geloofd. Nu deed ik dat wel. Ik had weg moeten gaan. Ik moest nog steeds maken dat ik wegkwam. Maar dan wel met twintigduizend dollar van Cory. Ik vond dat ik ze dik had verdiend.

26

'Suzanne Mullins won 4,2 miljoen dollar in de loterij van Virginia in 1993. Ze koos voor een jaarlijks bedrag en heeft nu grote schulden bij de maatschappij die haar geld leende. Suzanne leende 1.977.461 dollar en beloofde het bedrag terug te betalen van de cheques die ze tot 2006 van de Virginia-loterij zou krijgen. Toen de regels werden veranderd streek ze het resterende bedrag in een keer op, maar betaalde er haar lening niet mee af. Ze zei dat ze het geld te hard nodig had voor haar schoonzoon, die langdurig ziek was en die een miljoen aan ziektekosten moest betalen.'

Ik las de tekst vier keer, zo lang duurde het voor Cory iets anders had aangetrokken dan het witte hemdje dat tot boven haar navel kwam. Ze moest me gehoord hebben, want ze trok de deur open toen ik voor het huis stond en me afvroeg of ik zo naar binnen moest lopen of behoorde aan te kloppen. De Tucker Torpedo stond half op de oprit. Als Charls thuis was dan lag hij in bed, want binnen was alles donker. Elk huis was donker. De straatverlichting gaf voldoende licht om een honkbalwedstrijd te kunnen houden, maar aan de inwoners van Charlsville was het niet besteed.

Het enige wat Cory had gezegd toen we tegenover elkaar stonden was: 'Jij.'

Waarop ik 'ik' zei, niet omdat ik snedig wilde zijn, maar omdat ik niets beters wist.

'O.'

'Ja.'

Misschien hoorde de dialoog bij het nachtelijke tijdstip, maar ik vond hem aan de magere kant.

Cory deed het licht aan en liet me haar hemdje zien in tegenlicht. Dat maakte een dialoog overbodig en het was een hele tijd stil.

'Is Charls er?'

Ze keek over mijn schouder naar de Tucker en ik voelde me rood worden. Het was een zin uit de categorie 'of ben je aan het schilderen' als je een schilder aanspreekt die aan het werk is.

Dit keer was het mijn beurt voor een: 'O.'

'Ja,' zei Cory.

'Is hij... Kan hij...'

Vroeger had ik ook weleens zo staan praten, op het schoolplein, als ik wist dat het mooiste meisje van de klas veel van me verwachtte, maar ik weer eens geen idee had wat.

'Je komt niet voor mij.' Het klonk of ze zwaar in me teleurgesteld was.

'Ook. Voor je vader, voor jou. Over Lendall.'

Er kwam beweging in haar gezicht. De mondhoeken gingen omhoog, de lijnen werden minder diep, de ogen lichtten op, zelfs in tegenlicht was het te zien.

'Ik trek iets aan,' zei ze en ze draaide zich om. Toen ze uit het zicht verdween zwaaiden mijn ogen van haar billen naar de tekst aan de muur.

'Als je liegt dan haal ik Snail, en Luther, en Silas, en... en... iedereen.' Ze had haar gezicht gewassen, ik rook de lucht van Oxydol, en ze had haar werkkleren aangetrokken, schoon en hobbezakkerig. Haar gezicht stond weer strak, haar ogen schoten alle kanten op en ze moest de handen tegen elkaar houden om trillen te voorkomen. Ze was zenuwachtig, bang.

'Ik lieg niet. Waar is je vader?'

Ze maakte een gebaar. 'In zijn kamer. Hij heeft gedronken, vanavond. Thuis.' Ik kon de verbazing horen. 'Hij drinkt bijna nooit als hij thuis is. Zeker niet op dinsdag, dan is hij altijd weg, de laatste tijd altijd. Ik...' Ze keek smekend. 'Weet je echt iets?'

Ik liep naar de kamer, maar werd naar achteren getrokken en naar de kamer aan de achterkant gebracht, de serre waar Charls' grote stoel stond.

'Ga zitten. Ik zal hem wakker maken.'

Het duurde lang en het ging gepaard met de geluiden die een moeder maakt als ze een slaperig kind uit bed haalt. Toen hij binnenkwam droeg hij zijn Budweiser-petje, een grijs onderhemd met halflange mouwen en een boxershort met grijze en zwarte strepen. Een witte sok hing om een enkel, de andere was opgetrokken tot net boven de kuit. Hij krabde aan zijn warrige baard en maakte een geluid dat tussen zuchten en boeren in hing terwijl hij naar me keek met samengeknepen ogen. 'Wat moet hij hier?'

'Hij heeft nieuws over Lendall, pappa. Hij wil dat jij het ook hoort.'

Ze probeerde Charls op zijn stoel te drukken, maar deinsde achteruit toen hij met een arm maaide. 'Weg jij. Weet je wel wat je zegt? Lendall.' Hij stortte zich op me en sloeg zijn handen om mijn nek. Hij was pezig en sterk, maar hij verspilde een deel van zijn krachten met praten. 'Ik dacht dat jij weg was. Opgedonderd. Wie heeft jou gezegd dat je... bemoeien... klootzak, je weet niet wat...'

Ik liet hem gaan tot ik het benauwd kreeg, pakte zijn polsen en gooide hem op zijn stoel. Afreageren was best, maar niet op mij. Ik had ineens genoeg van dat mannetje dat schuim op de mond had staan en dat lag te sissen of hij zijn hoge druk niet kwijt kon.

'Bek dicht,' snauwde ik. 'Ik weet dat jij al maanden weet waar

Lendall is. Wist in elk geval.' Ik hoorde Cory naar adem happen en zag dat ze op de vloer ging zitten. Ze viel niet flauw, ze zakte niet in elkaar, ze ging gewoon zitten, benen onder zich, handen in de schoot. 'Lendall zit niet vast, hij wordt niet bewaakt, hij slaapt of hij leest in vieze boekjes waarvan hij er vanavond een zak vol heeft gekregen.'

'Waar?' Charls was bijna niet te verstaan. 'Ik wil hem zien.'

'Straks,' zei ik. 'Leg eerst je dochter maar eens uit waarom je haar overal buiten hebt gelaten.'

'Omdat ze zeiden...' Hij aarzelde en ik zag dat hij aan een verhaal wilde beginnen dat hij niet had voorbereid.

'Gelul.' Ik zei het zo ruw als ik kon. 'Omdat ze zeiden? Ze zeiden niks, niet in het begin. Jij hebt Lendall begin dit jaar of vorig jaar gesproken in Memphis. Je hebt hem niet laten zoeken, hij heeft jou gezocht. Jullie hebben ruziegemaakt.' Ik keek naar Cory, die haar handen tegen haar keel had geslagen en haar ogen van haar vader naar mij liet schieten. 'Lendall wilde geld hebben, veel geld, zijn erfdeel, maar je vader zei nee. Ze hebben ruzie gekregen en Lendall zei dat je vader de pest kon krijgen, iets in die geest. Daarna is er veel gebeurd. Lendall ging samenwerken met Jim Brewer met het doel je vader af te persen. Dennis ging dood.'

'Nee.' Ze zeiden het tegelijk, Charls op de toon van 'hou je mond', Cory schril en angstig, alsof ze voelde wat er zou komen.

'Ja. Hij ging dood, maar niet omdat hij had gedronken en van de weg reed. Hij is vermoord. Dronken gevoerd met zijn eigen drank, van de weg gedrukt, doodgevroren.'

'Lendall?' Er lag wanhoop in de naam en ik kon het niet over mijn hart verkrijgen Cory de waarheid te vertellen.

'Een klein, smal mannetje. Jim Brewer heet-ie. Hij wilde geld, net als Lendall, maar eerst moest je vader bang worden gemaakt. Eerst Dennis dood, daarna Lendall. Dat dacht je vader tenminste. Debbie zou volgen, daarna Junior en ten slotte jij.'

Ze kon het niet geloven of ze wilde het niet. 'Ik?'

'Dat heeft Jim je vader verteld. Hij heeft gezegd dat hij Lendall gekidnapt had. Je vader heeft de afgelopen maanden een paar miljoen betaald, de laatste weken honderdduizend per week. Ze wilden nog een maand of drie, vier doorgaan, misschien langer, dat hing van je vader af.'

'Vinger.' Charls lag doodstil in zijn stoel en prevelde meer dan hij sprak. 'Ik kreeg een van Lendalls vingers.'

'Die was van iemand anders. De man kreeg er geld voor en een portie crack.'

Charls zei iets, maar Cory's stem klonk luider. 'Hoe weet jij dat allemaal?'

'Omdat ik ze heb gehoord. Je vader heeft een huis gekocht aan Fort Loudoun Lake. Daar ging hij heen om het geld te brengen. Hij had het bij zich in zijn bruine koffertje.'

Cory's ogen lichtten op. 'Dat van mamma?'

'Geen idee. Bruin koffertje. Vorige week bracht hij het geld op dinsdag, deze week op maandag. Hij wilde Lendall zien en daarvoor moest hij naar de andere kant van het meer. Jim Brewer bracht hem in een motorboot naar een zomerhuisje. Lendall zat vastgebonden op een stoel. Je vader zag hem, gaf het geld en werd teruggebracht.'

'En jij. Deed niks?'

'Ik keek en zag dat ze veel plezier hadden, Lendall en Jim. Het was allemaal doorgestoken kaart. Lendall wilde geld en hij kreeg geld. Niets aan de hand.'

'Dennis is dood.'

'Deputy Abe Waggert ook. Hij ligt in het zomerhuisje aan het meer.'

'Lendall?' Ditmaal vroegen ze het synchroon, allebei ademloos.

'Jim. Lendall weet er niets van.'

Charls maakte een machteloos gebaar. 'En Debbie? Haar been?'

'Was een ongeluk. Ik heb ze erover gehoord en ze vonden het een gelukkig toeval. Het was een ongeluk, maar ze wisten dat jij dat niet zou geloven. Ze moesten er erg om lachen.'

'Lachen.' Cory zat voorover met haar armen om haar hoofd gevouwen. Haar stem klonk uit het graf. 'Waar is hij, Lendall. Ik wil hem zien. Nu.'

'Ik wil twintigduizend dollar,' zei ik. 'Ik moest je broer zoeken, dat zei je. Ik ben het gedaan. Ik ben ervoor in een kuil op een vuilstortplaats gegooid, ik heb dagen in een bos gelegen, ik heb dat hele verrekte Fort Loudoun Lake ongeveer in de lengte overgeroeid en ik heb dagen geleefd op Coors-bier, ham en vijgen, het enige voedsel dat in het huis aan het meer te vinden was. Ik krijg twintigduizend en jij krijgt de plaats waar je Lendall kunt vinden. Hij zal niet blij zijn je te zien, maar dat is jullie probleem.'

Cory lachte zo schril dat het geluid door me heen sneed. 'Daar hebben we het weer. Je wilt geld. Dagen ben je weg, meer dan een week. Dan kom je terug met een verhaal dat we maar moeten geloven en dan wil je geld.' Ze ging staan en maakte zich zo groot mogelijk. 'Kom, pappa, het is een verhaal, meer niet. Je hebt gelijk. Iedereen wil geld. Die privédetective Gail Rogers wilde het, al de mensen die zeiden dat ze familie en vrienden van vroeger waren wilden het, de mannen die langskomen met zogenaamde schuldbekentenissen willen het en nou wil hij het ook. Jeff Aabelson, die Meeks heet, of Jeff Meeks die Aabelson heet.' Ze balde een vuist. 'Lul die je bent.'

'Cory.' Door de manier waarop Charls de naam uitsprak keek ik naar hem. Hij lag verslagen in zijn stoel en er stonden tranen in zijn ogen. Zijn borst ging op en neer alsof het hem moeite kostte zuurstof binnen te krijgen, zijn gezicht was zo bleek dat zijn huid doorschijnend leek.

Cory had geen belangstelling voor hem. Ze roffelde met haar vuisten tegen mijn borst en probeerde met een knie mijn kruis te raken.

'Cory!'

Er zat meer kracht in Charls' stem, maar nog steeds niet genoeg om Cory tot bedaren te brengen. Na drie knietjes tegen mijn bovenbeen pakte ik haar handen en boog ik ze achter haar rug. Ze kreunde terwijl ze gebukt stond, maar ze bleef schoppen. En schelden. Series scheldwoorden in zuiver Engels zonder een spoor van dialect, en zonder dat ze er moe van werd. Pas toen ik een hand over haar mond had gelegd en haar de kamer door had gesleept tot ze vlak bij haar vader stond reageerde ze op wat hij zei. 'Hij heeft gelijk.'

Ze probeerde me te bijten, ik voelde speeksel tussen mijn vingers door lopen.

'Gelijk,' herhaalde Charls. 'Ze vertelden dat Lendall was gekidnapt. Ze stuurden een vinger en zeiden dat ze, dat hij... Ik heb betaald.'

Hij bleef praten en toen ik voorzichtig mijn hand wegtrok merkte ik dat Cory geen aandacht meer voor me had. Ze stond gebogen over haar vader, met haar armen op haar rug, zonder zich te bewegen, zonder te proberen de draad speeksel die langzaam zakte op te zuigen of weg te vegen.

Het verhaal van Charls klonk toonloos, maar het sloot aan bij wat ik wist. Hij werd afgeperst en betaalde omdat hij bang was voor het leven van zijn kinderen. Van alle kinderen. Het leven van Lendall kon hem minder schelen dan dat van de andere drie. Hij had er al twee verloren, dat was genoeg.

Hij sloot zijn ogen toen hij was uitverteld. Hij wist wat Cory zou vragen en hij wilde er niet haar gelaatsuitdrukking bij zien. 'Waarom heb je nooit iets gezegd?'

'Omdat ik in het begin niet wist of het Lendall wel was. Je weet hoeveel gekken er belden toen in de kranten had gestaan dat ik zestig miljoen had gewonnen. 'Bergbewoner wint fortuin'. 'Hillbilly wordt miljonair'. 'De timmermiljonair van de Smoky Mountains'. Van alles schreven ze en ik werd gek van de telefoontjes. Ik had Lendall vijftien jaar...'

'Twaalf.'

'Twaalf jaar niet gezien. Hij vertelde door de telefoon dingen over vroeger die de meeste anderen die belden niet wisten, maar dat betekende niet alles. Je weet nog wel van die vrouw die zei dat ze een halfzus van mamma was. Ze had zo veel papieren en ze wist zoveel dat we het bijna geloofden.'

'Bijna.'

'Uiteindelijk niet, maar het duurde weken. Ik wilde Lendall eerst zien. Ik wilde niet dat hij naar ons toe kwam en hij wilde dat zelf ook niet. We maakten een afspraak in Memphis. Hij was het, dat zag ik snel genoeg, maar we kregen ruzie. Hij had geen belangstelling voor mij, of voor jou. Hij wilde geld, zijn hele kindsdeel in één keer. Toen ik nee zei, zei hij dat ik kon verrekken. Hij wilde alleen naar Charlsville als hij er de baas kon worden, een soort burgemeester. Ik zei dat dat niet ging. Hij vroeg niet één keer naar jou. Ik heb je niets verteld omdat ik dacht dat dat het beste was. Daarna ging Dennis dood, een tijdje later belde Lendall me toen ik in een casino was. Gewoon over de telefoon van het casino. Hij huilde en zei dat hij gevangenzat en dat ze hem zouden doodmartelen als ik niet betaalde. Wat had ik je daarover moeten vertellen?' Hij deed zijn ogen open. 'Jij hebt hem opgevoed, Lendall, meer dan ik. Had ik moeten zeggen, dat die vinger...'

Ze keken elkaar aan op zo'n manier dat ik me overbodig voelde. Ik liet Cory los en schuifelde achteruit. Ik wilde weg. De twintigduizend dollar zou ik laten zitten, als ik maar weg kon. Zo ver mogelijk weg van Charlsville in zo kort mogelijke tijd. Ze moesten hun problemen maar zonder mij oplossen.

Toen ik bij de deur was spraken ze tegelijkertijd.

'Waar is hij,' vroeg Cory.

'Haal het geld,' zei Charls.

Ik bleef staan en concentreerde me op Charls. Ik wilde snel weg, maar dat kon ook over een paar minuten.

'Eerst Lendall.' Cory had zich omgedraaid en keek naar me met een felheid die ik niet eerder had gezien. Ze streek langs het gezicht van haar vader. 'Jouw verhaal geloof ik wel, pappa, en hij daar zal ook een heleboel weten, maar ik geloof hem pas echt als ik Lendall zie. Waar is hij?'

Ik zou het niet van haar winnen. Nooit. Ze zou me niet laten gaan. Al moest ze het hele dorp mobiliseren, ze zou me in Charlsville houden tot ik had verteld wat ze wilde horen, en ik zou voor die tijd geen dollar van haar krijgen.

'Lendall zit in de hut van Dennis.' Ik wees. 'In het bos, een eind achter de clandestiene drankstokerij.'

'Is hij alleen?'

'Ik denk van wel. Ik weet het eigenlijk wel zeker.'

'Die Jim Brewer waar je het over had...' Ze keek alsof ze wilde horen dat Jim Brewer aan stukken was gescheurd, in zoutzuur was opgelost, met ijzer verzwaard in een rivier was gegooid.

Het verlangen om haar in elk geval op dit punt tevreden te stellen was overweldigend. 'Maak je over hem geen zorgen. Ik pakte hem toen hij boekjes naar Lendall had gebracht. Ik heb hem met handboeien aan een boom vastgezet.'

Terwijl ik het zei keek ik naar Charls. Om een of andere reden had mijn mededeling dat Lendall in de hut zat die hij samen met Dennis had gemaakt hem geraakt als een klap met een hamer. Hij had zich op zijn zij gerold en zijn benen opgetrokken tot foetushouding. Zijn mond hing open en hij ademde met horten en stoten.

'Charls heeft het te kwaad,' zei ik, terwijl ik dacht: hartaanval, beroerte, allebei tegelijk, daar gaat hij, net als deputy Abe.

Cory bleef kalm. 'Hij heeft tabletten nodig. Soms heeft hij het even moeilijk. Niks bijzonders. Blijf jij maar bij hem, dan zal ik kijken waar hij ze heeft.'

Ze liep de kamer uit en trok de deur achter zich dicht. Ik keek naar Charls, die nog steeds tegen zijn borst tikte, en vroeg me af wat je hoort te doen als iemand een hartaanval krijgt, of een beroerte. Ik had geen idee. Daarom liep ik naar het raam en concentreerde me op de bomen die zichtbaar waren in het licht dat naar buiten straalde. Erboven zag ik een streep lichte lucht. Het werd ochtend, of de maan deed erg zijn best. De wind ook, dorre blaadjes ritselden langs de ramen en speelden een spel waar ik niets van begreep.

27

Ze kwam niet terug. Ik weet niet hoe lang het duurde voor ik het besefte. Cory kwam niet terug. Ze was het huis uit gelopen en had mij achtergelaten bij haar vader, die zijn medicijnen nodig had. Ik wist waar ze naartoe was. Ik wist ook dat ik achter haar aan moest, dat ik eerder bij de hut moest zijn dan zij, dat ze geen idee had hoe Lendall zou kunnen reageren. Ik wist het, maar Charls bleef tegen zijn borst slaan en ik zag Abe voor me die over zijn borst wreef en met stoel en al opzij viel. Twee doden achter elkaar, op bijna dezelfde manier, en deze keer zou ik beslist de schuld krijgen, Cory zou er persoonlijk voor zorgen.

Het woord dat Charls eindeloos prevelde drong tot me door. 'Medicijnen.'

Ik liep de kamer uit, draaide me om in de gang en ging terug. Het kon lang duren voor ik de tabletten had gevonden en ik had geen idee hoeveel tijd we hadden.

Ik knielde naast hem neer en vroeg waar ik moest zoeken. In het kastje naast zijn bed, begreep ik, maar ik vond ze in de broek die naast een stoel lag. Hij liet twee keer een tablet vallen. Het derde stopte ik in zijn mond. Daarna ging ik water halen en toen hij zei dat hij naar bed wilde zei ik dat hij er verdomme maar naartoe moest kruipen.

Hij begon aan die tocht en ik ging op zoek naar een zaklantaarn. Iedereen die in of bij een bos woont heeft er een, maar ik vond niets anders dan een ledje dat het licht gaf van een gloeiende spijker. Cory had de echte, een duidelijker aanwijzing omtrent haar plannen kon ik niet krijgen.

Ik liep naar buiten terwijl ik dingen tegen mezelf zei die ik van een ander niet zou willen horen. Maggie Tarquit zou een zaklamp in haar winkeltje hebben, Snail eentje in zijn café. Bij iedereen zou ik een lamp kunnen halen, maar bij niemand zou ik wegkomen zonder uitleg, en zonder dat ze mee wilden.

Terwijl ik dat dacht liep ik in de richting van het pad. Er was maanlicht, ik was Jeff Meeks die jaren in een bos had gewoond, ik kende het pad, ik was geweldig, ik kon alles, als ik maar pissig genoeg was.

Ik kon het, maar niet zonder dat ik een dozijn keren viel en twee keer met mijn voorhoofd langs een tak streek die ik pas zag nadat ik hem voelde. Bij de laatste struikelpartij schoot het ledje uit mijn hand. Ik deed geen moeite het te zoeken, licht zat er toch nauwelijks in en nu had ik tenminste beide handen vrij als ik viel.

Ik had pijn in mijn handpalmen en last van een knie toen ik bij de plaats kwam waar Dennis zijn sterkedrank had gemaakt en zuchtte van opluchting toen ik net op tijd de koperen ketel wist te ontwijken. Jim was er nog, dat zag ik niet, dat voelde ik. Hij hing tegen de stam, maar hij had geen pijn. Dat heb je niet als je achterhoofd is weggeschoten.

Ik had geen schot gehoord, maar ik had zelf veel lawaai gemaakt en me moeten concentreren op de plaats waar ik mijn voeten zette. Jim was dood en wat ik voelde was ongetwijfeld bloed.

Ik veegde mijn hand af aan zijn broek en vroeg me af of het zin zou hebben naar de hut te lopen. Ik verwachtte er niet veel van, maar ging toch. Het enige wat ik eraan overhield was een splinter in een vinger, een onwillige knie en zicht op een paar honderd pornoblaadjes.

Ze lagen verspreid over de vloer, dat zag ik in het licht van de lamp die ik in het keukengedeelte had gevonden. Er lagen daar drie zaklantaarns op een rij, naast twintig batterijen, Lendall had niet het risico willen lopen dat hij een minuut met zijn blote vrouwen in het donker moest zitten. Een deel van de blaadjes zag eruit of erover was gelopen, maar het interieur van de hut was intact, er was niet gevochten.

Ik liep terug naar Charlsville zonder me te haasten. Jim Brewer was dood, twee kinderen van Charls waren verdwenen, waarschijnlijk samen, maar het hoefde niet. Misschien had Cory een lege hut aangetroffen en liep ze in het bos te zoeken. Misschien had Lendall een wapen gehad en had hij er Jim mee doodgeschoten. Het kon allemaal, maar ik geloofde er niets van. Bij het huis van Ira Stratton zag ik dat in een kamer licht brandde. Net thuis, dacht ik, en ik veerde op. Cory had hulp gezocht bij Ira en samen waren ze naar de hut gelopen, of naar Jim. Ira had een gewecr, Cory was overstuur genoeg geweest om het te gebruiken. Ik zag het voor me en ik kreeg er het warme gevoel van dat je krijgt als je iets slims hebt bedacht. Dat duurde tot Ira voor een raam verscheen. Hij was gekleed in een onderbroek en dronk iets uit een kopje. Zijn haren zaten door de war en hij had de ingezakte houding van iemand die niet kan slapen en uit bed is gestapt. Hij dronk, hij keek vanuit een verlichte kamer naar een donker bos, hij krabde zijn buik, hij liep weg. Een minuut later was het donker. Ira lag in bed en ik stond buiten te dromen. Een paar honderd meter verderop was het huis van Charls. Ik had mijn best voor hem gedaan, voor hem en voor Cory. Het enige wat ik had bereikt was dat er nu twee kinderen zoek waren. Ik was benieuwd hoe ik hem dat zou vertellen.

28

Hij lag er uitgeblust bij, Charls. Hij had een beetje kleur op de wangen en hij hijgde niet, maar hij was zijn energie kwijt. Hij lag in zijn bed en luisterde zonder iets te horen naar een radiozender die het geluid van drie heren leverde die het erover eens waren dat de mode moest veranderen, vooral die voor vrouwen.

'Waar zijn ze?' Hij vroeg het toonloos en zonder hoop.

'Ik zou het niet weten,' zei ik. 'De hut was leeg, ik denk dat Cory en Lendall samen ergens naartoe zijn.'

'Ergens.'

Ik haalde mijn schouders op. 'Ik hoopte dat ze hier zouden zijn. Heeft Cory een geweer of een revolver?'

Zijn ogen werden groot. 'Waarom zou ze?'

'Ja of nee?'

Hij schudde van nee. 'Ik ook niet, dus als je denkt dat ze de mijne heeft... Waarom vroeg je dat?'

'Jim Brewer is doodgeschoten. Hij hangt aan een boom met een half hoofd. Iemand zal hem eraf moeten halen.'

Het leek of hij opknapte. 'Dat doen de beesten wel, over een week hebben ze hem kaalgevreten. Zei je niet dat hij Dennis heeft vermoord?'

Ik knikte, maar zei niets.

'Dan heeft hij zijn verdiende loon, wat wil je nog meer.' Zijn gezicht verstrakte. 'Denk je dat Cory, of Lendall...'

Ik dacht van niet en dat zei ik. 'Ik vroeg het voor alle zekerheid. Lendall werkte met Jim samen.' Ik stak een hand op toen ik zag dat hij wilde protesteren. Hoe meer hij sprak, hoe meer kleur hij kreeg en hoe beweeglijker hij werd, maar ik had geen zin in een discussie. Ik begon een idee te krijgen over wat zich in en rond Charlsville had afgespeeld en ik dacht dat ik het ook zou kunnen bewijzen. Als het moest. Het zag er niet direct naar uit dat het zou moeten en dat wilde ik zo houden. 'Lendall werkte met Jim Brewer samen en als Cory geen wapen heeft, hoe zou ze dan... Ik ben niet veel later dan haar het bos in gegaan en ik heb zelfs het schot niet gehoord. Ik denk dat ze terugkomt.'

'En Lendall?'

'Geen idee. Je weet in elk geval dat hij niet gekidnapt is en dat hij alleen op je centen uit was.'

'Zeg jij.'

Ik zuchtte. Het kringetje was rond en ik zag dat hij bereid was aan het volgende te beginnen. 'Wat je eigenlijk bedoelt is dat ik de beloning van twintigduizend niet krijg.'

'Bespreek dat maar met Cory, ik heb je geen cent beloofd.'

Ik haalde diep adem. Ik had geen troeven achter de hand, het enige wat ik kon doen was er eentje fabriceren en hopen dat hij erin zou trappen. 'Wat doe je als je over een poosje hoort dat Lendall Cory tegen haar zin heeft meegenomen? Misschien mag je vanaf volgende week wel betalen om Cory vrij te krijgen. Wat doe je als het zover komt? Je bruine koffertje pakken en in je Tucker naar een nieuw huis rijden aan een nieuw meer? En hopen dat de vinger die je krijgt ook dit keer van een ander is? Allemaal omdat je me niet vertrouwt en je de laatste kans laat lopen om je dochter te vinden?'

Daar moest hij over nadenken. Hij slikte terwijl hij het deed en draaide een staartje van zijn baard. 'Kun je dat, Cory vinden?'

Ik wist het niet. Ik had een paar ideeën, maar ik kon geen garantie geven. 'Ik denk van wel.'

'Je denkt.'

'Dat is heel wat meer dan jij hebt gedaan. Jij hebt alleen betaald. Geef me mijn twintigduizend en ik zal zien hoe ver ik kom.'

'Helemaal tot New England, of wordt het Alaska?'

Ik liep naar hem toe, smeet de radio op de grond en schopte ertegen tot de drie heren hun mond hielden. 'Dag cc,' zei ik. 'Had ik je maar laten doodvallen op de dag waarop ik voor het eerst "Val dood" tegen je zei. Dat had me heel wat ellende bespaard.' Ik liet mijn handpalmen zien en wees naar mijn knie. 'Ik ben honderd keer gestruikeld in dat verrekte bos, allemaal omdat ik het zo leuk vind je dochter geld af te troggelen. Je hebt wekenlang honderdduizend dollar naar een paar afpersers gebracht, maar als het om de twintigduizend gaat die mij is beloofd dan reageer je alsof het je laatste centen zijn.' Ik liep naar de deur. 'Doe Cory de groeten. Als je haar ooit terugziet.'

Buiten wachtte ik. Als hij zou komen zou het binnen vijf minuten zijn. Die tijd zou ik hem geven, daarna zou ik vertrekken en schietgebedjes doen dat ik de naam Charlsville nooit meer zou horen.

Na vijf minuten gaf ik hem een minuut extra, na zes minuten dacht ik dat hij misschien last had van zijn hart en niet snel kon bewegen. Na iets meer dan zeven minuten kwam hij naar buiten, op sloffen, in zijn ondergoed, maar met het Budweiserpetje op zijn hoofd. Hij liet een envelop zien.

'Dit is het geld dat Cory apart had gelegd, zelf heb ik nooit veel in huis, waarom zou ik. Zeg maar waar je auto staat, dan breng ik je ernaartoe.'

Hij reikte me de envelop aan, maar ik hield mijn handen in

mijn zakken. 'Waarom vraag je niet hoe ik Cory denk te vinden?'

Hij maakte een dwingende beweging. 'Aanpakken of opdonderen, ik blijf niet zo staan.'

Ik pakte de envelop aan en zag hem glimlachen. Hij had me gekocht, dat gevoel moest hij hebben.

'Ik vraag het niet, omdat ik voor vannacht genoeg gelul heb gehoord,' zei hij. 'Waar staat je auto. Niet in Charlsville, want dat zou ik weten.'

'Cody Branch Road.'

Hij knikte opgelucht. 'Ik dacht al zoiets.' Hij keek alsof ik in elk geval niet alles had gelogen. 'Stap maar in.'

Ik keek naar zijn onderbroek die onder aan zijn heupen hing. 'Ga je zo?'

'Denk je dat ik ervoor word bekeurd?' Hij liep naar de Tucker, maar maakte het portier niet open. Hij wees naar zijn hart. 'Misschien rij jij liever?'

Ik zei 'nee' en hij drong niet aan. Charlsville sliep nog steeds toen we wegreden. In niet een huis brandde licht.

We zwegen tot we op Cody Branch Road waren. Toen stelde ik de vraag die ik moest stellen. 'Ken je iemand die Alan Parks heet?'

Hij nam er de tijd voor en aan de bewegingen van zijn tong te zien proefde hij de naam. 'Niet dat ik weet. Hoezo?'

'Ze werkten niet met hun tweeën, Lendall en Jim. Er was een derde, misschien een vierde.'

'Alan Parks hoorde erbij?'

'Hij is de man die de plannen maakte, volgens Jim, maar ik weet niet of dat klopt.'

'Jij twijfelt eraan?'

Het was niet echt twijfelen, het was een gevoel, maar dan wel eentje dat ik niet zo onder woorden zou kunnen brengen dat ik er zelf in geloofde. 'Ik denk dat er een groepje op je geld uit was.'

Daar moest hij zowaar om lachen. Hij schudde ervan en de Tucker slingerde over de weg. 'Groepje. Als je iedereen die de afgelopen drie jaren geld van me wilde achter elkaar zet dan dondert de achterste in de Atlantische Oceaan. Groepje.'

'Een ervan is een zoon van je.'

Hij klemde zijn kaken op elkaar en ik zag zijn knokkels wit worden. Het duurde lang voor hij iets zei. 'Ik heb het goed bedoeld, wil je dat geloven?'

'Met Charlsville?'

'Met mijn familie, de paar vrienden, de goede kennissen. Goed bedoeld, alles.' Hij haalde diep adem. 'Je weet dat Cory steeds stukjes ophangt in de gang over miljonairs die de zaak hebben verziekt?'

'Ze zei dat je er in het begin om moest lachen, maar later niet meer.'

Charls Crisp uit North Carolina won bijna eenenzestig miljoen in de staatsloterij van South Carolina. Drie jaar later was een van zijn kinderen dood en werd hij door een ander kind afgeperst. Hij stierf aan een hartverlamming, op zijn begrafenis was er niemand die echt om hem rouwde.

Hij zei het toonloos. 'Weet je dat dit het soort tekst is waar ik gek van kan worden?' Hij zette de auto stil en boog zich naar me toe. 'Daar ben ik bang voor, Jeff Meeks Aabelson of hoe je mag heten. Daar ben ik als de dood voor. Breng haar terug, Cory. Ook Lendall, als je kunt. Breng ze terug. Niet voor het geld, maar voor mij.'

Er hing een vreemde stilte in de Tucker toen hij me aankeek. Zijn ogen waren helder, hij knipperde niet. 'Beloofd?'

'Ja,' zei ik en terwijl ik het zei had ik de pest in, want het was een ja waar ik me aan zou houden. 'Heb je nog wensen aangaande Alan Parks en de anderen die bij de afpersing zijn betrokken?'

Ik bedoelde het luchtig, maar hij nam het serieus. 'Verzuip ze, schiet ze aan stukken, mij zul je niet horen. Maar zorg eerst dat je ze vindt.'

Ik zei dat dat wel zou lukken en ik meende het. Ik wist ook vrijwel zeker wie me een handje zou kunnen helpen.

29

'Je hebt wel lef, jij.' Gail Rogers zei het met een mengeling van verbazing en waardering. 'Weet je dat Knoxville Securities naar je uitkijkt? Als ze je vinden is het feest. Dan ben je er niet met een pak slaag en een stroomstootje.'

Ik stond net buiten het schijnsel van het lampje boven de voordeur en zag dat ze haar gezicht tegen de rand van het luikje drukte om me beter te kunnen zien. 'Ik heb inlichtingen nodig.'

'Van mij.'

'Je bent toch privédetective?'

Ze grinnikte en opende de deur. 'Eigenlijk zou ik moeten zeggen: kom maar naar mijn kantoor, maar je kent het huis, dus...'

Ze deed het licht aan toen ik binnen was en knikte naar de kamer. 'Ik ga pas vragen of je iets wilt drinken als je bezoek de moeite waard is.' Ze wees naar haar voeten en trok een gezicht. 'Weet je hoe lang ik op blote voeten buiten heb gelopen voor ik in de bewoonde wereld was?'

Ik keek naar haar afgetrainde gezicht en naar haar schouders en bovenarmen die tegen de stof van haar blouse drukten. 'Vast niet erg lang. Nog problemen gehad?'

Ze ging zitten en wreef in haar ogen. Ze had dit keer niets kippigs en toen ik vroeg of ze lenzen in had keek ze of ze geen idee had waar ik over sprak. 'Lenzen? Wat zeur je nou. Geen problemen, niks. Heel vreemd. Ik hoorde dat twee mensen van ks op de stortplaats in de kuil zijn gegooid en dat ze het er maar net levend hebben afgebracht. Een ligt in het ziekenhuis, de ander strompelt rond met een been in het gips. Ik had gedonder verwacht, maar nee hoor, niet eens een telefoontje van de politie of van iemand van Knoxville Securities. Ik heb geprobeerd erachter te komen wat er is gebeurd op de vuilstortplaats, maar niemand zegt iets. Niet tegen mij. Ik dacht nog: ik zal moeten wachten tot hij terug is.'

Ik kon niet zien of ze het meende. 'Verwachtte je echt dat ik terug zou komen?'

'In het begin dacht ik: ik ga hem zoeken. Elke keer als ik mijn voeten voelde of mijn enkels, dan dacht ik het. Ik had graag een gewicht aan jouw enkels gehangen en je af en toe hier en daar een dreun gegeven, maar na een tijdje dacht ik: het hoort bij het vak. Ik kan tegen een stootje.'

'Het betaalde goed. Zou je niet vijfendertighonderd dollar krijgen? Die had je aan mij te danken. Dank je, Jeff Meeks, heel aardig van je.'

'Meeks? Was het niet Aabelson?'

Ik grijnsde. 'Vandaag is het Meeks. Drie en een half duizend voor één ruwe avond, snel verdiend.'

Haar gezicht verduisterde. 'Behalve dan dat ik geen cent heb gekregen. Tot nu toe waren ze altijd stipt, maar van die vijfendertighonderd heb ik geen cent gezien.' Ze stak een hand uit. 'Kom je me betalen, grote jongen?'

'Ja.'

'Echt?' Grotere ogen kon ze niet krijgen. Ze had het gevraagd zonder overtuiging en keek nu naar me of ze een prijs had gewonnen. 'Als je me belazert...'

Ik had tienduizend in de Dodge achtergelaten en tienduizend dollar bij me gestoken. Ik pakte het geld en telde vijfduizend dollar uit. 'Voor jou, de vijfendertighonderd dollar die je was beloofd en vijftienhonderd voor inlichtingen.'

Ze griste het geld weg, telde het na, vouwde het dubbel en stopte het in haar blouse. In films deden actrices dat, maar dat waren meestal actrices met borsten die groot genoeg waren om iets tussen te kunnen stoppen. Ik verwachtte dat bij Gail het geld onder haar blouse door zou ritselen. Het gebeurde niet, ze had er een clip of ze droeg een beha waarin ruimte over was.

'Ik zei: vijftienhonderd is veel geld voor inlichtingen.' Gails stem klonk scherp en ik zwenkte met mijn ogen naar haar gezicht. 'Blijkbaar wil je nogal wat.'

Ik overwoog of ik haar zou vertellen dat het een afkoopsom was. De afpersing was voorbij, ze zou geen geld meer krijgen, geen vast bedrag in de maand en geen tipgeld.

'Dat hangt ervan af,' zei ik. 'Het gaat om Alan Parks.'

Haar ogen werden spleetjes. Zonder dat ze het zich bewust was ging ze anders staan, de benen iets gespreid, de handen ter hoogte van haar middel, ze zag eruit of ze klaar was voor de aanval. 'Heeft hij iets met Cory Crisp te maken?'

'Hij heeft in Knoxville gewoond. Dat heeft een man me verteld die met Lendall Crisp heeft samengewerkt. De man zei dat Parks naar Memphis is verhuisd, getrouwd is en kinderen heeft.'

'En?'

'Jij vertelde me dat je ex naar het westen is gegaan, maar niet verder is gekomen dan de Mississippi. Hij is getrouwd en heeft drie jonge kinderen.'

'Ja?' Gereserveerd, argwaan.

'Knoxville, daar gaat het om. Cory Crisp zocht een privédetective en vond iemand in Knoxville. Elke keer als iemand bij je kwam en vragen stelde over Charlsville kwam een knokploeg van Knoxville Securities in het geweer. In andere plaatsen gebeurde niets voor zover ik weet. Cory zocht Lendall, maar jij weet dat haar vader allang wist waar hij was. De laatste keer dat ik Lendall zag was hij bij Fort Loudoun Lake, dat is bij Knoxville.' Ik pauzeerde, maar zag dat ze niet van plan was iets te zeggen. 'Heb jij ooit gevraagd waarom Cory Crisp naar jou toe kwam? Knoxville ligt in Tennessee, je zou zeggen dat ze in North Carolina ook wel een privédetective had kunnen vinden.'

Nu reageerde ze wel. 'Geen idee, echt niet. Ik heb het me later wel afgevraagd maar toen niet. Ze kwam en ze was de dochter van een miljonair, bij mij ging de vlag uit, eindelijk een mooie zaak en het werd tijd ook.' De argwaan kwam terug. 'Had haar bezoek met Alan Parks te maken?'

Ik knikte. 'Op een bepaalde manier. Charls Crisp werd afgeperst en Knoxville was de plaats waar het gebeurde. Alan Parks was het brein van het groepje. Zo heb ik het gehoord. Ik denk niet dat het helemaal waar is, maar het is me verteld door iemand die Jim Brewer heette en die bij de afpersing betrokken was.'

'Heette? Was?'

'Hij is dood. Zijn halve hoofd werd weggeschoten terwijl hij met handboeien aan een boom vastzat. De afpersing is uit de hand gelopen. Deputy Abe Waggert is ook dood. Vermoord door Jim Brewer.' Hoe vaker ik het vertelde, hoe beter het klonk. 'Ik dacht dat ik wist waar Lendall Crisp zat, maar hij is verdwenen. Zijn zus Cory ook. Vertel eens over Alan Parks, Gail.'

'Is het raadwerk of ben je echt slim?'

Het was beredeneerd gokken, maar ik had er wel geld op durven zetten. Misschien niet de twintigduizend dollar van Charls Crisp, maar wel de vijfduizend die ik in mijn zak had. 'Ik zou erg opkijken als jij niet mevrouw Gail Parks-Rogers bent geweest, de echtgenote van de man die slim is, die van bergen houdt, die in Memphis woont, die getrouwd is en die drie kinderen heeft.'

Ze dacht sneller dan ik had verwacht. 'Dus daarom kwam Cory bij mij. Omdat ik met Alan getrouwd was.'

'Ik denk dat ze je naam van iemand had die Alan kende en die wist dat jij zijn werk voortzette.' Ik aarzelde, maar vond dat het moest worden gezegd. 'Iemand die niet verwachtte dat je resultaten zou boeken.'

'Die wist dat ik geld nodig had?'

'Precies. Al de potjes en flesjes die in je kantoor staan en in je slaapkamer kosten een fortuin. Daar is geld voor nodig, meer dan jij verdiende met een scheidinkje hier en een opsporinkje daar.'

Ze ontspande zich. 'Van mij hadden ze tot in lengte van jaren duizend dollar in de maand mogen blijven sturen, maar iets zegt me dat het afgelopen is. Wil je koffie? Ik denk dat het een lange zit gaat worden.'

'Waar denk je dat je gaat zoeken, grote jongen?'

Gail had haar stoel bijgetrokken en zat tegenover me, knieën tegen die van mij. Als ze uitademde rook ik een lucht die een combinatie moest zijn van tabletten, oliën, spierversterkende middelen en een suikerklontje om niet van de graat te vallen. Ze ademde veel uit, het zat tegen hijgen aan. In haar ogen las ik iets van extase. Gail Rogers was geen privédetective geworden omdat ze dacht dat ze er beter in was dan haar ex, ze was het geworden om de sensatie. Hetzelfde soort sensatie dat ze moest hebben gevoeld als ze op het podium stond en haar spierbundels liet zien. Ik had haar veel verteld, maar niet dat ik degene was geweest die Jim Brewer aan een boom had geketend. Zonder dit soort informatie keek ze toch al of ze me wilde bespringen.

'Ik denk dat ik naar Memphis moet. Lendall en Cory zijn verdwenen. Of Lendall zijn zus gedwongen heeft of dat hij een verhaal heeft verzonnen waar ze in is getrapt weet ik niet, maar ze zijn weg. Lendalls maatje Jim is dood en als Lendall naar Charlsville had willen gaan dan was hij er geweest toen ik nog bij zijn vader was. Hij werkt samen met Alan Parks en die heeft hij op zijn minst gebeld om te vertellen wat er is gebeurd. Het zou me niet verbazen als hij naar hem toe is.'

'Dus je wilt Alan opzoeken.' Ze likte haar lippen. 'Fijne Alan, met zijn plannen en zijn fantasieën. Weet je wat hij tegenwoordig doet?'

'Behalve afpersen?'

'Adviseur. Hij geeft adviezen, mijn Alan.' Ze keek dromerig. 'Ik heb me afgevraagd wat voor adviezen het zijn. Hij weet niks en hij kan niks. Weet je dat hij in bed...' Ze beet op haar onderlip. 'Hij hield niet van harde spieren, zei hij. Nou heeft hij er drie. Kinderen, bedoel ik, dus zijn nieuwe vrouw zal wel zachte spieren hebben.' Het venijn droop eraf. 'Ze is er dik genoeg voor. Daar hield hij wel van, Alan, vrouwen met veel vlees. Wanneer gaan we?'

Ik had op de vraag zitten wachten, ik had niet voor niets geld bij me gestoken. 'Ik ga straks.'

Ze grinnikte zacht terwijl ze haar handen op mijn bovenbenen legde. 'Denk je dat ik je niet doorheb? Je hebt me een uur lekker zitten maken omdat je hulp kunt gebruiken. Daarom ben je me op komen zoeken. Half Knoxville had je over Alan kunnen vertellen, en over de zaken die hij in de soep heeft laten lopen. Soms lukte iets, dan stond hij er zelf versteld van.' Ze keek alsof haar iets te binnen schoot waar ze heel lang niet aan had gedacht. 'Toch had hij altijd geld. Altijd. Bijna niets lukte, maar geld zat. Toen hij wegging zat ik met schulden, maar denk niet dat hij platzak was. Je moest eens weten hoe hij nu woont.'

Ze trok een gezicht als een schoolmeisje dat een geheim heeft verraden. 'Oeps, nu heb ik het verklapt.'

'Dat je weet waar hij woont?'

'Natuurlijk weet ik dat. Ik ben een nieuwsgierig meisje. Vlak bij Wolf River, een eind buiten de stad. In een huis dat veel te groot voor hem is, met grond genoeg om een katoenplantage op te beginnen. Dat was het vroeger waarschijnlijk ook, een plantage. Met bijgebouwen, en hekken om de paarden binnen te houden en jou buiten.'

'Jou niet?'

Ze legde haar hoofd in mijn schoot en snoof. 'Mij niet, ik weet precies wat ik doen moet.' Ze snoof opnieuw. 'Wanneer heb jij je voor het laatst gewassen?'

Ik had geen idee. 'Gisteren, geloof ik.'

Ze ging staan en trok me overeind. 'Geloof je? Ik geloof er niks van. Wat zou je ervan denken als ik je rug eens boende? Erna, bedoel ik. Of hou je ook alleen van zachte spieren?'

Ik zei van niet, al moest ik een kwartier later toegeven dat de borsten van Cory het karwei aangenamer zouden hebben gemaakt.

30

Aan de westkant van de Tennessee River was mist. Eerst zagen we grondmist die de gaten in het landschap vulde, daarna flarden die de I-40 overstaken. Een paar mijl voorbij Jackson was de mist een grijze soep geworden waar geen koplamp tegenop kon, zeker die van Gails Ford Contour niet. Ze had erop gestaan dat we met haar auto zouden gaan, en dat zij mocht rijden. De Contour was handgeschakeld en dat was precies wat ze wilde, ze had het niet op automaten, je wordt er lui van. De wagen was elf jaar oud en grijs van kleur, precies wat je nodig hebt in mist. De verwarming werkte matig en als ik mijn tenen warm wilde hebben vouwde ik mijn handen eromheen. Gail gaf geen krimp, warm, koud, het maakte haar niet uit. Mist deed haar evenmin iets. Het was geen reden om snelheid te minderen en dat maakte de tocht enerverend. Toen ze merkte dat ik me schrap zette elke keer als ik vond dat ze moest remmen, vroeg ze of ik snel bang was. Na een tijdje had ik door dat ze wraak aan het nemen was. De eerste keer dat ik haar zag had ik de leiding gehad. Ze had vastgeketend op haar eigen drukbank gelegen en had naar me moeten luisteren. Nu zat ik in een auto waar ik niet uit kon, op een stoel waar ooit cola over was gegaan, elke keer als ik ging verzitten moest ik mijn broek lostrekken. Het was haar vorm van wraak en om het koude zweet in mijn nek maakte ze zich niet druk. Ik mocht nog niet mopperen, zei haar lichaamstaal, als ze wilde kon ze er nog best een schepje op doen.

Elke keer als er een oneffenheid in het wegdek zat rammelde

het op de achterbank. We waren naar Gails kantoor geweest en hadden er twee sporttassen gevuld met handboeien, duimklemmen, bussen pepperspray en wapenstokken opgehaald. Als extraatje had ze er twee traangasgranaten bij gedaan en een mes dat bijna even lang was als het mijne. Een pistool had ze niet. Ze zat zonder sinds ik haar Colt Government had gestolen. Ze had nog wel een paar patronen. Het bleek een blok van honderd te zijn, en omdat een mens maar nooit wist hoeveel-ie nodig had nam ze alles mee. Ze grinnikte toen ze twee zweepjes liet zien. De tassen waren nog niet vol, zei ze, en beter mee verlegen dan om verlegen.

We hadden wapens genoeg voor een opstand en ik vroeg me af wat de highway-politie zou zeggen als ze, nadat Gail de achterkant van een vrachtauto had geramd, op de achterbank keek. Gail dacht dat het allemaal mee zou vallen, 'best wel', en dat ik me als een vent moest gedragen, ze wist de weg en als ik ophield met zuchten dan kon ze zich eindelijk concentreren.

Tien mijl voor Memphis werd de mist minder dik en raasden we van bank naar bank. 'Zie je wel,' zei Gail toen ze remde en een arm strekte. 'Niets aan de hand, gewoon niet bang zijn en vertrouwen op je reflexen. Daar moeten we zijn, hij woont een eindje buiten de stad. Dat heuveltje over en we zijn in het stroomgebied van de Wolf.'

Ze nam de afslag Cordova, dook een mistbank in die een halve mijl lang leek en gromde van voldoening toen we na een klimmetje iets konden zien. 'Dáár.'

Ik zag toppen van bomen in ochtendlicht dat zo zwak was dat de wereld boven de grijze brij uit louter silhouetten bestond. 'Zeker weten?'

Ze zei iets wat instemmend klonk en draaide een weg in die een halve eeuw geleden van betonplaten was voorzien. Na nog twee afslagen remde ze. 'Voor je ligt het huis van Alan. Die driehoek daarginds is de punt van het dak van het woonhuis. Ernaast staat een schuur, erachter liggen twee stallen en een soort gastenverblijf, maar het kan ook zijn dat hij er een speelhuis voor zijn kinderen van heeft gemaakt.'

Ik zag de driehoek, maar daar bleef het bij. 'Dat weet jij allemaal uit je hoofd?'

'Reken maar.'

'Nadat je een keer bent wezen kijken waar je ex woont? Omdat je een nieuwsgierig meisje bent?'

Ze knikte, maar zei niets.

'Waarom denk ik dat je hier vaker bent geweest? Keer of tien, twintig?'

'Vier.' Ze zei het fel. 'Hij heeft dit huis pas een paar maanden en in het begin stierf het van de bouwvakkers. Ik was jaloers, nou goed.'

'Hielp het, een potje kijken?'

'Ik heb er in elk geval van geleerd hoe hard je over de I-40 kunt rijden. Ik heb eerder mist gehad, als je in de lagere delen van Tennessee komt en het is mooi weer geweest dan krijg je dat. Ik weet ook waar we moeten zijn om alles te kunnen zien zonder gezien te worden. Had jij geen verrekijker?'

Uit mijn auto hadden we de kijker gehaald, een sixpack cola en wat eten. De nachtkijker had ik achtergelaten. Het zou licht zijn als we aankwamen en ik was niet van plan dagenlang naar een huis te staren. Ik stapte uit, strekte mijn benen en gaapte. De lucht was koud en daar was ik blij om, want de kou verdreef mijn slaperigheid, misschien had ik beter kunnen gaan slapen dan Gail de kans geven om te laten zien wat je in bed met stevige spieren kunt doen. Ze was tevreden geweest over zichzelf, maar niet over mij, ze had gevraagd hoe het kwam dat zo'n grote vent zich in bed gedroeg als een watje en ze had gegromd na mijn antwoord. 'Hoezo' was ook geen sterke reactie geweest.

Hoe langer we samen waren, hoe meer ze zich had gedragen als degene die de touwtjes in handen had. Ik had het zo gelaten, omdat ik wist dat ik haar aankon, maar vroeg me nu af of ik niet beter meteen grenzen had kunnen stellen. De gedachte kwam bij me op dat Gail niet alleen maar nieuwsgierig was. Het kon twee kanten op, of ze had een appeltje met Alan te schillen, of ze was nog steeds een beetje verliefd. Ik had geen idee welke kant het op zou gaan en dat beviel me niets.

Ik kwam in beweging toen Gail me een duw gaf. 'Sta je te slapen of hou je van mistslierten? Over een uur is het licht, eerder al. Voor die tijd moeten we een flink stuk hebben gelopen. Pak je kijker en wat je verder nodig denkt te hebben en kom mee. Ik heb geen zin om straks een paar honderd meter te kruipen omdat we nu te lui zijn om rechtop te lopen.'

Het klonk bevelerig en het klonk zinnig. Ik zei: 'Ja' en legde scherpte in mijn stem. Als het moest kon ik ook snauwen. Voor alle zekerheid nam ik extra handboeien mee. Als ze het te gek maakte zou ik alleen verdergaan.

In het kwartier dat volgde liet ze zien dat haar conditie beter was dan de mijne. We moesten over een heuveltje waarop tientallen omgewaaide bomen lagen, overwoekerd met onkruid en kreupelhout, en ze vond het vermakelijk voortdurend een stukje vooruit te lopen en dan om te kijken met een gezicht van 'ik dacht dat jij sterk was en lenig'. Op de top van de heuvel waren we uit de mist en zag ik dat we eromheen hadden gekund. Ze legde een hand tegen mijn nek toen ze zag dat ik kwaad werd. 'Stil maar, het is al over. Als ik hier ben en dat zie, daarginds... Ik weet niet, dan word ik kwaad. Op alles. Toevallig was jij in de buurt, dat maakte het makkelijker, jij hebt mij door een bos laten strompelen, nou ik jou, we zijn quitte, oké? Een stukje verderop hebben we een goed overzicht. De mist trekt op, straks zie je het hele huis.'

Ze had gelijk. We zagen eerst het dak, daarna de verdieping en vervolgens het onderste deel. We zagen ook de twee terreinwagens, en de rode Ford Fairlane die ertussen stond. 'Ze zijn er,' zei ik. 'De Fairlane is van Lendall.'

'Misschien is hij in zijn eentje?'

Het kon, maar ik geloofde het niet. 'De Fairlane stond ergens gestald, ik heb Jim en Lendall erover horen praten. Lendall mocht niet in een opvallende auto rijden, dus ging hij er af en toe naar kijken. Ik denk dat hij Cory heeft meegenomen en dat hij toen dacht dat geheimzinnig doen over een auto weinig nut meer had.'

'Waarom zou Cory zijn meegekomen? Zij heeft toch niets met de afpersing te maken? Of wel?' Er zat gretigheid in de vraag. Drie afpersers bij elkaar, Gail was er helemaal klaar voor om naar het huis op te trekken met traangas, boeien en als het moest een pistool.

'Waarom zou ze me hebben ingeschakeld als ze wist wat haar broer deed?'

'Omdat ze niet wist waar hij het deed en hoe? Ze vertelde jou dat ze hem zocht en waarschijnlijk deed ze dat ook. Ze wist wel degelijk dat hij leefde en dat hij contact met haar vader had gehad, maar daarna was hij zoek en dat kon ze niet hebben. Wat denk je daarvan?'

'Niets,' zei ik. 'Ik denk er niets van. Ik geloof het gewoon niet. Er waren waarschijnlijk meer mensen betrokken bij de afpersing dan Alan, Lendall en Jim, maar niet Cory. Ik heb haar over haar broer horen praten en dat kan ze niet gespeeld hebben, zo veel acteertalent heeft ze niet. Misschien doet Junior mee, de andere broer, maar daar heb ik geen enkel bewijs...'

Ik hield op omdat ze me aanstootte. 'Zijn vrouw.' Ze siste de woorden terwijl ze naar een kleine, gezette vrouw wees die langs de auto's naar een van de bijgebouwen liep. 'Snap jij het nou?' De verontwaardiging lag er dik op. 'Hij had mij en nou, moet je zien, allemaal vet, geen spieren bij.'

Het waren geen opmerkingen waar ze commentaar op wilde en daarom hield ik mijn mond. Door de kijker zag ik de vrouw een emmer pakken en het gebouw binnen gaan dat volgens Gail een paardenstal was. 'Een dozijn paarden, de vorige keer heb ik gezien dat ze bereden werden.' Ze zoog lucht naar binnen toen ze aan iets dacht. 'Dat is het. Nou snap ik...' Ze pakte de kijker van me af en bekeek zorgvuldig de gebouwen en het terrein. 'Te weinig mensen, ik wist wel dat er iets niet in orde was.'

Toen ze was uitgekeken zei ze: 'Nog voor de zon op is zie je bij paardenstallen altijd grietjes van twaalf, dertien, veertien jaar. Ze worden gebracht door hun ouders en ze hebben allemaal glanzende laarzen en precies de goede broek. Ze komen om de stallen uit te mesten, de paarden te borstelen en ze drinken te geven, ze te bemoederen, te bekloppen, ermee te praten, je wilt niet weten wat nog meer. Als alle werk is gedaan komt het hoogtepunt, dan gaan ze rijden en daarna afzadelen, opnieuw borstelen en maar praten en aaien, als je erbij staat word je gek.'

'Hoe weet jij dat?'

Ze deed een greep naar de kijker. 'Omdat ik zo'n meisje was. Ik ben opgegroeid in Kentucky, vlak bij een stoeterij. Mijn hele pubertijd heb ik tegen een paard staan praten. Ik heb ze hier gezien, de paardenmeisjes, minstens een half dozijn. Nu is er niet een. Ze zijn gebeld, ga daar maar van uit.'

'Dus?'

'Zou jij gratis hulpjes afbellen als je alleen een paar gasten had?'

Ik begreep wat ze bedoelde. 'Cory?'

'Wat zou je ervan denken om haar te bevrijden?'

Ik trok haar naar beneden en moest op haar gaan zitten om te voorkomen dat ze naar het huis holde. Ze spartelde en gromde, maar hield zich rustig toen Alans vrouw de stal uit kwam en naar het huis liep. Ze bleef bij de deur staan wachten tot twee mannen naar buiten waren gelopen.

'Dat is Lendall,' zei ik, terwijl ik naar de grootste van de twee keek. 'Hij heeft het soort paardenstaart op zijn hoofd dat zijn vader soms aan zijn kin heeft.' Toen Lendall zich omdraaide dacht ik dat ik de naam Ozzy op zijn achterhoofd zag.

Gail keek naar de man naast hem. 'Die daar is Alan. Je zult verdomme zien dat we net te laat zijn.' Ze gromde terwijl ze keek hoe Alan zijn vrouw een snelle kus gaf en naar de Fairlane holde. Lendall ging achter het stuur zitten. De motor gromde bijna even hard als Gail toen Lendall gas gaf en veel harder dan nodig was het erf afreed.

'Shit,' zei Gail. Ze sloeg met haar vuisten op de grond. 'Te laat. Shitshitshit.' Ze maakte een machteloos gebaar. 'Dat redden we nooit, de Contour staat veel te ver weg.'

Ik ging staan en klopte bladeren van mijn kleren. 'Lendall komt wel aan de beurt. Het gaat mij om Cory.'

Haar niet. Haar ging het om Alan, dat liet ze me weten terwijl we, achter elkaar, naar het woonhuis liepen.

31

De voordeur zag er nieuw uit, de hal zag er nieuw uit, de trap, de kamer, alles rook naar nieuw en naar boenwas. 'Dat bedoel ik nou met bouwvakkers die aan het werk waren,' fluisterde Gail voor ze werk ging maken van de gezette vrouw die open had gedaan nadat Gail vijf keer een ram met de grote koperen deurklopper had gegeven. Ik was bij een hoek van het huis blijven staan, maar Gail was doorgelopen. 'Ze kent me,' had ze gezegd. 'Niemand maakt me wijs dat hij haar niet een foto van me heeft laten zien, en hij had er wel honderd.'

Ik kon niet horen wat ze zei toen de deur op een kier ging, maar ze ging naar binnen en ik liep achter haar aan. Waarna ik rondkeek en Gail de vrouw van Alan in een hoek dreef.

'June. Echt waar? Ik heb een andere naam gehoord,' hoorde ik haar zeggen. 'Waar is hij naar toe, June?'

Ze zei nog heel wat meer terwijl ik naar de trap keek, die een breedte van twee meter had, naar de glimmende deuren, de gestuukte muren en de kroonluchters. Alan had het geld van Charls met gulle hand uitgegeven. Ik vroeg me af wat Jim ervan gezegd zou hebben. Het klopte niet met de indruk die ik had gekregen. Volgens Jim was Alan de man die op het gemeenschappelijke geld paste, niet degene die het uitgaf.

Toen ik June hoorde huilen draaide ik me om.

'Ze wil het niet zeggen,' zei Gail. 'Ik heb het drie keer gevraagd, heel netjes, en gezegd dat ik haar anders een klap zou geven. Ik bedoel: ze wist wat ik zou doen, en nou staat ze te snotteren.'

'Wat heb je gevraagd?'

'Waar Alan het geld had, natuurlijk. Wat anders.'

En ik had me afgevraagd of Gail niet toevallig nog een beetje verliefd op haar ex was.

'Kijk niet zo dom. Ze hebben Charls net voor honderdduizend dollar afgeperst en Alan bewaart het geld volgens jou. Ze moet weten waar het is.'

'Waar heb je het over?' vroeg June. Ze had een dunne stem, heel breekbaar, en als ze sprak dan hijgde ze alsof praten te veel energie kostte. Ze was twee koppen kleiner dan Gail en als ze spieren had dan lagen die goed verborgen. Ze droeg een slobbertrui, maar als ze bewoog dan zag ik een flink deel van haar golven op een manier waar ik rillingen van kreeg.

Gail stak een hand uit en pakte June bij de nek. 'Jezus,' mopperde ze, 'ik zie mijn vingers niet eens. Het geld, June, ik krijg nog een heleboel van die vent van je, je moest eens weten met hoeveel schulden hij me heeft laten zitten.'

Het kostte moeite Gails hand los te trekken en June een kamer binnen te duwen. Naast een leren bank stond een wieg. Erachter was een box waarin twee meisjes zaten, het ene sabbelde op haar duim, het andere op een groene, plastic draak.

'O, nee,' zei Gail, terwijl ze een stap achteruit deed. 'Niet hier. Ik ga niet bij die monsters zitten, straks beginnen ze te schreeuwen, en ruiken doe ik ze nu al.'

De keuken vond ze goed genoeg. June ook, die leek blij dat we uit de buurt van haar kinderen waren.

'Het geld, June,' zei Gail. 'Zeg nou maar waar het is, dan ben je er vanaf.'

June moest drie keer slikken, maar ze vroeg het wel. 'Of anders?'

'Dit,' zei Gail, en ze gaf June de volle laag pepperspray.

Het duurde minuten voor ik de zaak onder controle had. Gail zat voor alle zekerheid met handboeien aan de verwarming, June lag te snikken aan de tafel met een natte doek tegen haar ogen.

'Cory,' zei ik. 'Waar is ze?'

'Wie... is... Cory?' June snikte tussen elk woord en toen ze haar gezicht hief zag ik opgezwollen ogen, een rode neus en zwarte strepen mascara van de ooghoeken tot in de hals. 'Wie... zijn... jullie?' Ze keek naar mij. 'Jij. Wie... ben... jij?'

Ze bleef snikkend vragen wie ik was, alsof een naam ertoe deed. Pas nadat ik 'Jeff' had gezegd besloot ze te praten. Ze haalde haar neus op, wreef met de rug van een hand over haar ogen en keek me aan.

Ze was vroeg naar bed gegaan en had liggen slapen toen ze een auto hoorde. Ze had stemmen gehoord, maar Alan nam vaker iemand mee en ze was in bed blijven liggen. Ze had de hele dag voor de paarden en de kinderen moeten zorgen, de tweeling was huilerig geweest en de jongste had overgegeven, ze had uren in de kinderkamer gezeten, pratend, sussend, liedjes zingend.

Alan was bovengekomen en had gezegd dat hij een vriend had meegenomen die hij in Memphis had ontmoet en die morgen zou doorreizen. De vriend had spullen bij zich gehad die breekbaar waren en die hij zolang in de kelder had gezet. Of ze daar voorlopig niet wilde komen. Ze had 'nee' gezegd en was in slaap gevallen. Vanmorgen had ze gemerkt dat Alan en zijn vriend Lendall ruzie hadden gehad, maar ze had niet durven vragen wat er aan de hand was. De sfeer was gespannen geweest, raar, ze had niet begrepen wat er was, maar ze had de meisjes voor de paarden af moeten bellen en als ze iets vroeg dan snauwde Alan. Hij had gezegd dat hij weg moest, maar dat het te veel mistte. Toen de mist optrok was Alan steeds zenuwachtiger geworden. Hij had voortdurend uit het raam zitten staren, net of hij bang was dat er iemand zou komen die hij niet wilde zien. Hij had ook vaak op zijn horloge gekeken alsof hij ergens op wachtte. Toen zijn telefoon ging was hij opgesprongen. Hij had gesnauwd dat ze naar buiten moest gaan en daarom was ze maar naar de paarden gelopen. Ze wilde net het huis binnen gaan toen Alan en zijn vriend naar buiten kwamen en hard wegreden. Ze had nog maar net ontdekt dat de kelderdeur op slot zat toen Gail aan de deur klopte.

De kelderdeur was stevig, maar toen Gail na drie pogingen van mij hoorbaar snoof gaf ik haar de kans om te laten zien hoe sterk ze was. Ik had de handboeien losgemaakt nadat ze had beloofd dat ze mee zou werken en dat had ze gedaan door June bij de haren te pakken en achter zich aan te slepen. Ze liet June los, keek taxerend naar de deur en hief een been. De deur schoot open en we zagen een trap die naar een tweede deur leidde, waarvan de sleutel in het slot stak. Achter de deur lagen een matras, een fles water en twee potjes babyvoedsel. En Cory, opgekruld op haar zij, gekleed in onderbroek en beha. Ze had haar ogen halfopen, maar was te verdoofd om me te herkennen. Ze brabbelde woorden die ik niet kon verstaan, hikte en spuugde iets uit wat groen was en sterk rook.

'Gal,' zei Gail. 'Gadver.' Ze liep naar de matras om Cory beter te kunnen zien. Ik had Gail verteld van mijn eerste ontmoeting met Cory en ik zag dat ze daaraan dacht toen ze naar me grijnsde. 'Vannacht vroeg ik me af waarom een grote vent als jij er in bed niks van terechtbrengt, maar nou snap ik het: jij hebt ook liever vlees dat meegeeft.' Ze fluisterde net hard genoeg om June te laten kleuren. Cory leek het niet te verstaan of anders begreep ze het niet. Ze had zich opgeduwd tot zithouding en slikte tussen het kokhalzen door.

Gail gaf me een zet. 'Geef haar verdomme wat te drinken, anders blijft ze gal spugen. Ze hebben haar iets gegeven, drugs of zo. Ze moet onder de douche, als jij het niet doet dan doe ik het.'

Omdat ik Gail niet alleen wilde laten met June liet ik haar Cory onder de douche zetten. Het was geen pretje, voor geen van beiden, dat was aan de geluiden te horen. Maar toen ze de keuken binnen kwamen, Gail in al haar spieren en een broekje, Cory in een slobbertrui van June, keken ze of ze aan elkaar gewend waren geraakt.

Ik wachtte tot ze zaten en ging verder met June.

'Je had het over geld halen.'

Ze knikte. 'Dat zei Alan. Hij had vannacht al weg gewild, maar dat kon dus niet vanwege de mist. Hij werd er onrustig door en chagrijnig, maar dat kon me in het begin niet veel schelen. Ik dacht: geld, eindelijk, het werd tijd.' Ze wees om zich heen. 'Allemaal van de bank. Allemaal hypotheek. Alan zei dat het geld eraan kwam en dat hij binnen een halfjaar de hypotheek zou hebben afbetaald, maar soms dacht ik: ik moet het nog zien.' Ze zuchtte. 'Altijd plannen. We zouden het huis van mijn ouders opknappen, paarden kopen, kinderen nemen. Dat hebben we ook gedaan, maar dat was omdat ik dacht dat we er het geld voor hadden. Dat zei Alan een halfjaar geleden, dat het geld er was. Volgens hem is het er ook, alleen niet hier.'

Gail keek alsof ze het verhaal herkende, Cory alsof ze in de verkeerde wereld terecht was gekomen.

'Wie heeft het geld volgens Alan?'

'De bankier. Zo zei hij dat. Mijn geld is bij de bankier, als het nodig is dan kan ik het halen.'

'Is hij dat gaan doen?'

Ze haalde haar schouders op. 'Ik denk van wel. Samen met Lendall, zijn vriend die geen vriend is, je had ze naar elkaar moeten zien kijken.'

Cory wilde iets vragen, maar ze kwam niet verder dan een aanzet. Terwijl Cory onder de douche stond had June drie keer gevraagd wie die vrouw was en waarom ze in de kelder had gezeten. Nu vroeg ze het opnieuw, maar niet aan mij. 'Wie ben jij? Ben je ontvoerd of zo?' Ze leek te schrikken van haar eigen woorden. 'Zijn jullie,' haar ogen zwaaiden van Gail naar mij, 'van de politie? Wat is er aan de hand? Is Alan...' Ze sloeg een hand voor haar mond. 'Wordt Alan gezocht?'

Ze zag er geschrokken uit, maar niet ontdaan. Ze moest met de mogelijkheid rekening hebben gehouden dat er een keer politiemensen langs zouden komen om vragen over Alan te stellen.

'Zoiets,' zei ik. 'Als je meewerkt komt het allemaal goed. Waar woont de bankier?'

June wreef in haar ogen, die nog steeds traanden. 'Weet ik niet, echt niet.'

'Krijg de pest, schat,' zei Gail.

Cory keek rond met grote ogen, wilde iets zeggen, kokhalsde en begon te huilen.

Drie vrouwen, dacht ik, allemaal via Alan en Charls betrokken bij zaken waar ze geen greep op hebben gehad, het wordt tijd dat er een einde aan komt.

Ik stond op. 'Kom maar,' zei ik tegen June.

Ze bewoog zich niet. 'Wat ben je van plan?'

'Wij gaan naar Alan en jij gaat naar de kelder. Ik wil niet dat je hem belt als je weg bent.'

Ze schudde het hoofd, steeds sneller en krachtiger. 'Ik ga niet weg van mijn kinderen, nooit.'

Gail probeerde het, maar gaf het op toen June begon te krijsen en te schoppen. Ze had zich van haar stoel laten zakken en haar armen om een poot van de tafel geklemd. 'Nooit,' hijgde ze. 'Nooit.'

Pas toen we haar kinderen naar de kelder hadden gebracht ging ze mee. Tot de trap. Daar begon het gekrijs opnieuw en ze kalmeerde niet voor we dekens en voedsel naar beneden hadden gebracht.

'Hoe lang,' vroeg ze, toen ze op de matras lag met alle drie de kinderen tegen zich aan.

'Tot vanavond, hooguit vannacht.' Ik keek haar recht in het gezicht toen ik het zei en ik probeerde te klinken als een vader die zijn kind geruststelt, maar ik zag dat ze me niet geloofde. Ik zuchtte van opluchting toen ik de deur had dichtgedrukt en de sleutel had omgedraaid.

'En nu?' vroeg Gail, die niet in het minst onder de indruk leek van Junes moederliefde. 'Wat gaat er gebeuren?'

'We gaan het geld halen.'

Gail loosde een zucht. 'Weet jij waar het is, grote Jeff Meeks?'

'Ja,' zei ik. 'Vrijwel zeker. We zullen er hard voor moeten rijden, maar dat is jou toevertrouwd.'

32

'Waar gaan we naartoe?' vroeg Gail. Ze zat achter het stuur en keek met een blik van 'nou nou' naar Cory, die haar hoofd tegen mijn borst had gelegd. 'Ga je lekker, achterin?'

'Knoxville,' zei ik terwijl ik Cory's elleboog uit mijn lies wrikte. 'Hoe sneller, hoe beter.'

Gail keek tevreden. Voor haar bestonden geen snelheidslimieten en met de snelwegpolitie had ze niets te maken. We haalden Nashville in recordtijd, terwijl Cory sliep en ik voortdurend wegdommelde. Gail leek geen last te hebben van vermoeidheid. Af en toe nam ze een slok uit een van de flesjes die ze in haar handtas had en twee keer zag ik dat ze een tabletje wegspoelde.

'Wat slik jij?'

Ze nam niet de moeite om naar me te kijken. 'Zou je die griet niet eens wakker maken? Straks zijn we in Knoxville en weten we nog niet hoe ze in Memphis terecht is gekomen.'

Ik had een vermoeden, maar het kon geen kwaad het bevestigd te krijgen. We waren al voorbij Cookeville toen Cory zover bij de tijd was dat er samenhang in haar zinnen kwam.

Ze was, terwijl ik met haar vader praatte, het bos in gelopen, naar de hut van Dennis. Ze was daar vaker geweest, samen met Dennis. Ze had Lendall gevonden, te midden van boekjes vol blote vrouwen. Ze had hem geslagen, ze had gehuild, ze had gelachen, vooral toen ze Ozzy op zijn achterhoofd zag. Ze had alles gedaan wat een mens kan doen die een familielid na twaalf jaar terugziet, maar ze had vooral medelijden gehad met de man die in een hut zonder goede verlichting naar papieren vrouwen lag te staren.

Lendall had ook gehuild en hij had haar alles verteld, alles. Over wat hij had moeten doen van een man die ooit zijn vriend was, maar die nu voortdurend dreigde met moord en doodslag. Jim Brewer had Dennis vermoord. Hij wist waar Debbie werkte, waar Junior woonde, waar diens kinderen naar school gingen. Hij zou ze allemaal doden als Lendall niet meewerkte. Lendall had eerst 'nee' gezegd, maar had later toegestemd. Hij had zijn vader gevraagd om geld, maar Charls had hem uitgelachen, midden in een Burger King, waar iedereen bij zat. Lendall had meegedaan omdat hij moest en omdat hij het niet meer dan eerlijk vond: hij had recht op een deel van de Jackpot. Hij was als kind het huis uit gepest door zijn vader en nu wilde hij compensatie. Op dat punt waren Cory en Lendall aangeland toen ze een knal hoorden. Ze wisten meteen dat het een geweerschot was en waren naar buiten gegaan. Ze hadden Jim Brewer gevonden, hangend tegen een boom en met een half hoofd. Ze waren gevlucht, door het bos, naar een plaats waar de auto van Lendall stond. Een kleine, donkere, ze had geen idee welk merk. Ze waren ergens naartoe gereden waar een andere auto klaar had gestaan. Een rode Ford Fairlane, het merk was door Lendall minstens tien keer genoemd. Ze waren naar het westen gereden en Lendall had opnieuw gezegd dat hij alles onder dwang had gedaan, maar dat nu alles anders was omdat Jim Brewer dood was. Hij wist met wie Jim samenwerkte en hij wilde het geld van pappa terughalen. Hij had gebeld met mensen van wie hij de naam niet had willen noemen en ze waren steeds verder naar het westen gegaan, niet via de highway, maar over kleine weggetjes, omdat dat zo lekker reed, volgens Lendall en omdat de man die ze moesten hebben pas tegen de avond bereikbaar zou zijn. Aan de rand van Memphis hadden ze Alan Parks ontmoet en vanaf dat moment had ze niet geweten of ze Lendall moest geloven. Ze hadden vreemd gedaan, Lendall en Alan, raar, beangstigend. Alan had steeds dreigend naar haar gekeken en de manier waarop Lendall hem vragen stelde was steeds smekender geworden, huilerig bijna. Ze waren met hun drieën in de Fairlane gestapt en van wat er daarna was gebeurd wist ze weinig. Ze had iets gekregen, dacht ze, een tabletje of een drankje, want alles was mistig geworden en in haar hoofd had het gedraaid en gebonkt, net als bij opvliegers, maar dan erger. Ze had ook overgegeven, dacht ze, zeker was ze er niet van.

Ze kwijlde een beetje terwijl ze sprak en toen ze was uitgepraat had ik een natte borst.

Toen Cory na lang doorvragen uit haar geheugen had opgediept dat het woord 'geld' in het gesprek tussen Lendall en Alan vaak was gevallen vroeg ze of ik dacht dat Lendall echt alles aan pappa wilde teruggeven. Ze keek erbij alsof ze bang was voor het antwoord.

Daarom zei ik 'ja', terwijl me een mogelijkheid door het hoofd schoot waar ik niet eerder aan had gedacht.

Misschien waren Alan en Lendall op weg naar hun bankier, maar er was nog een andere plaats om geld te halen.

'Je mobiel,' zei ik tegen Gail terwijl ik een hand uitstak.

'Heb je er zelf niet een?'

Weken geleden was ik er een kwijtgeraakt en daarna had ik het erbij laten zitten. 'Mobiel, Gail.'

Ik kreeg de telefoon en drukte hem in een hand van Cory. 'Bel je vader. Nu.'

'Waarom?'

Ik zuchtte. Altijd tegenvragen, vooral als ik haast had. Ik pakte Cory's kin en keek in haar ogen. 'Bellen. Pappa. Nu.'

Ze deed het en kreeg geen gehoor. 'Hij is vaak weg,' zei ze en ik hoorde de hoop.

'Ja,' zei ik. 'Vast.' Ik geloofde er niet in. Charls had me geen geld beloofd toen hij vroeg Cory te zoeken en dat was heel wat voor een man die had ervaren dat je met geld alles kon kopen en regelen. Hij had me gesmeekt en hij had gemeend wat hij zei. Hij wilde zijn dochter terug, hij zou niet naar een casino rijden, hij zou thuisblijven tot ze er was.

Gail scheen te vermoeden wat ik dacht. 'Ik neem aan dat we niet naar Knoxville gaan?'

Ik had haar daar af willen zetten en in de Dodge verder willen rijden. 'Nee,' zei ik, 'we gaan naar Charlsville. Geef eindelijk eens een beetje gas, Gail.'

33

Ik had de keuze tussen twee woningen, met evenveel kans. Ik koos voor het huis van Charls en daar waren ze, in de glazen serre, twee aan tafel, een in zijn te grote stoel, een op de grond. Ik lag aan de andere kant van het gras met Gail naast me. Cory lag op de achterbank met tranende ogen en de smaak van pepperspray in haar keel. Ze had me beloofd dat ze rustig in de Contour zou blijven zitten, maar ze was al buiten voor ik bij de hoek van het huis was. Ik had Gail niet aan hoeven kijken om te weten wat ze zou doen. 'Denk aan alle films,' had ze gefluisterd toen we de portieren zacht dicht hadden gedrukt. Ik wist wat ze bedoelde en het klopte. Geen vrouw blijft ooit in een auto zitten, ongeacht wat ze zegt. Gail had Cory een dosis spray gegeven en haar de Contour in gesleurd. Het had lang geduurd voor ze achterstevoren naar buiten schoof, maar ze keek tevreden. Arme Cory.

Samen waren we door het bos naar de achterkant gelopen en nu keken we naar Lendall en Alan die naast elkaar zaten, naar Charls die verzoop in zijn grote stoel en naar de gestalte op de grond.

'Wie is dat?' Gail plukte aan mijn mouw terwijl ze het vroeg.

'De grote organisator,' zei ik. 'De baas op de achtergrond. Hij heet Ira Stratton. Hij was de vriend van Charls, ooit. Hij is de man die je elke maand duizend dollar stuurde. Of liet sturen. Het zou me niet verbazen als hij het Alan liet doen. Zie het voor je: zonder dat je het wist kreeg je geld via je ex, wat zal hij hebben gelachen.'

'Wacht maar tot ik het hem vraag, dan lach ik.' Ze klonk eerder onzeker dan grimmig. 'Als ik elke keer Alan had moeten bellen dan had ik het geweten.'

'Je belde met Ira, of met Jim. Ik denk Jim. Ira is het brein van het groepje, ik denk dat hij het daar zo veel mogelijk bij wilde laten. Jij belde Jim en Jim belde Abe om te zeggen dat er weer iemand nieuwsgierig was.'

Ze kon het niet geloven. 'Dus hij daar is de man om wie het draait. Waarom ligt-ie dan op de grond?'

'Misschien hebben ze onderling ruzie gekregen. We moeten naar binnen, dan komen we er wel achter.'

Ze ging op haar knieën zitten. 'Wees dan maar blij dat er geen slot op de deur zit. We lopen die kamer in en pakken ze, hoe moeilijk kan het zijn.'

Ik wees. 'Zie je wat er op tafel ligt?'

Ze had het gezien en het deed haar niets. 'Een geweer. Veel te lastig in een kamer. We knallen ze neer voor ze dat ding in handen hebben.'

Dat krijg je als je met moordzuchtige vrouwen op pad gaat. Gail had een paar keer over Alan gesproken. Een Alan in de gevangenis leek haar wel iets, een dode Alan was beter en met zijn dikke vrouw, zijn kinderen en zijn stal vol paarden had ze geen medelijden.

Ik zei dat ik alleen naar binnen zou gaan en dat zij ervoor moest zorgen dat niemand via de tuin in het bos kon verdwijnen. Ze geloofde me niet toen ik zei dat ik haar buiten nodig had, maar ze keek tevreden toen ik haar de colt gaf. Ze zou op Alan schieten als die ervandoor ging, reken maar, en ook op Lendall, het maakte haar niet uit.

Ik trok mijn schoenen uit voor ik naar binnen ging en schuifelde naar de kamer waarin ze zaten. De deur was dicht en ik miste af en toe een deel van een zin, maar het meeste was te verstaan.

Ze wilden tien miljoen. Het was steeds dezelfde man die het zei en hij begeleidde zich door tegen iets van metaal te tikken. Het moest Alan zijn, tikkend tegen de loop van het geweer. De man die instemmend bromde was in dat geval Lendall, het gekreun kwam van Ira Stratton. Wat er was gebeurd werd me niet duidelijk, maar wel begreep ik dat tien miljoen niet in een oogwenk op tafel zou komen. Ik herkende de stem van Charls toen die zei dat hij wel wilde betalen, maar het niet kon omdat hij het niet in huis had. Hij wilde bellen, hij wilde naar de bank, hij wilde alles, maar het zou tijd kosten.

Ira kreunde harder nadat ik een dof geluid had gehoord. Alan en Lendall praatten door elkaar heen toen ze uitlegden wat ze met Ira zouden doen als Charls niet betaalde. Er klonk geen liefde in de stem van Lendall toen hij 'pappa' zei met de intonatie van Cory.

Ze werden het niet eens over de randvoorwaarden en draaiden in kringetjes rond zonder zich iets van de geluiden elders aan te trekken. Twee keer had ik in de kamer naast me een telefoon over horen gaan, één keer had ik buiten een auto gehoord, die had afgeremd, maar was doorgereden. Niemand binnen had gereageerd, maar dat zou niet zo blijven. Ik moest de kamer in voor er iemand naar buiten kwam. Dat wist ik, maar ik deed niets, er was iets wat me tegenhield. Een kreunende Ira op de grond die meegenomen zou worden door Lendall en Alan klopte niet met het beeld dat ik had gevormd. Ira was geen slachtoffer. Ira was de grote baas. Hij was de man die vanuit Charlsville de zaken in de gaten had gehouden. Hij had de kleine Jim weggejaagd met zijn geweer op een van de dagen waarop ik vanuit het bos naar zijn huis had liggen kijken. Hij was de dag erna naar de plaats gelopen waar drank was gestookt, misschien om Lendall op te zoeken, misschien omdat hij een afspraak had met Jim. Als ik bij hem kon komen zou ik hem laten schrikken: ik wist zeker dat hij een hoge gil zou geven, precies als in die nacht in het bos. Hij had Jim in koelen bloede doodgeschoten, met zijn geweer, ik kon het niet bewijzen, maar het paste in het patroon. Hij was thuis geweest toen ik uit het bos kwam en hij had zich laten zien in zijn ondergoed, maar het was toneel geweest. Hij had verwacht dat er iemand langs zou lopen, als je 's nachts dorst hebt drink je in de keuken, het is niet echt zinvol om je kopje mee te nemen naar een verlichte kamer om naar duisternis te gaan staren. Ira had het afpersingsgeld gekregen, Ira was de bankier en het brein. Volgens Gail was Alan een plannetjesmaker geweest, maar was hem nooit iets gelukt. Afpersing van een miljonair is meer dan een plannetje uit je duim zuigen, je moet hard zijn en slim om zoiets te kunnen organiseren.

De vraag of ik wel of niet naar binnen zou gaan werd voor me opgelost door Gail. Dat zag ik toen ik de kamer in was gestormd nadat ik een dof geluid had gehoord dat vrijwel samenviel met een harde klap. In een van de ramen zat een ster, achter het raam stond Gail met gestrekte armen en de colt in haar handen, binnen lag Lendall half over Ira heen en hing Alan tegen Charls terwijl hij een geweer vasthield.

Alan vroeg niet wie ik was, hij keek zelfs niet naar me, hij zei: 'Ik schiet, verdomme ik schiet hem aan stukken.' Hij klonk hysterisch genoeg om het te menen.

Ik trok Lendall van Ira af en duwde mijn mes tegen zijn kin. Hij was kleiner dan ik en zeker tien kilo lichter, maar ik had moeite hem overeind te houden omdat hij zich slap hield.

Ira had zich omgerold en was bezig overeind te komen. Hij keek naar mij en naar Lendall met ogen die kleurloos leken voor hij zijn blik afwendde en zich liet vallen. Zoals hij erbij lag leek het of hij door een onbekende kracht was neergeslagen, plat op de grond, benen gespreid en een arm onder zijn lichaam. Hij keek naar buiten en ik volgde zijn blik. Gail stond tegen het raam gedrukt, net naast de ster in het glas, ze gebaarde en ik knikte zonder dat ik wist wat ze bedoelde. Ze bonkte met het pistool tegen de ruit terwijl ze schreeuwde en naar iets achter me wees. Ik stapte opzij op het moment waarop Ira zich omrolde en schoot. Lendall gaf een schreeuw en drukte zich tegen de vloer. Bij de grote stoel gebeurde iets wat me ontging. De tweede kogel van Ira ging door mijn broekspijp en verdween in een balk net onder het plafond. Toen zat ik op hem. Ik sprong niet, ik dook niet, ik liet me gewoon vallen, midden op zijn buik, het geluid dat hij maakte klonk als dat van een lekke band, pfffttt. Hij richtte nog wel, maar liet de revolver los toen ik zijn pols pakte en in zijn arm beet. Ik proefde bloed en toen ik spuugde zag ik kleine stukjes tussen het speeksel. Ira hijgde en kreunde terwijl ik met de revolver op de vingers sloeg waarmee hij naar het wapen had gegraaid. Toen ik iets tegen mijn rug voelde draaide ik me om terwijl ik met een arm zwaaide. Het was een brede zwaai en er zat kracht achter. Ik raakte Lendall tegen zijn keel en zag hem achterovervallen. Daarna gebeurde er iets bij de grote stoel, maar het duurde even voor ik mijn ogen scherp had gesteld. Toen ik was uitgeknipperd zag ik Alan. Hij stond naast de stoel, het geweer steunend op de rugleuning. Aan de loop hing Charls. Hij had beide handen om het ijzer geklemd en zijn benen opgetrokken, het was een kwestie van tijd voor Alan voorover zou vallen en op Charls terecht zou komen.

Hij viel eerder dan ik had verwacht, een handje geholpen door zijn ex, die binnen was gestormd met de colt in een hand, maar die liever haar spieren gebruikte dan het pistool. Ze remde niet af, maar sprong op Alans rug. Het geweer ging af en Charls gaf een kreet, niet omdat hij was getroffen, maar omdat hij zijn handen brandde. Toen hij overeind kwam lagen Alan en Gail in de hoek van de kamer. Alan lag onder, Gail had hem met een hand in zijn kruis te pakken en gaf hem met de andere klappen. Linkerwang, rechterwang, linkerwang, neus, linkerwang, rechterwang, neus. Er zat ritme in en ik moest aan het pok-pok-POK van deputy Abe denken.

Daarna kwam iedereen tot rust, gewoon omdat het afgelopen was. Gail ging het langst door, maar ook bij haar was de kracht eraf. Ze keek verbaasd toen ze moe werd en zag dat vier mannen naar haar keken. CC vanaf zijn grote stoel, Ira en Lendall vanaf de grond en ik vanaf de stoel waarvan ik twee poten op de buik van Ira had gezet en twee op het middel van Lendall. Toen ik ging zitten kreunde Lendall en gaf Ira het gilletje dat ik van hem kende.

'Heerlijk,' zei Gail. 'Dat heb ik nou altijd gewild, deze lamlul een pak op zijn donder geven.' Ze gaf nog een klap en haalde haar schouders op. 'Ik had er heel wat van verwacht, maar het is niks, eigenlijk. Wat wil je met een vent die van dikke vrouwen houdt.'

Zoals te verwachten was volgde er een uurtje dat was samen te vatten met het woord anticlimax. Ik had Cory laten halen en haar de kans gegeven haar ogen te wassen en haar keel te spoelen. Ik had Gail de tijd gegeven om te klagen over gepantserd glas waar verdomme nog geen kogel uit een Colt Government door wilde en ik had Charls een pilletje laten slikken omdat zijn kleur me niet beviel.

Daarna begonnen Gail, Cory en Charls door elkaar heen te praten en dat duurde zo lang dat ik opstond en met Ira's revolver in het plafond schoot. Dat hielp.

Ik vroeg Gail of ze op de stoel op Ira en Lendall wilde zitten

278

en Cory of ze Alan met iets wilde slaan elke keer als hij zijn mond opendeed. Ze pakte een asbak en ging naast hem staan. Gail keek of ze met Cory wilde ruilen, maar hield haar mond toen ik zei dat ik een paar punten opgehelderd wilde hebben.

Ik moest Charls overeind trekken om hem duidelijk te maken dat ik het tegen hem had. 'Heb jij nadat ik weg was met Ira gesproken?'

Hij had geen idee over welk weggaan ik het had. 'Nadat je me had gevraagd om Cory te zoeken. Heb je toen Ira gesproken?'

Het begon hem te dagen. Hij was naar Ira gegaan omdat hij niet alleen wilde zijn. Hij wilde praten, moest praten, maakte niet uit met wie, maar liefst met iemand bij wie hij zijn hart eerder had uitgestort.

'Heb je de naam Alan Parks genoemd?'

Het duurde lang voor hij knikte. Ik had hem gevraagd of hij een Alan Parks kende en hij had het Ira gevraagd. Hij keek of hij geen idee had waarom ik er nieuwsgierig naar was. Dat de man naast Cory Alan Parks heette leek hij nog steeds niet te weten.

Ik keek naar Cory. 'Lendall bracht je naar Alan Parks omdat hij dacht dat Alan de plannenmaker was en de man van het geld. Lendall luisterde naar Jim, maar Jim was dood. Lendall is geen denker en hij wilde iemand die kon vertellen wat hij moest doen. Hij dacht dat het Alan was, maar hij had het mis. Ira is de organisator. Ik denk dat hij Alan kende van zijn tochten door de Smoky Mountains. Daar was Alan als hij weer eens geen werk had en daar was Ira, de man van de bergen.'

Ira wreef over zijn gewonde arm, maar bewoog geen spier van zijn gezicht. Alan loerde uit zijn ooghoeken naar Cory en bewoog zijn mond of hij een zin aan het voorbereiden was. Cory zag het en sloeg. De asbak maakte een vibrerend geluid en Cory keek of ze haar hand had bezeerd. Alan kreunde en mompelde: 'Ik zei niks.' Gail straalde.

'Laat hem maar,' zei ik tegen Cory. 'Het is zijn beurt. Hij was getrouwd met Gail. Ik denk dat hij precies weet wat er in Nashville is gebeurd nadat Gail een telefoongesprek had gevoerd met een vierenvijftigjarige dronkenlap die toevallig ook Lendall Crisp heette. Als ik denk dat hij liegt knik ik en sla jij.'

'Graag,' zei Cory en ze ging ervoor staan.

Ik keek naar Alan en zag dat hij geen aansporing nodig had. 'Ira wist dat zij,' hij wees naar Cory, 'absoluut wilde weten of Lendall nog leefde, iedereen in Charlsville wist dat. Ze was niet te houden, zei Ira, en het was beter haar in contact te brengen met iemand die we kenden dan haar zelf een privédetective te laten zoeken. Ik zei dat Gail een goeie was. Die dacht dat ze zomaar de zaak kon overnemen toen ik weg was, die zou Lendall nog niet vinden als-ie naast haar woonde. Jezus, shit.'

Dit keer sloeg Cory zo hard dat ze de asbak liet vallen. Alan sloeg zijn handen om zijn hoofd en kreunde terwijl hij 'shitshitshitshit' mompelde. Gail keek of ze in Cory een hartsvriendin begon te zien.

Het duurde een poosje voor Alan verder durfde te gaan. 'We dachten, nou ja, Gail was onervaren en zo, dus ik zei tegen Ira dat hij tegen Cory moest zeggen dat hij wel iemand wist.' Hij keek alleen naar Cory en reageerde op elke beweging van haar.

Ik zwaaide met een vinger tot ik zijn aandacht had. 'Waarom moest Jim Brewer naar Nashville om de oude Lendall Crisp te bedreigen?'

'Omdat...' Alan likte zijn lippen terwijl hij met zijn vingertoppen zijn wangen aanraakte, en zijn neus. 'Omdat wij, omdat ik bang was dat ze toch iets zou ontdekken. Ze had haar bodybuildende vriendjes ingeschakeld en daar had ik niet aan gedacht. Ik was bang dat ze naar Nashville zou gaan om die zuiplap op te zoeken. Volgens Jim had hij af en toe een heldere bui en je wist maar nooit. Het leek ons,' hij slikte, 'het leek mij een goed idee om die zuiplap met Gail te laten bellen. Ik dacht dat we haar door haar steeds een beetje informatie te verstrekken wel aan het lijntje zouden kunnen houden. Haar en Cory. Misschien hadden we Cory voor elk beetje informatie kunnen laten betalen.' Er kwam zowaar een glimlachje. 'Vader en dochter, die ons allebei betaalden. We dachten dat pa haar wel wat geld zou geven als ze maar lang genoeg aandrong.'

Ira probeerde zijn gezicht strak te houden terwijl Alan vertelde, maar lukken deed het niet. Toen ik vroeg of hij commentaar wilde geven deed hij of hij spuugde.

'De grote baas is het niet met je eens,' zei ik tegen Alan. 'Ik denk dat het Nashville-plan van jou afkomstig was. Jij had iets slims bedacht en Jim Brewer wilde je helpen. Je kwam er niet ver mee omdat het een plan van niks was.'

Alan keek vol haat naar Gail. 'Het zou gelukt zijn als zij daar niet met Charls had gebeld. Ze wilde Cory vertellen wat ze had ontdekt, maar ze kreeg door een toeval Charls aan de lijn. Een detective die aan een ander dan zijn opdrachtgever vertelt hoe ver hij met een onderzoek is, dat hou je toch zeker niet voor mogelijk? Dat doet alleen een volslagen amateur.'

'Slaan,' zei Gail.

Cory aarzelde niet en Alan dook te laat.

'Goed zo,' zei Gail. Nog even en ze zou Cory zoenen. 'Ga zo door, die lamlul verdient het.'

Ik wachtte tot de rust was teruggekeerd. 'Het gevolg van het telefoontje met Charls was dat de zaken anders gingen dan Alan had verwacht. Ik denk dat Ira besloot dat Gail rustig moest worden gehouden met duizend dollar in de maand. Hij zorgde ervoor dat ze geld kreeg op voorwaarde dat ze doorgaf wie aan de deur kwam met vragen over Charlsville. Op die manier werkte ze voor het geld en hielden ze greep op haar.'

Ik keek naar Ira, maar de oude man reageerde niet. Hij leefde, hij keek, hij liet het langs zich heen gaan.

'Ira moet de pest in hebben gehad, maar hij had Alan nodig. Alan was de tussenpersoon, Lendall en Jim waren de uitvoerders. Ik denk dat het de bedoeling was dat ze nooit iets zouden weten van Ira's rol. Ze deden zaken met Alan en dat had zo moeten blijven. Jim kreeg door iets, misschien wel door het mislukte Nashville-plan, het vermoeden dat Alan niet meer dan een tweedehandsje was. Ik zag hem bij Ira's huis, waar hij met een geweer werd weggejaagd.' Ik keek ze stuk voor stuk aan. 'Zoek het maar een keer samen uit. Vaststaat dat Lendall en Jim het vuile werk deden, vooral Jim. Ze pakten het geld van Charls aan en ze hebben Dennis vermoord.'

'Samen?' De vraag van Cory was een kreet die door merg en been ging.

Ja, dacht ik, maar ik zei: 'Nee', en hoorde Lendall zuchten. 'Jim vermoordde Dennis en hij vermoordde deputy Abe Waggert.' Hoe vaker ik het zei, hoe beter. 'Ik denk dat hij het in opdracht van Ira deed. Ira vermoordde Jim.'

'Nee,' zei Ira gesmoord. Hij gebaarde dat de stoel weg moest en legde een hand op zijn buik toen Gail was afgestapt. Zijn tweede 'nee' klonk helder en hij keek of hij nooit een mens kwaad had gedaan.

Charls stak een hand op. 'Ze hebben Ira geslagen. Die daar,' blik naar Alan, 'enne,' hij moest slikken voor hij het kon zeggen, 'en Lendall. Ira moest op de grond liggen van ze. Waarom was dat, als hij de baas was?'

'Ira is slim,' zei ik. 'Hoe langer jij dacht dat hij je vriend was, hoe beter. Het was theater, een spel. Ik wed dat hij neerging voor ze hem echt raakten. Hij had een revolver bij zich voor het geval dat de zaken verkeerd zouden gaan. Hij schoot op Lendall en op mij. Hij miste, maar dat lag niet aan hem. Bij Jim Brewer deed hij het beter. Hij schoot diens halve hoofd weg en ging ervandoor.' Ik wees naar de tafel. 'Ik denk dat hij het met dat geweer deed. Hij kent het bos, ik heb hem er een keer door zien lopen, in de regen, rechtstreeks naar de plaats waar drank werd gestookt. Ik denk dat hij daar toen een afspraak had, waarschijnlijk met Jim, om hem duidelijk te maken dat-ie nooit meer in Charlsville moest komen. Ik weet niet of ze elkaar hebben getroffen, maar zeker is dat Ira nooit meer last van Jim zal hebben.'

'Nee.' Ira's stem klonk zoals de eerste keer dat ik hem sprak, rustgevend, bezwerend. Je kon hem beschuldigen van wat je wilde, hij zou niet bekennen, zeker niet als hij wist dat het niet of nauwelijks te bewijzen was.

Ik liet het even zitten. 'Drie doden. Ik weet niet of Jim al van de boom is gehaald, maar anders is hij nu waarschijnlijk uitgebeend.'

In de stilte die ik liet volgen klonk dezelfde vraag drie keer. In de stem van Charls lag vertwijfeling en wanhoop. 'Waarom.'

Charls doelde op Ira en ik zei dat ik het niet zeker wist. 'Omdat hij zich opgesloten voelde, misschien. Omdat hij een man van de bergen is, hij heeft me dat verteld. Omdat hij nauwelijks contact meer had met zijn oude vriend Charls, die altijd de hort op was en bijna nooit een praatje kwam maken, omdat...'

Het was Ira die me onderbrak. 'Omdat ik aan zag komen dat jij jezelf dood zou zuipen of al je geld zou vergokken.' Hij keek langs zijn neus naar Charls en fixeerde hem met zijn ogen. 'Omdat jij me vertelde dat Junior geld aan je had gevraagd voor zijn bedrijf in Californië en omdat Lendall zijn erfdeel vooruit wilde. Charlsville zou eraan zijn gegaan na je dood. Het zou kapot geprocedeerd zijn. Iedereen zou op straat hebben gestaan, Snail, Maggie, Luther, Silas, ik. Iedereen. Van je mooie plannen zou niets over zijn gebleven.' Hij ademde zwaar terwijl hij vertelde en hij wendde geen moment zijn ogen van Charls af. De moord zou hij niet bekennen, maar hij wist dat hij niet onder de afpersing uit kwam en kon het niet laten om zijn vriend duidelijk te maken dat die het eigenlijk aan zichzelf te wijten had. 'Ik dacht: laat hij maar betalen voor hij onder de grond ligt, dan hebben we wat voor later. Als MeekMeek Aabelson zich er niet mee had bemoeid dan was het bij wat geld verdienen gebleven, jij een beetje minder rijk, wij een paar miljoen erbij, meer niet.'

'Dennis is dood.' Charls en Cory zeiden het tegelijk.

'Ik wou dat ik het had kunnen voorkomen. Jim en...' hij aarzelde na een dreigend gebaar van mij, 'Jim was een wilde. Ik hoorde ervan toen het te laat was. Over een paar maanden zouden we zijn opgehouden. Lendall zou zijn verdwenen en...'

'Waar is het geld?' Charls was naar Ira gelopen en boog zich over hem heen. 'Ik wil het terug.'

'En dan?'

'Bel ik sheriff Odom. Die kan je ophalen, samen met Lendall en die hufter daar die bang is dat-ie van mijn dochter nog een klap met een asbak krijgt. Ik hoop dat Odom je opsluit met wat er over is van Abe Waggert en van de jongen die je door zijn kop hebt geschoten.'

Ira sloot zijn ogen. 'Ik ben bergvolk, Charls. Ik ga niet naar de gevangenis, schiet me hier maar dood als het je oplucht.'

'Lendall gaat niet met de sheriff mee.' Dat was Cory's bijdrage. 'Hij heeft niks ergs gedaan. Hij wilde alleen een beetje geld.' Lendall had haar meegenomen naar Memphis, had haar gedrogeerd, opgesloten in een kelder. Nog geen uur geleden had hij tien miljoen geëist van pappie. Het telde niet, ze waren broer en zus, zij had hem opgevoed.

'Goed, Lendall blijft hier.' Dat zei Charls. Vader en zoon, broer en zus, nog even en ze zouden mij de schuld geven van alles, van de moorden, van het slechte weer, van de ster in de ruit.

Waarschijnlijk zouden Charls, Lendall en Cory me naar de keel vliegen als ik over Junior begon. Ik had het vermoeden dat hij wist van de afpersing, Lendall was niet voor niets opgedoken in Nashville, waar Junior had gewoond en gewerkt, maar ik zou er niets bij winnen als ik nog een deuk maakte in de verhoudingen binnen de familie Crisp. Bovendien was er iemand in de kamer die ook een standpunt wenste in te nemen.

'Alan gaat mij betalen.' Dat zei Gail. 'Hij gaat me betalen, zijn leven lang en meer dan duizend in de maand. Alleen dan hou ik mijn mond over wat hier is gebeurd. Hij gaat niet naar de sheriff.'

'Als je mij mijn revolver geeft met één patroon.' Dat zei Ira en om aan te geven wat hij bedoelde zette hij een wijsvinger tegen zijn slaap en bewoog hij zijn middelvinger.

'Jezus. Is er straks nog iemand die me naar mijn Dodge brengt of moet ik lopen?' Dat was ik en het moet vreemd hebben geklonken, want ineens hoorde ik van drie kanten gegrinnik.

Ze zouden allemaal doorgaan met hun leven. Behalve Ira, misschien, maar de manier waarop Charls naar hem keek was niet die van iemand die een oude vriend op korte termijn dood wilde zien.

Ik liep naar de deur. Cory zei iets, Gail riep iets, ik dacht dat ik ook Charls hoorde.

Ze konden barsten. Ik had nog bijna vijftienduizend dollar van de twintigduizend die Charls me had gegeven, dat was genoeg voor New England. Of Miami.

In de Contour zat het sleuteltje in het contact. Toen ik de motor startte zag ik Cory in de deuropening. Ze glimlachte en blies een kus naar me.